KB139901

한국 대소설의 혼맥婚脈

한국 대소설의 혼맥婚脈

조광국 지음

머리말

　대소설 연구를 거듭하면서 이념과 혼맥 그리고 사랑, 이 세 가지가 대소설의 요체임을 가늠하게 되었습니다. 이 책에서는 혼맥(婚脈)에 관한 것을 싣고, 제목을 『한국 대소설의 혼맥』으로 정했습니다. 이념에 관해서는 『조선시대 대소설의 이념적 지평』(2023)에서 다룬 적이 있습니다. 두 책은 짝을 이루면서 상호 보완적임을 밝혀둡니다. 사랑에 관한 논의는 다음 기회로 미룹니다.

　혼맥(婚脈)은 대소설의 존재 양태입니다. 제1부에서는 본격적으로 혼맥에 대해 논의하기에 앞서서 그 실마리가 되는 지점을 제시했습니다. 중편 〈옥호빙심〉, 〈쌍렬옥소삼봉〉과 장편 〈성현공숙렬기〉, 〈쌍천기봉〉을 대상으로 한 "역사적 배경, 서술의식 및 서사구조의 상관관계"에 관한 논의가 그중 하나입니다.

　네 작품은 모두 명나라 초기 성조(영락제)가 조카 혜종의 자리를 빼앗고 황제가 되는 역사적 사실을 수용했습니다. 그중 〈옥호빙심〉, 〈쌍렬옥소삼봉〉은 제위찬탈(帝位簒奪)에 대한 부정적 서술의식이 자리를 잡습니다. 그에 상응하여 혜종을 옹호하는 이들의 삶을 피세은둔의 삶으로 간략하게 처리하는 퇴거담(退去談)이 부각되고 남녀결연담(男女結緣談)은 확장되지 못한 채, 작품의 분량이 중편으로 그칩니다.

그리고 〈삼강명행록〉은 앞의 두 작품과 같이 성조의 제위찬탈에 대한 부정적 시각을 견지합니다. 그런데 흥미롭게도 이 작품은 혜종을 옹호하는 무리의 피세은둔의 삶을 유토피아(utopia)의 세계로 확대하고, 그 과정에서 정문 3대가 충효열을 실행하는 여정을 촘촘하게 펼쳐냈습니다. 이로써 〈삼강명행록〉은 장편 분량의 대소설로 자리를 잡았습니다.

한편 〈성현공숙렬기〉, 〈쌍천기봉〉은 앞의 작품들과 달리 제위찬탈에 대한 긍정적인 서술의식을 확보했습니다. 그에 상응하여 출사퇴거담의 경우 퇴거담보다는 출사담이 강화되고, 그 뒤를 이어 남녀결연담이 2대, 3대로 확장되어 작품의 분량이 길어집니다. 즉 두 작품은 장편 분량의 대소설로 자리를 잡았습니다. 〈임화정연〉 또한 그러한 양상을 보여주는바, 〈성현공숙렬기〉, 〈쌍천기봉〉과 마찬가지로 대소설의 장르적 성향을 드러냅니다.

그와 관련하여 〈임화정연〉에서 주목할 것은, 남녀결연담이 가문연대(家門連帶)의 성향을 드러낸다는 것입니다. 물론 대소설이 대부분 가문연대의 성향을 드러냅니다만, 〈임화정연〉은 그런 성향을 용의주도하게 펼쳐내고 있어서 새삼 눈길을 끕니다. 남녀결연으로 이루어지는 가문연대는 혼맥(婚脈)과 표리관계를 이루거니와, 이 책의 시선은 자연스럽게 혼맥 쪽을 향합니다.

혼맥에 대한 논의는 다른 연구자가 전혀 언급하지 않은 것으로 필자가 새롭게 눈여겨본 것입니다. 이에 제2부에서 제4부까지 대소설에 나타난 혼맥의 양상과 의미를 고찰했습니다. 대소설의 혼맥은 방사형 혼맥, 정형형 혼맥, 복합형 혼맥으로 세분할 수 있습니다.

제2부에서는 방사형 혼맥을 다루었습니다. 이 혼맥은 특정의 한 가문을 중심으로 여러 가문이 혼맥을 형성하는 모습을 보여줍니다. 그 형태가 방사형을 띠기에 방사형 혼맥이라 불렀습니다.

먼저 〈소현성록〉(〈소씨삼대록〉), 〈소문록〉의 방사형 혼맥을 다루었습니다. 〈소현성록〉은 그 안에 〈소씨삼대록〉을 포함하고 있는 단일 작품입니다. 그에 상응하여 소현성 세대까지는 기본 방사형을 설정하고 그의 자녀 세대에서는 확대 방사형을 설정했습니다. 〈소문록〉은 처음부터 확대 방사형 혼맥을 설정했습니다.

그리고 〈유효공선행록〉 연작과 〈성현공숙렬기〉 연작에서 설정한 확대 방사형 혼맥(1)의 경우, 전편이 기본 방사형 혼맥을 설정하고 후편에서 확대 방사형 혼맥을 설정했습니다. 이들 연작이 보여주는 혼맥 형성의 과정은 〈소현성록〉(〈소씨삼대록〉)의 혼맥 양상을 전편과 후편으로 나누어 설정한 것에 해당한다고 할 수 있습니다.

한편 〈쌍천기봉〉 연작과 〈벽허담관제언록〉 연작에서 설정한 확대 방사형 혼맥(2)의 경우, 이들 연작은 앞의 두 연작과 달리, 전편에서부터 확대 방사형 혼맥을 설정했습니다. 이는 애초에 확대 방사형을 설정한 〈소문록〉의 방식을 수용하여, 연작의 전편에서부터 확대 방사형 혼맥을 설정한 것이라 할 수 있습니다. 후편으로 가면서 그 확대 방사형 혼맥은 더욱 확대되는 양상을 보여줍니다.

제3부에서는 정형형 혼맥을 다루었습니다. 방사형 혼맥이 한 가문을

중심으로 여러 가문이 혼맥을 형성하는 모습을 보여준다면, 정형형 혼맥은 두서너 가문이 서로 비등하게 혼맥을 형성하는 모습을 보여줍니다. 세부적으로는 겹혼인 혼맥, 삼각혼 혼맥, 일부삼처혼 혼맥이 있습니다. 이들 정형형 혼맥은 부부의 수를 늘리되 가문의 수를 최소화하여 산만하지 않고 응집력 있는 구도를 설정하고 거기에 정형적 형태미를 획득했다고 할 수 있습니다.

〈창란호연록〉은 두 가문 사이에 겹혼인을 설정했는데, 아들과 딸을 주고받는 식으로 균형을 잡고 그 두 부부의 이야기를 대조적으로 펼쳐내는 지점까지 나아갔습니다. 〈청백운〉은 세 가문에 각각 두 남매를 설정하고 그들이 꼬리에 꼬리를 무는 연쇄적인 방식으로 세 쌍의 부부가 맺어지는 삼각혼을 설정했습니다. 그에 상응하여 세 집안의 부친 사이에 친분에 이어 삼각혼을 맺는 자식들 사이에 화목을 담아냈습니다. 거기에 더해 세 집안의 오라비들이 결속하여 정치적 영향력을 행사하기에 이릅니다. 이로써 세 가문이 형성하는 가문연대는 공고해지는데 그 모습은 삼각연대의 형태를 띱니다.

〈임화정연〉은 네 가문 사이의 일부삼처혼을 보여주는데, 그 일부삼처혼은 새로운 지평을 열었습니다. 첫째, 일부다처혼의 맥락에서 볼 때, 아내들 사이의 갈등과 불화를 없애고 처음부터 세 여성 사이의 화목에 초점을 맞추었습니다. 둘째, 세 부부에 속해 있는 각각의 세 여성이 서로 친분을 맺는 삼각혼과 달리, 한 남편을 따르는 세 부인이 화목을 형성하는 새로운 지점을 선보였습니다.

하나 더 있습니다. 그것은 임규 · 화빙아 · 정연양 · 연영아의 주동적 일부삼처혼에 이어 그와 정반대의 성향을 띠는 적대적 일부삼처혼을 설

한국 대소설의 혼맥婚脈

정한 것입니다. 이로 인해 두 일부삼처혼은 형태로나 내용에서 서로 대립적으로 구조화되는 틀을 획득합니다.

이렇듯 우리 대소설은 두 가문 사이의 겹혼인, 세 가문 사이의 삼각혼에 멈추지 않고 네 가문 사이의 일부삼처혼을 설정하는 데까지 나아갔습니다. 그것은, 작가가 독자의 흥미를 끌기 위해 남녀의 결혼을 놓고 끊임없이 고민했다는 것을 말해줍니다. 그뿐 아닙니다. 우리 대소설은 겹혼인, 삼각혼, 일부삼처혼 등을 결합하여 보다 확대된 혼맥을 확보하는 데까지 나아갔습니다. 그게 복합형 혼맥입니다.

제4부에서는 복합형 혼맥을 다루었습니다. 복합형 혼맥은 기본적으로 겹혼인과 삼각혼이 합쳐진 형태, 겹삼각혼과 일부삼처혼이 합쳐진 형태 등 정형형 혼맥이 다양하고 복합적으로 얽히는 모습을 보여줍니다. 특정의 가문의 혼맥은 그 자체로 방사형 혼맥의 형태를 보여주며 복합형 혼맥으로 수용됨은 물론입니다.

〈난학몽〉은 사각혼·겹혼인·삼각혼이 맞물리는 복합형 혼맥의 형태를 보여줍니다. 그 혼맥은 정치적 대립을 수반하는데, 그 대립은 북송 시대에 왕안석이 주도하는 신법당과 그에 반대하는 구법당의 대립으로 설정됩니다. 주동인물들은 구법당 세력에 속하는 것으로 되어 있습니다. 대소설에서 정도의 차이는 있지만 〈난학몽〉과 같이 대부분 혼맥과 가문 연대가 맞물리며 정치적 성향을 띱니다.

〈화정선행록〉은 겹혼인·삼각혼·일부삼처혼을 결합한 복합형 혼맥을 선보였습니다. 먼저 겹혼인과 삼각혼에 동원되는 가문의 수가 최대 5개가 될 수 있지만, 최소로 3개 가문을 설정하여, 겹혼인과 삼각혼을 한데 모으고 다시 두 개의 일부삼처혼을 엮음으로써, 응집력 있는 형태미를 확보했습니다. 복합형 혼맥은 산림(山林), 권문세가와 황실 사이의 가문연대를 지향하는데, 그 중심에 산림이 자리를 잡고 있습니다. 그런데 그 산림은 온전한 가문의 모습을 갖추고 있을 뿐 아니라 그 가문의 모습이 벌열 성향을 띱니다. 즉 〈화정선행록〉은 벌열 지향적 산림 혹은 벌열 산림의 모습을 담아내는 데 초점을 맞추었다고 할 수 있습니다.

〈옥수기〉는 겹혼인 · 일부삼처혼 · 사각혼의 복합형 혼맥을 설정했습니다. 특징적인 것은 그 혼맥과 가문연대가 지기 · 의리 · 풍류의 성향과 화해와 순응의 원리를 바탕으로 한다는 것입니다. 이는 〈옥수기〉가 상층 가문의 집단적 욕망을 낭만적으로 펼쳐낸 것에 해당하는데, 19세기의 대소설의 한 모습을 보여준다고 할 것입니다.

〈유이양문록〉은 겹혼인 · 삼각혼 · 겹삼각혼의 복합형 혼맥을 설정했습니다. 세부적으로 무려 아홉 개의 겹혼인과 세 개의 삼각혼을 설정하고 거기에 더해 새롭게 겹삼각혼을 창출했습니다. 그 혼맥을 통해 가문연대가 대폭 확대되는 모습을 보여줍니다. 한편 복합형 혼맥의 형성을 방해하는 결연 장애가 펼쳐지는데 그 결연 장애는 다섯 가지의 반복 · 변이의 모습을 보여줍니다. 그리고 그중 여성 적대인물의 애정 애욕에 의한 것이 네 가지가 될 정도로 큰 비중을 차지합니다. 이는 상층여성의 애정 애욕의 힘이 복합적 혼맥 및 가문연대의 힘에 팽팽하게 대립할 정도로 작품적 의미가 크다는 것을 의미합니다. 하지만 여성 적대인물은 남편 아닌 다른 남성을 사랑했거니와 그런 여성은 가부장제 이데올로기에 정면 배치되기에 비극적 종말을 맞고 맙니다.

〈명주보월빙〉 · 〈윤하정삼문취록〉 연작의 복합형 혼맥은 극대화되는

한국 대소설의 혼맥婚脈

양상을 보여줍니다. 전편 〈명주보월빙〉은 한 개의 삼각혼 안에 두 개의 겹혼인이 얹혀 있는 정형형 혼맥을 보여줍니다. 후편 〈윤하정삼문취록〉에 이르면 무려 124쌍의 혼사담이 설정되는데, 그중 윤문과 하문 사이의 삼겹혼, 윤문과 정문 사이의 7겹 혼인, 하문과 정문 사이의 16겹 혼인이 있고, 윤·하·정 3문의 삼각혼은 무려 5겹 삼각혼에 달합니다. 또한, 다른 가문과의 삼각혼이 다수 설정되어 있음은 물론입니다. 그중에 삼각혼 4개가 겹쳐서 삼각뿔의 형태를 이루는 혼맥도 있으며 그런 형태의 혼맥이 네 가지나 됩니다. 미처 제시하지 않은 것까지 아우르면 그 복합형 혼맥의 전모를 밝히기가 어려울 정도입니다.

이렇듯 극대화된 복합형 혼맥은 무수한 남녀 이야기를 무리 없이 펼쳐 낼 수 있는 토대가 됩니다. 하지만 그 이야기는 아무리 다양해도 상층가문의 이야기에 한정될 뿐이고 작품의식 또한 벌열 의식에서 벗어나지 않습니다. 역설적이게도 이렇게 극대화된 복합형 혼맥은 대소설이 더 나아가기 어려운 장르적 한계를 맞게 되었음을 시사합니다.

대소설의 혼맥은 17세기 이후 조선 사회에서 유력 가문들이 통혼관계를 바탕으로 형성한 집단적 연대라는 사회구조를 수용하되, 가문연대와 다양한 갈등을 융화하여 형태적, 내용적으로 균형성을 획득한 소설형식입니다. 그러한 혼맥의 소설형식은 세계에서 찾아보기 힘든 우리의 문학적, 문화적 자산이라고 말할 수 있습니다.

이 책은 새로 쓴 곳도 있고 이전에 썼던 논문을 가져와 체제와 내용을 수정한 곳도 있습니다. [일러두기]에 밝혀 놓았습니다.

여러분께 감사의 마음을 전하고 싶습니다. 먼저 내게 교육과 연구의 자리를 마련해준 아주대학교에 감사를 표하지 않을 수 없습니다. 이 책이 출간되기까지 한국학술정보 채종준 대표님을 비롯하여 출판사업부 편집진께 감사의 인사를 드립니다.

예수 그리스도, 내 주의 사랑과 은혜에 감사할 뿐입니다. 나의 힘이 되신 주여, 내가 주를 사랑합니다(시편 18:1).

2023년 12월 7일

조광국

[일러두기]

[제1장] 다음 논문을 이 책의 체제와 내용에 맞게 수정한 것입니다.

- 「고전소설에서의 사적 모델링, 서술의식 및 서사구조의 관련 양상-〈옥호빙심〉〈쌍렬옥소삼봉〉〈성현공숙렬기〉〈쌍천기봉〉을 중심으로-」, 『한국문화』 28, 서울대 한국문화연구소, 2001.
- 「〈임화정연〉에 나타난 가문연대의 양상과 의미」, 『고전문학연구』 22, 한국고전문학회, 2002.

[제2장] 새로 썼습니다.

[제3장] 다음 논문을 이 책의 체제와 내용에 맞게 수정한 것입니다.

- 「다중결연구조의 양상과 의미-〈창란호연록〉〈청백운〉〈임화정연〉을 중심으로」, 『국어교육』 121, 한국어교육학회, 2006.

[제4장] 〈난학몽〉 그리고 〈명주보월빙〉 연작에 대해서는 새로 썼습니다. 〈옥수기〉, 〈화정선행록〉, 〈유이양문록〉에 대한 것은 다음 논문을 이 책의 체제와 내용에 맞게 수정한 것입니다.

- 「〈옥수기〉의 벌열적 성향-작품세계 · 향유층을 중심으로-」, 『한국문화』 30, 서울대 한국문화연구소, 2002.
- 「〈화정선행록〉에 나타난 다중결연의 복합 구조」, 『한국문학논총』 45, 한국문학회, 2007.
- 「〈유이양문록〉의 작품세계-서사구조와 결연 장애를 중심으로-」, 『고소설연구』 26, 한국고소설학회, 2008.

목 차

제1부

대소설의
존재 양태

I 역사적 배경, 서술의식 및 서사구조의 상관관계

〈옥호빙심〉, 〈쌍렬옥소삼봉〉과 〈성현공숙렬기〉, 〈쌍천기봉〉

1. 문제 제기

〈옥호빙심〉, 〈쌍렬옥소삼봉〉과 〈성현공숙렬기〉, 〈쌍천기봉〉은 모두 상층 벌열의 세계를 지향하지만, 결말은 다르다. 앞의 두 작품은 벌열 가문으로 정착하지 못한 채 종결되는데, 그와 달리 뒤의 두 작품은 벌열 가문으로 정착하여 가문의 명성과 위상을 높이는 것으로 마무리된다. 그 차이점은 단순히 개별 작품의 특성에 그치지 않고, 중편과 장편의 분화 및 장르적 특성을 보여준다는 점에서 주목할 만하다.

이 시점에서 직간접적으로 도움을 주는 선행연구를 제시하면 다음과 같다. 일찍이 이상택은 대소설의 서사 구조와 서사 원리 연구를 통하여 대소설의 구조적 특성을 밝혔고, 이수봉은 대소설의 구성 원리를 주로 가문의 문제와 결부시켜 논의했다.[1]

---

* 「고전소설에서의 사적 모델링, 서술의식 및 서사구조의 관련 양상-〈옥호빙심〉 〈쌍렬옥소삼봉〉 〈성현공숙렬기〉 〈쌍천기봉〉을 중심으로-」(『한국문화』 28, 서울대 한국학연구원, 2001, 55~83쪽)의 제목과 일부 내용을 이 책의 체제에 맞게 고쳤으며, 〈삼강명행록〉에 관한 내용은 새로

후속 연구자들은 이들의 연구를 심화·확대했다. 그중에 임치균은 연작형 삼대록의 경우 작품의 전개와 갈등이 개인 중심에서 가문 중심으로 이동되며, 그에 병행하여 사실화 지향성과 작품의 장면화 성향을 수반한다고 했다. 그리고 정병설은 〈완월회맹연〉이 편년의 원리를 바탕으로 하면서 순환과 대칭의 원리, 반복의 원리, 확대와 지속의 원리 등 서사 원리를 통해 이야기가 확대되고, 또한 장면전개확대를 통해 장면마다 자족적인 의미망을 형성한다고 밝혔다. 송성욱은 대소설 구성의 근간 요소로 애욕추구담, 탕자개입담, 쟁총담, 동침갈등담, 박대담, 옹서대립담, 계후갈등담을 추출하고, 그 7개 단위담의 교직으로 대소설의 작품세계가 구축된다고 보았다.[2]

한편 우리 소설은 중국의 역사를 배경으로 하는데, 역사적 배경이 단순히 소재 차원에서 그치지 않는다는 게 눈길을 끈다. 역사적 배경은 작중인물의 성격과 태도와 긴밀한 관련을 맺거니와, 그런 작중인물에 대해 잘잘못을 가리는 포폄(褒貶)의 평가가 창작방법의 일환이라는 것이다.[3]

이상, 선행연구는 크게 서사구조, 서술의식 그리고 역사적 배경에 대한 논의로 이루어졌다고 할 수 있는데, 아쉬운 것은 세 가지를 한 자리에

넣었음.

1 이상택, 『한국 고전소설의 탐구』, 중앙출판, 1981; 이수봉, 『가문소설연구』, 형설출판사, 1979; 이수봉, 『한국가문소설연구』, 경인문화사, 1992.

2 송성욱, 「조선조 대하소설의 구성 원리에 대한 방법론적 접근」, 『한국 고전소설과 서사문학』 상, 집문당, 1997; 임치균, 『조선조 대장편소설연구』, 태학사, 1996; 이승복, 『고전소설과 가문의식』, 월인, 2000; 조용호, 「삼대록 소설 연구」, 서강대 박사논문, 1995; 정병설, 『완월회맹연 연구』, 태학사, 1998.

3 구본기, 「고전소설에 나타난 선비의 진퇴의식」, 『고전문학연구』 11, 한국고전문학회, 1996.

놓고 논의하는 경우가 없었다는 것이다. 여기에서는 세 가지 요소의 상관관계를 조명하고자 하거니와, 이 논의를 통해 역사적 배경과 서술의식의 관련 양상과 그로 인한 중편과 장편의 분기점 그리고 그에 상응하는 서사구조의 양상이 밝혀지리라 예상한다.

이를 밝히기 위해 세부적으로는 먼저 역사적 배경과 서술의식의 관련 양상에 대해 살펴보고, 다음으로 중편과 장편의 분화 그리고 그와 관련한 서사구조에 대해 알아보고자 한다. 마지막으로 이들 장편소설이 대소설의 장르적 특징을 지니고 있음을 제시하고자 한다.

2. 역사적 배경과 서술의식의 관련 양상

〈옥호빙심〉, 〈쌍렬옥소삼봉〉과 〈성현공숙렬기〉, 〈쌍천기봉〉은 모두 명나라 초기 황실의 제위계승과 종법을 둘러싼 역사적 상황을 배경으로 한다.[4] 명나라 초기 제위계승 과정에서 큰 사건이 세 차례나 발생했다. 연왕이 조카 혜종의 제위를 찬탈하고 성조(영락제)에 올랐던 정난의 변(靖難之變), 5대 선종이 숙부 한왕의 반역을 진압한 사건 그리고 토목의 변을 전후로 하여 6대 영종의 제위가 7대 경제에 의해 한동안 끊겼던 사건 등이 바로 그것이다. 당시 황제의 제위계승 과정을 간략하게 제시하면 다

---

4   최길용, 「성현공숙렬기 연작소설 연구」, 『국어국문학』 95, 국어국문학회, 1986; 김탁환,
    「쌍천기봉의 창작방법 연구」, 『관악어문연구』 18, 서울대 국어국문학과, 1993; 박영희,
    「쌍렬옥소삼봉의 구조와 문학적 성격」, 『어문연구』 90, 한국어문교육연구회, 1996.

음과 같다.[5]

```
①태조————태자————————②태손 혜종(건문제)
(1368~1398)              (1398~1402)

     ③성조(영락제)——④인종————⑤선종————⑥영종
     (1402~1424)   (1424~1425) (1425~1435) (1435~1449)

          한왕                        ⑦대종
                                      (1449~1456)

                                      ⑧영종 복위
                                      (1457~1464)
```

　먼저 정난의 변(靖難之變)을 살펴보기로 한다. 태조 주원장은 26명의 아들을 두었는데, 장자를 태자로 삼고 나머지 아들들은 번왕으로 임명했다. 넷째 아들 연왕은 몽골군의 항복을 받아 태조의 신임을 받았다. 그러던 중에 태자가 병사하고 태손(주윤문)이 2대 혜종에 올랐다. 혜종은 제태와 황자징의 진언에 따라[6] 번왕의 세력을 견제하는 방침을 세우고 제왕, 대왕, 민왕 등의 왕위를 삭탈하고 신분을 서인으로 낮추었다. 그 와중에서 상왕이 불에 타 자살했다. 이에 연왕이 1399년 7월 정난병(靖難兵)을 일으켰고, 그 과정에서 연왕이 조정의 산동참정 철현에게 북평에서 패하는 등 열세에 처했지만, 마침내 1402년 제위를 찬탈하고 3대 성조에 즉위했고, 그 후 성조는 방효유, 경청 등 구신(舊臣)의 9족을 멸했다.[7]

5　김탁환(앞의 논문)이 제시한 것에다 내가 조사한 것을 덧붙였음.

6　建文元年 夏四月 湘王柏自焚死 齊王榑 代王桂有罪 廢爲庶人…六月 岷王梗有罪 廢爲庶人 徙漳州(『明史』 권4, 本紀 제4).

7　宮崎市定(저), 조병한(역), 『중국사』, 역민사, 329~335쪽; 『중국역사』 하, 도서출판 신서원, 1993, 205~229쪽; 『중국통사』, 청년사, 1976, 622~624쪽.

다음 한왕의 반역 사건을 보자. 한왕은, 성조의 뒤를 이어 즉위한 4대 인종의 동생으로, 조카인 5대 선종이 1426년에 즉위했는데, 그해 8월에 역모를 감행했다. 이때 선종은 3양(양사기·양영·양부)의 강경책에 따라 한왕의 반란을 진압했다. 이후 선종은 황제의 권력을 안정시키기 위하여 번왕의 권력을 대폭 줄이고, 번왕을 봉록을 받는 존재로 격하했다.[8]

다음으로 토목(土木)의 변에 대해 살펴보기로 한다. 6대 영종 때 1449년 에센(야선)이 이끄는 오이라트군이 침공했는데 영종은 환관 왕진의 말을 듣고 친정(親征)했다가 토목보에서 포로가 되었고 왕진은 부하에게 살해당했다. 영종은 1년 넘게 포로로 지내다가 1450년 북경으로 돌아왔는데, 그때 영종의 아우 주기옥이 7대 대종이 된 지 1년이 지난 때였는지라, 영종은 남궁에 갇혀 지냈다. 그 후 1457년 대종이 병이 들자 영종은 왕진의 잔당인 조길상, 이현 등의 도움을 받아 복위했다.[9]

중국 역사에서 큰 파문을 일으켰던 이들 사건은 소설 작품에서 중요한 배경으로 설정된다.

2.1. 〈옥호빙심〉, 〈쌍렬옥소삼봉〉: 태조 · 혜종을 향한 절의(節義)

〈옥호빙심〉의 시대 배경은 '①태조-②혜종-③성조-④인종-⑤선종'이다. 그런데 〈옥호빙심〉의 경우 주인공의 주된 활약상은 ③성조 시대에서 그치고 그 후에 방계적 인물에 대해서는 매우 간략한 서술에 그치는 점

---

8 『중국사』, 340~346쪽;『중국역사』하, 235~236쪽;『중국통사』, 635쪽.

9 『중국사』, 346~348쪽;『중국통사』, 635~639쪽;『중국통사강요』, 이론과 실천, 1991, 285~287쪽.

한국 대소설의 혼맥婚脈

을 고려하면, 〈옥호빙심〉의 주된 시대 배경은 '①태조-②혜종-③성조' 때라 할 수 있다. 그리고 〈쌍렬옥소삼봉〉의 시대 배경은 '①태조-②혜종-③성조' 때로 되어 있다.

두 작품은 '①태조-②혜종-③성조'의 제위계승 과정에서 세부적으로 주원장의 명나라 건국 이후 태자가 병들어 죽고 태손 혜종이 제위를 계승한 후에 제태·황자징을 신임하는 한편 번왕을 견제하는 정책을 추진한 것, 연왕이 정난병(靖難兵)을 일으켜 조카 혜종의 제위를 찬탈하고 구신(舊臣)을 처형한 역사적 사실을 적극적으로 수용했다.

한편 두 작품은 사실과는 무관하게 허구적 인물인 사강백(〈옥호빙심〉)과 위명(〈쌍렬옥소삼봉〉)을 주인공으로 설정했다. 그 지점에서 눈길을 끄는 것은, 소설에서 두 인물은 연왕의 제위찬탈을 끝까지 반대하며 절조를 지키는 자로 그려졌다는 것이다. 두 인물의 절의는 실제 역사에서 성조의 제위찬탈에 반대하며 혜종을 향한 의리를 지키다가 축출·처형된 많은 신하의 절의와 동궤에 있다. 이로 보건대 두 작품의 서술의식은 '태조·혜종과의 친근성' 및 '성조와의 단절성'의 성향을 띤다고 할 것이다.

〈옥호빙심〉에서 '태조·혜종과의 친근성'은 주인공 사강백의 처신에서 잘 드러난다. 사강백은 원나라가 망하고 명나라가 들어서자 벼슬길에 나아가 입신양명의 뜻을 펼치고자 했으며, 그 과정에서 부친 사옹의 허락을 얻어냈다. 팽려호 소치 노인과 나눈 변론의 자리에서 사강백은 벼슬길로 나아가고자 하는 뜻을 명백히 밝혔을 만큼 그의 출사 의지는 견고했다. 그때는 태조 이후 혜종의 제위 시절이었는데, 정세가 바뀌어 성조가 조카 혜종의 제위를 찬탈하는 정난의 변이 일어났다. 이에 사강백은 입신출세의 뜻을 접고 소치 노인의 퇴거(退去) 권유를 받아들이게 된다. 그것은 혜종에 대해 의리를 지키고자 했기 때문이었다. (만약 성조의 제위찬탈이 없이 1대 태조와 2대 혜종으로 이어지는 제위가 지속되었다면 사강백은 출사했을 것이다.)

　이러한 서술의식은 사강백의 증조부를 송나라 말엽의 실존 학자 사방득으로 설정한 것으로 연계된다. 사방득은 원의 침략에 맞서 싸웠으며 송이 멸망하자 은거했다가 원에 잡혔을 때 절사(節死)했다.[10] 작품에서는 그런 역사적 사실을 수용하여 "송에 벼슬하여 강동노제로 치사했는데 송이 망하자 원에서 불렀으나 나아가지 아니하고 죽었다"라고 설정했다. 그러한 사방득의 절의(節義)가 증손자 사강백에게 이어지는 것으로 허구화한 것이다.

　'태조·혜종과의 친근성'은 '성조와의 단절성'과 맞물린다. 먼저 성조의 등극을 인정하지 않고 절사한 실존 인물인 경청, 방효유 등을 작중인물로 설정하여 성조와의 단절성을 확보했다.[11] 그리고 명나라 초기 학자 관료로서 성조 때 벼슬했던 해진(解縉)의 역사적 행적을 거의 그대로 수용하여[12] "성조를 섬겨 극히 총행함을 얻으니 진의 사람됨이 본래 총민하

10　사방득(謝枋得)은 위인이 호상(豪爽)하고 직언을 좋아했고, 항상 책을 읽었는데 한번 본 것은 종신토록 잊지 않았다. 보우(寶祐) 때 진사를 한 뒤 벼슬길로 나아갔다. 원이 침략했을 때 맞아 싸웠고 성이 함락되자 당석산에 숨었다. 송이 멸망하자 은거했다가 원에 잡혔을 때 음식을 입에 대지 않고 죽었다. 〈첩산문집〉을 남겼다. (『明史』 권 147. 『宋元學案』 권 84)

11　『明史』 권 141, 열전 제29.

12　해진은 길수(吉水) 사람으로 부친은 해개(解開)이다. 자는 대신, 시호는 문곡이다. 홍무 21년에 진사를 하여 서길사(庶吉士)를 제수받았으며 어사가 되어 고향을 밟는다. 성조 때 황태자가 세워진 뒤 해진은 한림학사 겸 우춘방 대학사가 되었다. 성조(영락제)의 신임을 받았으나, 태자 태손을 중시하고 한왕 고후를 경계했다가 한왕에게 미움을 받고 그로 인해 귀양 가서 죽었으며 그의 처자와 종족은 요동으로 옮겨졌다. 성화 2년에 복관되었

　　　　　　　　　　　　　　　　　한국 대소설의 혼맥婚脈

고 문학이 출중한(권4)" 자로 서술해 놓고, 그런 해진을 사강백의 처남으로 허구화한 뒤, 사강백이 해진에게 퇴거를 권유하는 것으로 설정했다. 그에 더하여 허구적 인물인 사강백은 연왕의 제위찬탈을 반대한 후에 팽려호에서 은둔하는 것으로 그려진다. 이로 보아 사강백의 인물 형상에서 성조와의 단절성을 치밀하게 드러냈음을 알 수 있다.

다음으로 〈쌍렬옥소삼봉〉에서 드러나는 '태조·혜종과의 친근성'을 보자. 역사적 사실에 따라 명 태조 시절의 공신인 유기, 서달, 상우춘 등을 제시했다. 그리고 허구적 작중인물로 위현·상씨 부부와 다섯 아들 원, 성, 계, 경, 명 등을 설정하고 그중 위명을 주인공으로 세우고, 1대 위현은 명 태조의 건국공신(18번째 위국원훈)으로, 상씨는 건국공신 상우춘의 딸로 설정하고, 아들들이 태조와 혜종 때에 과거급제한 것으로 제시했다.

또한, 역사적 사실에 따르면 건국 이후 개국공신은 대부분 주원장에 의해 처형되었고 서달, 상우춘 등은 처형되기 전에 별세했는데,[13] 작품에서는 서달과 상우춘을 살아 있는 것으로 허구화하고 상우춘을 위명의 외조부로 내세움으로써, '위씨가문–상우춘–태조'의 연결고리를 통해 위씨가문과 태조의 친근성을 확보했다.

〈쌍렬옥소삼봉〉의 '태조·혜종과의 친근성'은 '성조와의 단절성'과 표

다. (『明史』권147, 열전 제35) 해진이 진사를 하게 된 해가 홍무 15년이라는 점, 부친이 해영으로 되어 있는 점, 형이 없는 것으로 되어 있는 점 등(이상 작품세계)이 사실과 다르게 되어 있고, 이를 제외한 부분은 사실과 거의 일치한다.

13 1380년(홍무13) 호유용(胡惟庸)의 옥(獄)을 거쳐 1393년(홍무26) 남옥(藍玉)의 옥(獄)에 이르기까지, 호유용, 송렴, 이선장, 남옥 등 공신들이 연좌되어 살해되었다. 호유용의 옥으로 3만여 명, 남옥의 옥으로 2만여 명이 처형되었다. (『중국역사』하, 217~219쪽)

리관계를 이룬다. 훗날 자신의 신하가 되어 달라는 연왕의 요청을 받고, 위명이 대답하는 대목이다.

> 왕이 더욱 사랑하야 그 손을 자바 갈오디 네 타일 니 신히 되리니 잇찌 셔로 친이하던 바로 싱각하여 진충보국하라 명의 변식 왈 디왕의 실언(失言)하시미로다 연국의 이신즉 디왕이 신히(臣下)어니와 임의 상국이셔 벼살하니 엇지 디왕긔 속하리요 (〈쌍렬옥소삼봉〉, 436~437쪽)

위명은 자신이 연왕의 신하가 아니며 연왕 또한 신하의 처지에 있음을 들어 연왕의 요청을 실언으로 몰아붙이며 거절했다.[14] 그리고 조정 신료들의 절사, 혜종의 후회 장면에 이어, 실제 역사에서 절사했던 경청이 위명의 꿈에 나타나 위명을 위로하는 장면을 제시하여 성조(연왕)와의 단절성을 확보했다. (경청은 〈옥호빙심〉에서도 등장한다.) 그리고 성조(연왕)가 제위찬탈 이후 위명을 죽이지 못한 것을 후회하고, 위명의 부인 양소저를 진왕의 둘째 왕비로 들여 위명의 결혼을 방해하는 것을 통해 성조와의 단절성을 더욱 확고히 드러냈다.

〈삼강명행록〉의 경우에도 그와 유사하다. 명 태조가 태손 혜종을 업신여기는 아들 연왕을 감금하는 대목, 연왕이 정난병을 이끌고 상경할 때 제위찬탈을 반대했던 충신 방효유, 경청의 죽음이 생생하게 묘사되는 대목, 도연(요광효)의 누이가 연왕의 정난기병을 도왔다고 하여 도연을 만나주지 않는 대목, 주인공 정흡이 혜종이 있는 궁궐로 들어가는 대목, 정

---

14 〈쌍렬옥소삼봉〉의 이본인 〈삼생기연〉에도 "명나라 곡식을 먹지 아니하고 명나라 년호를 쓰지 아냐"라고 되어 있다. (〈삼생기연〉, 『활자본고전소설전집』 3, 244쪽)

홉의 아내 사씨가 궁궐이 함락되었다는 소식을 듣고 강물에 뛰어드는 대목 등(이상, 권2, 권3, 권4)이 설정되고, 그 후로 충신들이 혜종과 함께 천태산으로 피신하여 훗날 혜종의 복귀를 도모하는 내용이 절절하게 펼쳐진다. 앞의 두 작품과 같이 '태조·혜종과의 친근성' 및 '성조와의 단절성'이 〈삼강명행록〉을 관통하는 서술시각으로 자리를 잡는다.[15]

2.2. 〈성현공숙렬기〉, 〈쌍천기봉〉: 성조(연왕)와의 친분

〈성현공숙렬기〉의 시대 배경은 '①태조-②혜종-③성조'인데, '①태조-②혜종'까지는 간략한 서술로 그치고, 주된 시대적 배경은 ③성조의 연왕 시절과 제위찬탈 이후이며, 그중에서도 연왕이 황제가 된 성조 때로 초점이 맞춰진다. 〈쌍천기봉〉의 시대 배경은 '①태조-②혜종-③성조-④인종-⑤선종-⑥-영종-⑦대종-영종'으로 확대된다.

〈성현공숙렬기〉, 〈쌍천기봉〉은 '성조와의 단절성'과 '성조와의 친근성'이 공존하다가 뒤쪽으로 귀결되는 서술의식을 드러낸다.

임한주·한규 형제는 처음에는 성조의 제위찬탈을 부정적으로 인식했으며, 성조의 집요한 설득에도 벼슬길에 나서지 않는 모습을 보여준다. 명 태조 사후 혜종 시절 연왕이 한주 형제에게 신하가 되어달라고 요청하자, 한주 형제는 불충부도(不忠不道)라며 거절하고, 연왕이 제위에 오른 후에는 향리에 숨어버렸다. 이러한 임한주 형제의 태도는 〈옥호빙심〉, 〈쌍렬옥소삼봉〉에서 사강백과 위명이 취한 태도와 마찬가지로 '성조와

---

15   〈삼강명행록〉의 경우는 이전의 내 논문에 없었다. 이 책에서 새로 넣었다.

의 단절성'의 성향을 보여준다.

하지만 빼놓을 수 없는 것은, 성조를 긍정적으로 바라보는 시각의 실마리가 있다는 것이다.

> 디명 튀조 고황뎨 쵸야의 니러나스 삼쳑검을 집ᄒᆞ시고 호원의 비린 틔글을 ᄲᅳ러 바리고 댱ᄉᆞ셩 진우량 등을 한 북의 파ᄒᆞ고 드듸여 산하롤 일통ᄒᆞ스 샤직을 완젼ᄒᆞ시니 이곳 슈명어현하신 셩군이라 명궁 마후긔 지치션션ᄒᆞ사 ᄉᆞ위(四位) 황ᄌᆞ(皇子)롤 탄싱ᄒᆞ시니 연왕 체의 텬일지표롤 가장 이즁ᄒᆞ샤 깁히 유의ᄒᆞ시나 펴댱닙유(廢長立幼)ᄂᆞᆫ 국가디변이라 고로 봉ᄒᆞ야 연국의 독롤 삼아 계시더니 틔죄 붕ᄒᆞ신 후 건문뎨 닙ᄒᆞ시니 년소나약ᄒᆞ야 강산의 님진 아니어놀 일반신요 등이 졔왕의 강셩ᄒᆞ믈 두려 문득 모든 공ᄌᆞ의 분극ᄒᆞ믈 허치 아니ᄒᆞᄂᆞᆫ지라〈셩현공숙렬긔〉권1)

위 인용문은 태조에 이어 태손 혜종이 제위를 잇는 과정을 담아내고 있다. 태조가 연왕의 폐장입유(廢長立幼) 즉 제위 변경을 부정적으로 보고 혜종이 제위를 잇게 했다는 내용이 서술되어 있다. 그런데 주목할 것은, 연왕을 애지중지하는 태조의 모습이 나온다는 것이다. 그 연장선에서 태손인 2대 혜종이 나약혼암(懦弱昏暗)하여 황제감이 아니었다는 서술자의 시선이 이어진다. 연왕을 향한 우호적 시선은 강화되는 것이다. 태조의 시선과 서술자의 시선은 한데 얽히면서 연왕을 향한 우호적 서술의식을 형성하여 향후 서사세계를 지탱하는 의식으로 자리를 잡는다.

그런 서술의식은 임한주·한규 형제의 처신에서 확인된다. 명 태조 사후에 적장승계의 종법을 준수하는 선에서 제위가 태손으로 이어지게 되고, 그로 인해 여러 왕의 반란이 예견되는 상황에 이르자, 명 태조 때 선조구신(先朝舊臣)인 임한주·한규 형제는 고향에 머무를 수밖에 없는 상황에 처하게 된다. 그런데 그때 한주·한규 형제의 고향 체류는 위기의 상황에서 몸을 도사리는 성향을 띤다. 퇴거로 귀착되는 게 아니다. 한주·한규 형제는 잠시 벼슬했던 명 태조 때부터 성조(연왕)와 친교가 있었던바, 그 친교를 계기로 훗날 성조의 제위계승 이후 정국이 안정되자 임한주 형제는 벼슬길로 나아가기에 이른다. 이로 보건대 한주·한규 형제의 고향 체류는 누가 제위를 얻게 될지 모르는 험난한 정국(政局)에서 안신의 처신이라는 의미를 띠며, 정국이 안정된 성조 시대에 출사라는 방향성을 띤다.

〈쌍천기봉〉에서도 비슷한 양상을 보여준다. 연왕을 향한 이현의 태도는 처음에는 반대와 수용, 두 가지가 공존하다가 연왕을 수용하는 쪽으로 바뀐다. 처음에 이현은 명 태조와 혜종을 향한 의리를 내세워 연왕의 신하가 되는 것을 거절하고 연왕의 제위찬탈에 대한 반대 의사를 분명하게 밝혔다. 한편으로 이현과 연왕 두 인물이 서로 도움을 주고받으며 친분을 맺는 것을 빼놓지 않았다. 단적으로 구신들에 의해 연왕이 제거될 위기에 처하자, 이현은 연왕에게 거짓으로 중풍이 든 것처럼 하라는 계교를 일러주어 위기를 모면하게 한 사건, 반대로 이현이 인육주점에서 위기에 처했을 때 연왕이 이현을 구해낸 사건이 설정된다.

연왕을 향한 이현의 이중적 태도는, 연왕이 이현의 모친을 내세워 이현을 설복하는 과정을 거쳐서 이현이 연왕의 제위찬탈을 인정하는 것으로 귀결된다. 급기야 이현은 연왕의 제위찬탈을 천명(天命)으로 인정하기에 이른다.

① 우연이 눈을 드러 건상을 부라보니 연북 다히로 셰셩이 당〃호야 빗치
두우의 쏘이고 형혹이 줌셩을 범호니 혹시 위연 탄왈 어린 인군이 대위
의 거호야 좌우의 경례 보필홀 지죄 아니어눌 텬명이 쏘 이러툿 호도다
〈쌍천기봉〉 권1)

② 당쵸 연왕이 텬명 바다시믈 아나 오히려 적은 거술 춤고 큰 뜻이 이시믈
보미 이 계교롤 일넛더니 추언을 듯고 심하의 싱각호디…이제 연왕이 모
질이 더온 거술 혜디 아니니 무춤니 대업을 일워 일셰의 명군이 되리로
다〈쌍천기봉〉 권1)

이에 더하여 〈쌍천기봉〉에서 성조 이후 제위계승이 긍정적으로 그려
진다. 성조 이후 한왕의 반란과 진압, 선종의 한왕 처형, 토목의 변과 영
종의 복위 등 역사적 사실의 수용 과정에서, 허구적으로 설정된 이문에
서 선종의 종통 확립, 영종의 복위 등에 기여하는 것으로 그려진다. 즉 성
조의 제위찬탈과 그 후 다른 황제의 제위계승을 통해 성조와의 친근성이
지속된다.

이와 관련하여 〈옥호빙심〉, 〈쌍렬옥소삼봉〉과 〈성현공숙렬기〉, 〈쌍천
기봉〉의 분기점에 대해 좀 더 살펴보기로 한다. 〈옥호빙심〉, 〈쌍렬옥소
삼봉〉에서 제위찬탈을 인정하는 틈새가 전혀 보이지 않는 것은 아니다.
단적으로 '성조와의 친근성'이 이들 작품의 주인공과 가까운 사이인 인
물들에 의해 표출된다.

〈옥호빙심〉을 보면, 성조 때 해진이 출사했다가 한왕에 의해 투옥되
고, 훗날 선종이 즉위하면서 해진의 사면복직이 이루어지고, 이어서 해
진의 아들(해정랑)이 한왕의 반란을 진압한다. 그리고 해진은 사강백의 친

구이자 처남이 되는 사이다. 이는 성조의 제위찬탈을 현실적으로 인정하는 틈을 열어 놓은 것에 해당한다. 물론 거기에서 그치고 그 내용도 간단하게 서술되는 정도다. 하지만 만약 〈옥호빙심〉에서 사강백이, 연왕의 제위찬탈을 인정하는 해진의 출사의식(出仕意識)을 따르게 되면, 해진의 아들 해정랑이 한왕의 반란을 진압하는 대목을 거쳐 사강백과 그 후손의 이야기가 새롭게 확대될 수 있다. 그러한 시각을 확보한 작품이 〈쌍천기봉〉이다.

〈쌍천기봉〉에서 한왕의 반란과 관련하여 이한성이 해정랑과 함께 출전하여 한왕의 난을 진압하고 한왕을 생포하는 것으로 이야기가 확대된다.[16] 여기서 추론할 수 있는 것은, 〈옥호빙심〉에서 해진, 해정랑 부자와 같이 출사한 인물에 초점을 맞추되, 그러한 역사적 인물에게 동조하는 허구적 인물을 주인공으로 내세우면, 이야기는 〈쌍천기봉〉과 같이 연왕의 찬탈을 인정하고 출사하는 이야기로 바뀔 수 있다는 것이다.

〈쌍렬옥소삼봉〉에서도 '성조와의 친근성'의 틈이 엿보인다. 1대 위현은 연왕의 태부로 임명되었으며 위현의 다섯 아들도 연왕과 가까운 사이였고, 위씨가문의 인물들이 연왕의 제위찬탈 이후 의리 문제로 처음에는 주저함을 보였으나 위명을 제외하고 모두가 출사하여 성조의 신하가 된 것으로 설정되어 있다. 이로 보건대 〈쌍렬옥소삼봉〉은, 중심가문과 연왕 사이의 직접적인 친밀성이 제시되지 않은 〈옥호빙심〉에 비해, 성조와의

---

16 ①선덕 원년 한왕의 반란, ②이관성의 요청으로 해정랑(육군도독)과 이한성(수군도독)의 출정, ③이한성과 해정랑의 한왕 진압·생포로 이어진다. (김탁환, 앞의 논문, 176쪽에서도 언급한 바 있음) 김탁환은 '행정랑'이라고 했는데 이는 '해정랑'의 오기이다. 물론 작품에 '행정랑'이라고 나오기도 하는데, 김탁환은 그 부분을 인용했다.

친근성을 확보했음을 알 수 있다. 〈쌍렬옥소삼봉〉에서 위명에 초점을 맞추지 않고 부친과 형제들에게 초점을 맞추었다면, 이야기는 〈쌍천기봉〉, 〈성현공숙렬기〉와 같은 쪽으로 나아갔을 것이 분명하다.

하지만 〈옥호빙심〉, 〈쌍렬옥소삼봉〉은 그런 '성조와의 친근성'의 서술 시각을 강화하는 쪽으로 나아가지 않았다. 그 반대로 혜종을 향한 절의를 견지하는 쪽으로 가닥을 잡았다.

한편 〈임화정연〉은 〈성현공숙렬기〉, 〈쌍천기봉〉과 흡사하게 성조와의 친근성을 드러낸다.

> 지금 셩텬자ㅣ 비록 사해를 통치하시오나 츈츄ㅣ 놉흐시고 간신이 롱권하와 츙신이 왕왕히 그 해를 입는지라 엇지 차세의 벼살을 구하리잇가 위쳐사ㅣ 심히 올히 녁이더라 림생이…일즉 텬하대세를 겸복하야 왕제 년로하시고 태손이 유약하야 오라지 아니하야 사직을 보죤치 못할 쥴 짐작하매 엇지 몸을 버려 나라에 허하리요(〈임화정연〉 제2회)

임규는 출사하지 않기로 결심하는데 이는 황제가 연로하고 태손이 유약하여 오래 가지 않아 제위를 지켜내지 못할 줄을 예견했기 때문이다. 그러한 예견과 처신은 연왕의 제위찬탈 이후에 출사하는 것으로 이어지는데, 그 지점은 〈성현공숙렬기〉, 〈쌍천기봉〉과 비슷하다. 덧붙여 〈임화정연〉은 주인공이 출사한 때를 명 태조 때가 아닌 성조 때로 설정함으로써, 절의의 문제에 구애받지 않고 성조를 향한 친근성을 드러내며 출사할 수 있는 길을 용의주도하게 확보했다.

이렇듯 성조의 제위찬탈에 대해 부정적인 시각을 취한 〈옥호빙심〉,

〈쌍렬옥소삼봉〉 그리고 〈삼강명행록〉은 피세은둔의 삶으로 그치며, 그 반대로 긍정적인 쪽으로 가닥을 잡은 〈성현공숙렬기〉, 〈쌍천기봉〉 그리고 〈임화정연〉은 출사하여 현실 정치에 참여하여 가문창달의 세계를 맞는다.

3. 중편 · 장편 분화와 서사구조의 관련 양상

성조(영락제)의 제위찬탈이라는 동일한 역사적 사건을 바라보는 서술 시각의 차이는 중편과 장편의 분화로 이어지거니와, 중편과 장편의 분화는 출사퇴거담 · 부부결연담과 관련한 서사구조와 깊은 관련을 맺는다.

3.1. 중편 〈옥호빙심〉, 〈쌍렬옥소삼봉〉과 장편 〈삼강명행록〉: 퇴거담(退去談)의 강화

(1) 중편 〈옥호빙심〉, 〈쌍렬옥소삼봉〉의 경우
〈옥호빙심〉, 〈쌍렬옥소삼봉〉은 명나라 성조(영락제)를 기점으로 이야기가 전반부와 후반부로 나뉜다.
〈옥호빙심〉의 전반부는 사강백과 두 여성 옥호 · 빙심의 부부결연담이고 후반부는 사강백의 출사퇴거담이다. 1대 태조 때까지가 전반부의 결연담에 해당하며, 전반부에서 결연 장애가 일차적으로 극복되기 때문에 거기에서 이야기가 종결되어도 무리가 없다. 그렇게 그치면 단편 분량에 그친다. 그런데 성조의 제위찬탈 사건이 발생하면서 부부결연담은 뒷전으로 물러나고, 그 대신에 이야기의 흐름은 출사퇴거담 쪽으로 바뀐다. 그에 상응하여 분량은 중편으로 나아가는 길을 확보한다.

사강백은 성조의 제위찬탈을 반역 행위로 간주하며 성조의 출사 권유를 받아들이지 않는다. 그런데 흥미로운 것은 연왕이 일찍이 사강백에게 우호적인 생각을 품었다는 것이다. 사강백은 2대 혜종의 번왕 홀대 정책을 비판했다가 귀양살이를 하게 되는데, 이러한 사강백의 주장은 연왕의 입장에서 보면 혜종을 칠 수 있는 빌미가 되었으며, 사강백을 자기 세력으로 보게 되는 계기가 되는바, 그런 연왕의 우호적인 생각은 훗날 사강백을 등용하고자 하는 것으로 이어진다. 그러나 사강백이 혜종의 번왕 홀대 정책을 비판한 것은, 혜종의 황권 강화 차원에서 혜종이 번왕들과 혈육 간 친분을 유지하라는 것이었지, 연왕의 제위찬탈을 옹호하는 것은 아니었다.

사강백은 연왕의 제위찬탈을 반역 행위라고 비난하고 정계를 떠나 숨어버렸으며, 그 과정에서 연왕이 제위를 찬탈한 현실을 받아들이고 벼슬길에 나아간 처남 해진에게 자신과 같은 피세은둔의 생활을 권유했다. 마침내 사강백은 모친과 두 아내 옥호·빙심과 노비를 이끌고 피세은둔(避世隱遁)하기에 이른다.[17]

> 이후로 샤샹셔의 쇼식을 셰샹이 알니 업더라 후리(後來)의 드르니 샤강빅의 부쳬(夫妻) 지샹션(地上仙)이 되고 ᄌ손(子孫)이 면면브졀(綿綿不絶)ᄒ야 만디(萬代)의 ᄭᅳᆫ치 아니타 ᄒ더라 〈옥호빙심〉 권4

---

17 〈옥호빙심〉의 출처의식과 결연담은 구조적으로 결합한다. (구본기, 「유가의 출처관과 옥호빙심의 구조적 이원성」, 『한국 고전소설과 서사문학(상)』, 집문당, 1998, 310~320쪽)

인용문에서 〈옥호빙심〉의 주안점은 후손들이 만대에 이어진다는 것에 있지 않고, 사강백의 소식을 세상에서 알 수 없다는 것 그리고 부부가 지상선이 되었다는 것에 있다.

〈쌍렬옥소삼봉〉도 성조를 기준으로 전반부는 위명과 양소저의 부부결연담 위주로 되어 있고, 후반부는 위명의 출사퇴거담 위주로 되어 있다. 부부결연담은 현몽, 천상계의 개입, 백의 선생의 옥소 하사, 위명·양소저의 결혼 예언 등을 거쳐 옥피리 소리를 통한 위명·양소저의 결혼으로 이어진다. 두 남녀의 결혼은 연왕의 제위찬탈로 위기를 맞게 되는데, 그때부터 이야기의 방향은 출사퇴거담 쪽으로 바뀐다.

출사퇴거담은 혜종 때 위명의 출사, 연왕의 제위찬탈, 위명과 손위 형제간에 벌이는 출사론(出仕論)과 퇴거론(退去論)의 대립, 위명의 가출과 자살 시도 등 일련의 사건으로 펼쳐진다. 여기에서 주목할 것은, 위명의 주장이 관철된다는 것이다.

애초에 위명의 부친 위현이 연왕의 태부(太傅)였고 위명 형제가 연왕과 친분이 있었다. 그 때문에 위씨가문이 혜종으로부터 불이익을 당했던 터라, 위명의 집안은 연왕의 제위찬탈을 인정하고 어렵지 않게 성조 치하에서 벼슬길로 나아갔다. 하지만 위명에 의해 이들의 삶의 방향이 바뀌게 된다. 위명은 연왕의 제위찬탈을 반역으로 규정하고, 연왕의 끈질긴 회유책을 받아들이지 않고, 오히려 벼슬길로 나아갔던 부친과 형제를 비롯하여 위부, 양부, 서부 등 세 집안의 인물들을 모두 백호산으로 불러들여 피세은둔의 삶을 살게 했다. 위명의 의지가 가문의 진로에 결정적인 영향을 미친 것이다.

셔위양 슘공(三公)이 쳔연(千年)을 기니고 샹쳔(上天)으로 도로가니 남은 자손이 디〃로 은지 되어 도(道) 가히 션법(仙法)을 엇고 … 쳐스(處士)의 션슐(仙術)을 가져 슈도(修道)ᄒ며 션되(仙道) 크게 돕고 덕(德)이 너루며 공(功)이 크니 마춤니 별셰(別世)ᄒᄂᆫ 환(患)이 업고 … 부인과 혼가지로 승쳔(昇天)ᄒ고 ᄌ손이 디〃로 진인쳐시(眞人處士) 되어 누셰예 셋기지 아니ᄒ니(〈쌍렬옥소삼봉〉, 589쪽)

서공, 위공, 양공 3인이 별세한 후, 자손들은 진인처사가 되어 세상에 섞이지 않은 것으로 되어 있다. 그리고 위명 부부의 결혼은 한동안 지체되다가 위명의 피세은둔 의지가 관철되는 상황에서 성사되거니와, 그의 삶은 결혼보다 퇴거 이후 은일의 삶에 주안점이 놓여 있다.[18]

요컨대, 〈옥호빙심〉, 〈쌍렬옥소삼봉〉은 남녀결연담에서 시작하여 출사퇴거담으로 방향을 바꾸는데, 작품적 비중이 큰 쪽은 출사퇴거담이며, 출사퇴거담은 퇴거와 은둔의 삶으로 종결된다.

이들 작품의 경우 연왕의 제위찬탈에 대한 부정적 서술의식이 우세한 탓에 그 이야기는 주인공의 일대기에 그치고 그 이후 세대인 2대, 3대로 이어지지 않는다. 설령 1대가 성조 대에 피세은둔의 생활을 하고 그것이 후대로 이어지더라도, 후대의 이야기는 새로울 것이 없이, 작품 말미에 '자손이 부절하여 만대에 끊기지 않았다'(〈옥호빙심〉) 혹은 '자손이 대대로 진인 처사가 되었다'(〈쌍렬옥소삼봉〉)라고 간략하게 서술되는 것에서

---

18 〈옥호빙심〉에서는 부부결연담이 종료된 후에 퇴거담이 이어진다. 〈쌍렬옥소삼봉〉에서는 부부결연담이 지체되는 중에 퇴거담이 이어지다가, 퇴거담과 부부결연담이 동시에 종결된다.

그친다.

그나마 이야기가 증폭될 수 있는 대목은 다음 두 곳이다. 하나는 주인공에 한정하여 성조(연왕)의 거듭된 회유와 출사 제의 대목이고 다른 하나는 주인공의 눈물겨운 지조와 절의 행위 대목이다. 하지만 성조의 제위찬탈을 부정하는 서술의식이 지속되는 한, 이야기를 장면으로 끌고 가기에는 한계가 있을 수밖에 없다. 그에 상응하여 〈옥호빙심〉, 〈쌍렬옥소삼봉〉의 분량은 중편으로 그치고 만다.

(2) 장편 〈삼강명행록〉의 경우

한편 〈옥호빙심〉, 〈쌍렬옥소삼봉〉과 같이 성조의 제위찬탈에 대한 부정적 서술시각을 견지하면서도, 분량이 중편에 그치는 두 작품과 달리, 장편으로 나아가고 있는 작품이 있어서 눈길을 끈다. 그 작품이 〈삼강명행록〉이다.[19]

〈삼강명행록〉은 흥미롭게도 제위에서 쫓겨난 혜종의 종말이 묘연한 것으로 끝난 역사적 사실을 가져오되, 그 시점 이후 혜종과 충신들이 복원(復元)할 기회를 노리는 여정을 대폭 확대하고, 거기에 중심가문인 정씨 집안의 헤어짐과 만남의 이야기를 교직하여 펼쳐냈다. 정리하면 다음과 같다.

① 태조 주원장 시절에 정현(1대)은 간신 호유용을 탄핵했다가 귀양살이를

---

19 김동욱은 성조의 제위찬탈을 부정하는 서술시각을 지니는 장편 분량의 작품으로 〈삼강명행록〉이 있음을 언급했다. (김동욱, 「고전소설의 정난지변 수용 양상과 그 의미」, 『고소설연구』 41, 한국고소설학회, 2016)

했고 호유용의 역모가 밝혀져 풀려나 대학사에 올랐음.

② 혜종이 연왕(성조)의 제위찬탈을 예견하고 충신들과 함께 천태산 청평각으로 피신할 때, 충신 정흡(2대)이 혜종과 함께 피신함.

③ 사부인이 세상을 두루 다니며 헤어진 남편 정흡과 아들 정철을 찾음. 정철(3대)이 여장 차림으로 모친 사부인을 찾아 나섬. 정철은 천태산 입구에서 혜종을 잡으러 무리를 물리침. 정철이 천태산에 돌아와 양소저 이소저와 결혼함.

④ 정실 사부인이 남편 정흡(2대)을 만나고 부부가 지상선(地上仙)이 되어 지상선이 되어 있는 부모와 시부모를 만남. 천태산에서 혜종을 보필하며 여생을 보냄.

〈옥호빙심〉과 〈쌍렬옥소삼봉〉에 비해 혜종을 향한 우호적 시선이 강화되며 그에 상응하여 서사세계가 밀도 있게 펼쳐진다. 즉, 명 태조는 연왕의 제위찬탈을 예견하고 혜종이 훗날 피신할 길을 알려주었는데, 혜종은 그 유훈에 따라 스스로 목숨을 끊지 않고 피신하는 길을 선택하는 것으로 되어 있으며, 그 후로 혜종의 무리가 천태산에서 이상국을 세우는 것으로 되어 있다.[20]

그에 더하여 지나쳐서 안 될 것은, 혜종을 따르는 충신의 무리 중에서 정문이 두드러진다는 것이다. 정문의 정흡(2대)과 정철(3대), 아비와 아들이 혜종을 보좌하며 이상국 건설에 참여하는 것으로 제시된다. 아비 정

20　뒤늦게 간의태우 곽절, 안찰사 왕낭, 한림편수 조천태, 한림 정형, 예부시랑 송화, 시어사 왕자, 어사중승 유중, 양상서, 이처사 등이 각각 가솔을 이끌고 천태산에 합류한다.(권19)

흡(2대)은 혜종을 옹위하는 충신이요, 아들 정철(3대)은 혜종을 잡으러 온 무리를 물리치고 혜종을 보좌하는 충신으로 설정된다. 그리고 1대 정현은 명 태조 시절 호유용을 탄핵한 충신이었던바, 정문은 명 태조와 혜종을 옹위하는 충신 가문으로 부각된다.

그뿐 아니라, 정문의 며느리까지 천태산 이상국에 참여하는 것으로 설정된다. 정흡(2대)의 아내 사부인은 혜종을 뒤따라간 남편과 헤어진 후 세계를 유람하다가 천태산에 안착하여 남편과 함께 지상선(地上仙)이 되어 혜종을 보필한 여성으로 제시되고, 정철(3대)의 두 부인 또한 남편과 함께 천태산에 정착한 것으로 설정된다.

요컨대 〈삼강명행록〉은 정문은 정현(1대), 정흡(2대), 정철(3대)과 정흡의 아내 사부인을 포함하여 태조와 혜종을 추종하는 '정씨삼대록'의 모습을 보여준다고 할 것이다. 혜종의 제통을 옹호하는 이들의 삶을 피세은둔의 삶으로 간략하게 마무리하며 중편 분량으로 그친 〈옥호빙심〉, 〈쌍렬옥소삼봉〉과 달리, 〈삼강명행록〉은 피세은둔의 삶을 유토피아(utopia)의 세계로 확대하고 거기에 정문 3대가 충효열을 실행하는 과정을 펼쳐냄으로써 장편 분량의 대소설로 자리를 잡는다.

3.2. 대소설 〈성현공숙렬기〉, 〈쌍천기봉〉: 부부결연담의 확대

　한편 〈성현공숙렬기〉, 〈쌍천기봉〉에서는 출사퇴거담이 먼저 나오고 부부결연담이 이어지는데, 작품적 비중이 큰 쪽은 결연담이다. 출사퇴거담은 작품 전체 분량에서 적은 분량을 차지하고 부부결연담은 2대, 3대에 걸쳐 대폭 확대되고 그에 상응하여 작품은 장편 분량을 확보한다.

　먼저 〈성현공숙렬기〉를 보자. 서두에 대명 태조의 원나라 격퇴, 장사성 · 진우량 무리 진압에 이은 개국, 혜종의 제위계승, 성조의 제위찬탈 등 역사적 사실이 간략하게 기술된다. 그리고 이야기는 연왕의 끈질긴 노력으로 임한주가 출사하는 것을 이어진다. 연왕은 한주 · 한규 형제에게 출사할 것을 권유하지만 임한주 형제는 거절하는데, 연왕은 거기에서 멈추지 않고 임한주 모친을 통해 설득하고 결국 임한주가 출사하는 쪽으로 가닥을 잡는다. 이런 출사퇴거담이 작품의 앞부분에 놓여 있다.

　그 뒤에 부부결연담이 놓인다. 그 이야기는 1대 임한주 · 여부인 · 진파의 결연담, 2대 임희린 · 주소저 · 한소저 · 군씨(금화공주)의 결연담, 임세린 · 효장공주 · 소소저의 결연담, 유린 · 풍소저의 결연담으로 채워진다. 이들 부부결연담은 부부갈등을 세 가지 방향으로 예각화하여 담아냈다.

　첫째, 종통 문제와 관련한 부부갈등이다. 임한주 · 여부인 부부는 양자를 들여 적장자로 삼은 뒤 친아들을 낳았을 때 처음 세운 적장자를 파양(罷養)해야 하는지, 하지 않아야 하는지, 종통계승의 문제로 심각한 갈등을 벌인다. 종통계승의 문제가 이 작품의 서사 전개상 주된 내용인바,[21]

21　박영희, 「18세기 장편 가문소설에 나타난 계후 갈등의 의미-〈성현공숙렬기〉를 중심으로」, 『한국고전연구』 1, 1995.

종통계승의 문제는 부부갈등을 넘어서 부자, 형제, 모자 사이에 반목을 수반하며 다채롭게 펼쳐진다.

> (ㄱ) 친부친자의 반목: 임한주가 양자 희린을 종자(宗子)로 삼고 아끼고 친자 유린을 홀대하자, 유린이 부친을 원망함.
>
> (ㄴ) 양부양자의 반목: 임한주가 아내·친자(여부인·유린 모자)를 냉대하자, 희린은 그러한 양부의 태도가 잘못되었다고 봄.
>
> (ㄷ) 양자친자의 반목: 유린이 적장자 자리를 찾기 위하여 희린에게 여러 가지로 위해를 가함.
>
> (ㄹ) 양모양자의 반목: 여부인이 친자 유린을 적장자로 삼기 위하여 양자 희린에게 위해를 가함.

종통계승을 둘러싼 가문 구성원 사이의 반목은 2대 임유린·풍소저 부부 사이에서도 빚어진다. 유린은 희린을 제거하고 적장자를 차지하기 위하여 모친 여부인과 함께 임희린·주씨 부부에게 위해와 악행을 거듭하자,[22] 그 사실을 알게 된 풍소저는 유린을 가까이하지 않는다.

둘째, 아내의 부덕(婦德)과 관련한 부부갈등이다. 이 갈등은 2대 임희린·주소저의 부부갈등에서 도드라진다. 주소저는 남장하고 위기에 처

---

22 여부인과 유린 모자가 희린·주씨 부부에게 위해를 가한다. (① 시비 난소를 시켜 희린을 절벽에 던짐. ② 유린 독약을 먹고 희린에게 뒤집어씌움. ③ 희린의 죽에 독을 섞음. ④ 반연화를 희린의 빈실로 맞이하게 함. ⑤ 반관옥·한왕과 짜고 주부인을 한왕의 빈희로 삼으려 함. ⑥ 유린이 희린을 화살로 쏘아 죽이려 함. ⑦ 태감 왕연과 짜고 희린을 화주로 귀양 가게 함. ⑧ 유린 왕연을 사주하여 희린이 병란을 일으킬 것이라고 고변함. ⑨ 왕각에게 사로잡혔다가 살아나온 희린을 상경하는 길에 죽이려 함.)

한 남편 임희린을 구해내지만, 자책하며 8년간이나 부부관계를 거부했는데, 그녀가 자책한 이유는 두 가지다. 하나는 그녀가 황제를 속이고 남장하여 출장한 죄를 지었다는 것이고, 또 하나는 그녀가 아들 창흥의 생명을 지켜내지 못한 죄를 지었다는 것이다.

그중에 뒤엣것은 그녀가 종손(宗孫)을 지켜내는 총부(冢婦)의 역할을 감당하지 못한 것과 깊은 관련이 있다. 물론 주소저가 아들을 지켜내지 못한 것은 여부인과 유린이 적장자를 빼앗기 위해서 저지른 악행에서 비롯된 것이다. 하지만 주소저는 아들을 지켜내지 못한 책임이 자신에게 있다고 자책하며 긴 세월 동안 부부관계를 거부했다. 그런 주소저의 모습이 모두 온당하다고 할 수는 없지만, 적장승계의 종법주의 이념을 체화한 여성의 모습을 일정하게 보여준다고 할 것이다.

셋째, 황실의 사혼 문제와 관련한 부부갈등이다. 임세린·효장공주·소소저가 일부이처의 부부가 되기까지 황제의 개입에 의한 세린·소소저의 파혼, 세린·효장공주의 성혼, 세린의 효장공주 핍박, 효장공주의 요청에 의한 세린·소소저의 혼인 등의 과정을 거치는데, 그 과정을 전후로 임세린과 효장공주의 부부갈등이 벌어진다. 임세린은 소소저와 혼약한 상태에서 황제에 의해 효장공주와 억지로 결혼하게 되자, 효장공주를 박대했다. 효장공주는 그 사연을 알게 되자 자진하여 남편과 소소저의 혼인을 성사시킨다. 이로써 부부갈등은 해소될 기미가 보인다.

하지만 효장공주는 수년 동안 남편을 향해 마음의 문을 열지 않았다. 그 이유는 임세린이 효장공주를 '오제 때 금령을 던져 남편을 선택했던 회양공주'(권5)와 같이 음란한 여성으로 오해한 것이 섭섭해서였다. 효장공주는 좋아하는 남성을 향해 애정을 표출했다는 이유로 음란한 여성으로 평가절하되자, 부덕을 갖추었다고 자부하는 여성이 자존심이 상해서 남편과 심각한 부부갈등을 일으킨 것이다. 물론 그 갈등은 우여곡절을 거쳐 아내의 부덕 차원에서 해소된다. 요컨대 이들 부부 이야기는 여성의 부덕이 가문의 안정과 창달을 위한 요소임을 환기한다.

〈쌍천기봉〉의 경우에도 〈성현공숙렬기〉와 같이 출사퇴거담이 앞부분에 놓여 있다. 출사퇴거담은 연왕이 감행한 정난의 병부터 제위찬탈까지 역사적 사실과 맞물려 있다. 연왕 측(도연, 정도연, 정현, 임홍)과 황손 측(방효유, 경청, 제태, 황자징)의 대립, 조정 문신들의 연왕 경계, 혜종의 제위계승 이후 조정 대신들의 삭왕 정책 제시, 연왕의 정난병 동원, 성조의 즉위, 성조의 제태 황자징 등 9족 처형, 북경천도 등이 출사퇴거담의 배경으로 자리를 잡는다.

이러한 역사적 사실을 바탕으로 허구적 인물 이현[23]과 역사적 인물 연왕과의 관계가 설정된다. 1대 이현이 명 태조 말에 장원급제하여 한림학사가 된 후 부친 이명의 원수를 갚는 대목이 나오고, 그 바로 뒤에 이현의 위기, 연왕의 이현 구출, 연왕의 이현 흠모 등 일련의 사건이 제시되고, 마침내 이현의 출사(出仕) 장면이 이어진다.

〈쌍천기봉〉의 출사퇴거담은 비교적 촘촘하게 펼쳐진다. 즉 연왕은 모사 도연의 계교에 따라 이현이 연왕에게 협조했다는 유언비어를 유포하여 그의 모친 진부인이 조정군에 잡히게 한 다음, 그 모친을 다시 연왕 측에서 구해내게 하고, 그 진부인이 이현을 설득하게 하는 과정을 거친

---

23 『明史』에는 나오는 이현의 생몰 연도는 1407년(성조5)~1466년(헌종2)인데, 〈쌍천기봉〉의 이현은 1382~1444년으로 설정되어 있다. 작중인물 이현과 실존인물 이현이 아무 관련이 없거나, 작가가 이현의 삶을 재구성했을 수도 있다. (김탁환, 앞의 논문, 178~179쪽)

다. (이는 〈성현공숙렬기〉의 출사퇴거담은 연왕이 1대 임한주의 모친을 궁궐에 잡아둔 채 볼모로 삼고, 임한주를 출사하게 하는 것으로 간략하게 제시되어 있는 것과 비교가 된다.)

본격적인 서사 전개가 이현의 출사 이후 부부결연담에서 펼쳐짐은 물론이다. 그 결연담은 앞세대 이명·진부인의 결혼, 1대 이현·유요란·주부인의 결혼, 2대 이관성·정몽홍의 결혼, 이한성·설부인의 결혼, 이연성·(청부인)·정혜아의 결혼, 3대 이몽현·계양공주·장소저의 결혼, 이몽창·(상부인)·소월혜·조소저·임소저의 결혼, 이몽원·최소저의 결혼으로 확대된다. 그중에 선대 이명·진부인 부부, 1대 이현·유요란 부부, 2대 이관성·정몽홍 부부, 3대 이몽현·계양공주·장소저 부부, 이몽창·소월혜·조소저 부부가 문제를 일으키는 것으로 설정된다.

선대 이명·진부인 부부를 보자. 기첩 홍랑에게 현혹된 남편이 정실을 축출했는데, 훗날 남편은 기첩과 그녀의 정부(情夫)에 의해 살해되고, 가문은 몰락하고 만다. 선대에서 몰락한 가문은 1대 이현·유요란 부부에 의해 회복의 길로 들어서는데, 그 과정에서 이현·유요란 사이에 여성의 결연 장애가 설정된다. 계모 손 씨가 금전을 탐내 유 씨를 다른 곳에 재가시키려고 하자, 유 씨는 가출한 후 강도의 재물 탈취, 창기들의 추파, 악소년들의 행패 등의 고난을 겪는다. 남편 이현의 장원급제와 출사(出仕)가 펼쳐지면서 부부결합과 가문회복의 기틀이 마련된다.

다음으로 2대 이관성·정몽홍의 부부의 경우에는 오해 때문에 장모 사위 갈등과 여성의 결연 장애가 발생한다. 이관성은 부모의 말에 순종하여 유약하고 어린 아내와 부부관계를 맺지 않았는데, 장모 여부인은 사위가 딸을 사랑하지 않은 것으로 오해하고 사위를 미워하게 된다. 한

한국 대소설의 혼맥婚脈

편 외사촌 여환이 정몽홍을 취하기 위해 한왕과 결탁하고 이현·이관성 부자와 정연을 궁지에 몰아넣는다. 이로 인해 1대에 비해 결연 장애가 한층 심화된 양상을 보여준다고 할 것이다.

그리고 2대 이연성·정혜아 부부를 보자. 이 부부갈등은 첫눈에 반한 사랑과 일방적인 구애의 모습을 보이는 호방풍정형 남성과 그런 성향을 수용하지 못하고 자존심이 상하는 여성의 모습을 밀도 있게 담아낸다. 이연성이 정혜아에게 첫눈에 반해 편지를 보내자 정혜아는 분노했으며, 마지못해 그녀의 조부 정연의 지시에 따라 결혼했지만, 그녀의 분노는 수그러들지 않았다. 정혜아는 병을 핑계 대고 친정으로 갔고, 자기를 찾아온 남편을 냉대했다가 남편에게 구타당하는 등 우여곡절을 겪는다. 그 과정에서 부부갈등은 옹서갈등으로 확대되기도 한다. 그러나 이들 부부갈등은 주위 사람들에 의해 웃음의 차원에서 받아들이는 수준에서 그치며, 부부화목으로 종결된다.

다음으로 3대 이몽현·계양공주·장소저의 갈등이 있다. 이관성의 장남 이몽현은 형부상서 장세걸의 딸 장소저와 혼약했으나 계양공주가 개입함으로써 파혼하게 된다. 훗날 공주가 그 사실을 알게 된 후에 자진하여 이몽현과 장소저의 결혼을 주선하는바, 여성의 투기심 배제, 첫째 부인과 둘째 부인의 화목 차원에서 여성의 부덕이 강조된다. 장소저를 좋아했던 탕아 설생의 개입으로 장소저에게 고난이 닥치지만, 그 문제는 해결된다. 계양공주의 모습은 〈성현공숙렬기〉의 효장공주의 모습과 마찬가지로 가문의 존속과 흥왕에 여성의 부덕이 중요함을 보여준다.

마지막으로 이몽창·소월혜의 부부 문제가 있다. 그 이야기는 부부 당사자 간의 갈등, 시비 옥란의 시기 질투와 악행으로 인한 부부갈등의 심화, 둘째 부인 조소저의 개입으로 인한 결연 장애 등 세 국면으로 이루어진다.

첫째 국면은 이몽창이 부친의 허락을 받지 않고 제멋대로 소월혜와 혼인했다가 부모에게 호된 질책과 냉대를 받고 또다시 부모의 허락이 없이 소월혜에게 일방적으로 파혼을 통보하는 국면이다. 둘째 국면은 이몽창과 통정했던 시비 옥란이 소월혜를 투기하여 독살을 시도하고 음녀라고 모함하여 귀양 가게 만드는 등 악행을 일삼는 국면이다. 셋째 국면은 황제가 개입하여 조소저와 이몽창의 늑혼이 이루어진 후, 이몽창이 조소저를 박대하고 한편으로 조소저가 소월혜를 궁지에 몰아넣고 급기야 남편과 소월혜를 귀양 가게 하는 국면이다.

첫째 것은 혼사 절차를 밟지 않고 가부장의 허락을 받지 않은 혼인으로 인한 문제를 들춰냈고, 둘째 것은 상층 남성과 시비의 통정(通情), 시비의 질투로 인한 문제를 담아냈으며, 셋째 것은 일부다처제 사회에서 사혼의 문제와 남편의 사랑을 받지 못하는 아내의 문제를 짚어냈다. 이러한 문제는 가부장의 권위에 대한 순종, 풍류 향락 행각의 자제, 여성의 부덕 함양 등으로 해결되고 마침내 가문의 안정으로 귀결된다.

4. 장편의 두 갈래

명나라 성조(연왕)의 제위찬탈은 조선 초기 세조(수양대군)의 왕위찬탈과도 흡사한 점이 있다. 조선시대 양반 중에는 왕위찬탈을 비판하며 절사(節死)한 자들이 있었으며 반대로 왕위찬탈을 인정하고 출사한 자들이

한국 대소설의 혼맥婚脈

있었다. 명나라의 제위계승 문제는 조선의 왕위계승 문제를 암시했을 것인바, 조선 초기의 역사적 상황이 명나라 초기 때와 겹치면서 왕위계승 문제는 조선 후기 독자들의 반향을 불러일으켰을 것으로 보인다. 또한, 그와 같은 왕통의 적장계승의 문제는 17세기에도 벌어졌거니와 남인과 서인의 정쟁, 소론과 노론의 정쟁을 비롯하여 그 후 많은 정쟁에서 핵심 사안이었다.

온양정씨가 필사한 〈옥원재합기연〉의 권15의 표지 안쪽에 '국됴고〈'가 적혀 있는데, 〈국조고사〉는 조선 역대 왕·왕후의 출신, 왕위계승 과정, 재위 연수, 생몰 연대, 능묘 등 인적 사항과 각 왕대에 일어났던 중요 사실을 기술한 책이다.[24] 그 내용 중에 당시 예학 논쟁에 대해 깊은 관심을 보이는 대목이 있어 눈길을 끈다. 조선의 선조와 인조가 할아비와 손자인 것이 당연하다는 '사대부 가통'을 주장하는 세력과 왕통은 사대부 가통과 달리 선조가 부친이고 인조는 아들임을 주장하는 세력, 이 두 세력 사이의 대립과 갈등을 제시하고, 원칙적으로는 '사대부 가통'이 옳음을 내세우면서도 현실적으로 왕통은 별도로 인정해야 한다는 시각을 드러냈다. 이러한 내용이 담긴 〈국조고사〉가 읽혔다는 것은 왕통과 사대부 가통의 문제가 양반 남성은 물론이고 규방 여성에게도 관심사였음을 보여준다.

더구나 당대 양반 계층에게 왕위계승은 가문의 흥망을 좌우할 만한,

24 　장서각 소장본 〈권1〉에 "금샹 숙종 칠년 신유의 대군을 튜봉ᄒ왓더니 이십 〈년 무인의 션ᄇᆡ 샹소로 인ᄒᆞ야 문관 신규 너어 샹소ᄒᆞ니…명륙으로셔 무인 이빅 〈십 이년만의 금샹이 희귀ᄒᆞ신 셩덕을 힝ᄒᆞ시니 일국 민심이 감동ᄒᆞ더라"라는 내용이 나온다. 이 책이 1698년(숙종24) 이후의 숙종조에 편찬되었음을 알 수 있다.

현실적인 문제였다. 그 와중에서 절의를 중시하며, 소용돌이치는 정치 현실에서 벗어나 개인과 가족 구성원의 안위를 보장받으며, 은일 지향적 삶을 추구하는 이들이 있었을 것이고, 규방 여성들 또한 그런 의식에 동조하는 이들이 있었을 것임은 물론이다. 〈옥호빙심〉, 〈쌍렬옥소삼봉〉은 그런 의식이 투영된 작품이다. 〈삼강명행록〉도 그렇다.

그런데 〈삼강명행록〉에서 흥미로운 것은, 명나라 초기 제위계승의 문제를 내세워 조선의 왕위계승을 둘러싼 문제를 짚었다는 것이다. 사부인이 세상을 두루 유람하다가 조선에 들러 세종대왕의 치적을 장황하게 서술했는데,[25] 앞의 두 작품에는 그 대목이 없다는 점을 고려하면, 그 대목이 시사하는 바를 짐작하기 어렵지 않다. 특히 그 서술 대목은 적지 않은 분량을 차지한다. 그에 상응하여 혜종을 향한 절의(節義)의 이야기가 대폭 확대되고, 그 결말은 은일 지향의 유토피아 세계로 귀착한다. 이로써 작품의 분량은 장편이 되는 길을 확보했다고 할 것이다.

그와 관련하여 삼강(三綱)의 의미가 무엇인지 조심스럽게 살펴볼 필요가 있다. 주지하다시피 삼강은 유교 도덕에서 기본이 되는 임금과 신하, 부모와 자식, 남편과 아내 사이에 마땅히 지켜야 할 도리로 군위신강(君爲臣綱), 부위자강(父爲子綱), 부위부강(夫爲婦綱)을 일컫는바, 〈삼강명행록〉은 충효열(忠孝烈)의 기본적인 강령을 형상화한 대소설이다.[26]

그리고 〈삼강명행록〉에서 삼강은 적장승계의 제통(帝統)으로 예각화되

---

25 문용식은 일찍이 그 지점을 언급했다. (문용식, 「〈삼강명행록〉 연구」, 『국제어문』 12 · 13합집, 국제어문학회, 1997, 345쪽)

26 임현아는 충효열 세 가지 사항을 세밀하게 분석했다. (임현아, 「〈삼강명행록〉 연구」, 한국학중앙연구원 박사논문, 2019, 9~48쪽)

기도 한다. 명 태조와 혜종을 향한 절행(節行)은 태조에서 혜종으로 이어지는 적장승계의 제통(帝統)을 옹호하는 것을 의미하며, 그것이 서사세계에서는 혜종의 제위를 유토피아에서 복원하는 것으로 이어진다. 부연하면, 충(忠)은 적장승계의 종법적 황통을 확립하기 위한 신하의 절행(節行)이고, 효(孝)는 그런 절행이 조부손(祖父孫)으로 이어지는 것이고, 열(烈)은 그런 절행을 행한 남편을 따르는 것을 의미한다. 적장승계의 종법주의를 지향하는 것이 우리 대소설의 이념적 성향인데,[27] 〈삼강명행록〉은 그런 적장승계의 종법을 제통에도 적용하려 했다는 점에서 우리 대소설의 성향을 지녔다고 할 것이다.

그런데 〈삼강명행록〉에서 충효열이 펼쳐지는 현실세계는 성조가 통치하는 현실세계(a)와 쫓겨난 혜종의 무리가 이곳저곳을 떠돌며 고난과 위기를 맞는 현실세계(b)가 양립하는 양상을 보여준다. 그 때문에 혜종의 무리는 현실세계에서 끊임없이 정치적으로 위협을 받으며 떠돌아야 했고, 정문은 헤어진 가족을 찾기 위한 고된 여정을 피할 수 없었다.[28] 그들은 필연적으로 천태산에 귀착하지 않을 수 없었는데, 그 천태산은 종법적 질서를 옹호하는 이상적 공간의 성향을 띠며, 또다시 그런 질서를 초월하는 초월적 공간의 성향을 띠게 된다.

한편 왕위계승의 현실적 상황을 수용하여 현실 정치에 참여하고자 하는 자들이 있었다. 이들 양반 계층의 남성은 물론이고 규방 여성들 또한

27　조광국, 『조선시대 대소설의 이념적 지평』, 태학사, 2023, 194~216쪽.

28　그중 사부인의 천하 주유 여정은 1609년 명나라 楊爾曾의 『海內奇觀』을 대폭 수용한 것이라는 것이 밝혀졌다. (서정민, 「〈삼강명행록〉의 창작 방식과 그 의미」, 『국제어문학』 35, 국제어문학회, 2005, 71~95쪽)

정치적 난국의 상황에서 위축되지 않고 가문의 존속을 꾀하고자 했을 것이다. 그러한 소망과 의식을 담아낸 작품이 〈성현공숙렬기〉, 〈쌍천기봉〉이다.

〈옥호빙심〉은 늦어도 18세기 후반에 출현한 것으로 보인다. 작품 말미에 적힌 필사기에 따르면, 석남거사는 〈옥호빙심〉을 읽고 있던 셋째 며느리 윤소저에게 책을 필사하도록 했고, 그가 윤칠월부터 계추순전(季秋旬前), 즉 8월 하순경까지 패상에 다녀오는 동안에 윤소저가 필사를 마쳤고, 석남거사는 갑신 초동 18일에 책의 제목을 친히 썼다고 한다. 윤칠월이 있는 갑신년은 1824년(순조24)인바, 석남거사가 30년 전에 서암이 이 책을 보는 것을 들었다고 했으니, 이 책은 늦어도 1794년경, 18세기 말에 유포되었음을 알 수 있다.

〈쌍렬옥소삼봉〉은 늦어도 18세기 후반에 출현했을 것으로 예상되고,[29] 〈삼강명행록〉은 18세기 말쯤에서 19세기 초엽에 출현했을 것으로 추정되며,[30] 〈성현공숙렬기〉, 〈쌍천기봉〉은 18세기 무렵에 출현했을 것으로 보인다.[31]

18세기는 정쟁기이자 벌열기이다. 앞쪽 세 작품이 벌열로 안착하지 않고 정쟁에서 벗어나 향리에 묻혀 살고자 하는 의식을 펼쳐낸 작품이라면, 뒤쪽 두 작품은 정쟁을 겪으면서도 벌열로 안착하고자 하는 의식을

---

29   온양정씨(1725~1799)가 1786~1790년에 필사한 〈옥원재합기연〉 권14에 '雙녈옥쇼봉'의 제명이 쓰여 있다. (심경호, 「낙선재본 소설의 선행본에 대한 일고찰」, 『정신문화연구』 38, 한국정신문화연구원, 1990) 활자본 〈삼생기연〉(보급서관)은 1922년에 간행되었다.

30   서정민, 앞의 논문, 74쪽.

31   정병설, 「장편 대하소설과 가족사 서술의 연관 및 그 의미」, 『고전문학연구』 12, 한국고전문학회, 1997, 238쪽.

구현한 작품인 셈이다. 〈쌍천기봉〉의 경우를 보자.

> 졔각노와 황승샹ᄌ딩이 크게 놀나 셔로 의논ᄒᆞ디 연왕이 샹풔 비범ᄒᆞ고 샹
> 해 큰 ᄯᅳᆺ을 품어 디방이 너로고 샹히 좌우의 용ᄉ 명도연 명현 임홍 ᄀᆞᄐᆫ 쟈
> 룰 두어시니 황야 쳔츄만셰 후의 황손의 위틱ᄒᆞ미 누란ᄀᆞᆺ톨디라 우리 등이
> 듀야 금심ᄒᆞᄂᆞ 배러니 이제 니현을 달나ᄒᆞ미 일홈이 오랑키룰 방비ᄒᆞ노라
> ᄒᆞ나 실은 큰 ᄶᆞ디 이시미라 ᄒᆞ고 명일 됴회예 황승샹이 주왈 연왕이 비록
> 폐하 친ᄌ나 디위 번왕이라 엇디 구듕금궐의 방ᄌ히 오리 머물니잇고 즉일
> 의 본국의 도라보니여디이다〈쌍천기봉〉 권1)

〈쌍천기봉〉에서는 연왕 측(도연, 정도연, 정현, 임홍)과 황손 측(방효유 경
청, 제태, 황자징)의 대립 구도 속에서 이현이 어떠한 선택을 할 것인지가 관
건으로 떠오른다. 그런 양상은 〈성현공숙렬기〉의 경우에서도 보인다.[32]

조선 후기 벌열 가문은 같은 붕당 내 벌열들과 혼인을 통해 붕당 구성
원의 결속을 다졌고, 국왕은 벌열 가문과 연대하거나 혹은 벌열을 견제
하면서 국정과 왕실의 안정을 꾀하기도 했는데,[33] 〈성현공숙렬기〉, 〈쌍천
기봉〉은 그런 점을 구현했다. 이들 작품은 대소설로서의 특성을 보여주
는데,[34] 여기에서는 ⑥항을 중심으로 제시하고자 한다.

---

32   〈성현공숙렬기〉에서 정쟁에 관한 것은 각주 16 참조.

33   차장섭, 『조선 후기 벌열 연구』, 일조각, 1997.

34   ① 가문 이야기는 2대, 3대로 지속된다. ② 출발점은 한문(寒門)일 수도 있으며 벌열일 수
      도 있는데, 귀착점은 벌열이다. ③ 벌열의 남성은 대체로 다처를 두거나 축첩을 한다. ④
      가문 사이의 혼인이 2대나 3대로 이행하면서 벌열 가문 사이에 혼맥이 형성된다. ⑤ 국
      혼이 나온다. ⑥ 외적이 침략하거나 국내에서 반란과 반역이 일어나면 부자나 숙질 혹

전쟁은 '가문의 번영과 벌열로의 안착'의 계기가 된다. 〈성현공숙렬기〉에서 운남 지방의 순무(巡撫)는 1대 임한주와 주담이 담당하고, 위주 절도사 왕각의 모반 진압은 희린의 아내 주소저에 의해서, 서촉왕의 모반 진압은 2대 희린에 의해서, 돌윤의 모반 진압은 2대 세린·희린·유린 삼형제에 의해서 이루어진다. 그리고 〈쌍천기봉〉에서 한왕의 반란 진압은 이관성의 요청과 이한성의 정벌로 마무리되고, 장청의 난 진압은 2대 이연성과 조카 이몽창의 출정에 의해서, 에센(야선) 격퇴 및 영종 구출은 2대 이관성의 출정과 3대 이몽창의 영종 접선에 의해서, 동오왕 격퇴는 이관성과 자식 5형제에 의해서, 북흉노의 격퇴는 2대 이한성과 이연성의 출정에 의해서 이루어진다.

전쟁이 발발할 때마다 벌열 가문에서 참전하여 사회와 국가의 안전에 기여하는데, 참전 인물이 숙질이나 형제가 함께 출전하는 것으로 강화되기도 한다. 이러한 양상은 영웅적 활약이 한 세대의 한 사람에게 국한되는 영웅소설 혹은 군담소설과는 구별되거니와, 대소설에서는 벌열 소속 인물들의 집단적 활약을 통한 가문 차원의 집단영웅성 혹은 집단우월성을 드러낸다.

한편 참전의 동기가 가문 외부에서 주어진 것이라 할지라도 그것은 가문 내부의 문제와 긴밀한 관련을 맺는다. 그 가문 내부의 문제는 대개 남녀결연의 문제인데(⑧항과 관련), 그 남녀결연 과정에서 발생하는 문제는

은 형제가 출전하여 진압한다. 그와 관련하여 개인의 영웅성은 가문 차원의 집단영웅성 혹은 집단우월성으로 수렴된다. ⑦ 벌열의 중심인물은 대체로 장수하며, 그에 상응하여 환갑잔치와 장례가 성대히 치러진다. ⑧ 주동 가문은 여러 가지 문제를 해결하고 벌열의 위상을 확고히 한다. (조광국,『조선시대 대소설의 이념적 지평』, 태학사, 2023, 22~24쪽)

어떤 식으로든지 해결되고 부부 결속력을 강화하는 것으로 귀결된다. 그 일련의 과정은 해당 가문이 벌열 가문으로 성장하기 위해 거쳐야 하는 필연적인 과정이다.

〈성현공숙렬기〉에서 1대 임한주의 운남 지방 출장은, 가부장의 부재로 인해 가문이 내적으로 분란을 맞게 되지만, 결국 임한주·진파 결혼의 계기가 된다. 왕각의 모반은 한왕·유린이 공모하여 희린을 위해(危害)하는 기회로 악용되지만, 한편으로 주소저가 희린을 구출하는 계기가 되기도 한다. 서촉왕 유침의 모반은, 왕각의 모반 때 제 실력을 발휘하지 못한 희린이 명예를 회복하는 계기, 나아가 희린·주소저 부부가 결속력을 다지는 계기가 된다. 돌윤의 모반은 유린이 참회하고 유린·풍소저가 부부관계를 회복하는 계기가 된다. 그리고 〈쌍천기봉〉에서 한왕은 여환과 결탁하여 이관성·정소저의 결혼을 방해하는 인물로 그려지는데, 한왕의 악행은 이들 부부의 결속력을 다지는 계기가 된다. 장청의 난은 소소저가 이몽창을 구출하는 계기가 된다.

이상, 〈성현공숙렬기〉, 〈쌍천기봉〉에서 주변 인물의 반란은 주동인물의 남녀결연을 방해하는 요인이지만 결과적으로 남녀의 결합을 공고히 하는 계기로 작동한다. 그리고 부부결연이 견실해지는 과정에서 종통, 국혼, 남성의 풍류 향락, 여성의 자존심 등에 얽힌 문제들은 모두 해결된다. 요컨대 두 작품은 주동 가문이 벌열로 안착하는 쪽에 초점을 맞춘 대소설의 작품세계를 보여준다고 할 것이다.

5. 마무리

본 논문은 〈옥호빙심〉, 〈쌍렬옥소삼봉〉과 〈성현공숙렬기〉, 〈쌍천기봉〉을 중심으로 고전소설에서의 역사적 배경, 서술의식, 서사구조의 관련 양상을 조망했는데, 그 내용을 요약하면 다음과 같다.

〈옥호빙심〉, 〈쌍렬옥소삼봉〉, 〈삼강명행록〉의 경우, 절의를 강조하고 성조의 제위찬탈을 부정적으로 보는 시각을 드러내는바, 태조·혜종과의 친근성 및 성조와의 단절성이 서술의식으로 자리를 잡는다. 물론 주인공과 가까운 거리에 있는 인물들을 통하여 일정한 수준에서나마 성조와의 친근성이 표출되기도 하는데 그 정도에서 그친다. 그와 달리 〈성현공숙렬기〉, 〈쌍천기봉〉, 〈임화정연〉의 경우, 절의 문제는 약화되고 성조의 제위찬탈을 수용하는바, 성조와의 친근성이 서술의식으로 자리를 잡는다.

이러한 서술의식은 서사세계를 통제하며 작품의 분량에도 영향을 미친다. 이들 네 작품의 서사세계는 공히 출사퇴거담과 남녀결연담 두 축으로 되어 있는데 〈옥호빙심〉, 〈쌍렬옥소삼봉〉에서는 전반부에 남녀결연담이 자리를 잡고 후반부에 출사퇴거담이 자리를 잡는다. 그리고 남녀결연담보다는 출사퇴거담이 강조되며 출사퇴거담은 퇴거와 피세은둔의 삶으로 귀착한다. 작품세계를 관통하여 성조의 제위찬탈을 부정적으로 보는 시각이 우세한 양상을 띠거니와, 그런 서술의식과 맞물려 이야기는 더 뻗어 나가지 못한 채 작품의 분량이 중편으로 그치고 말았다. 물론 현실세계와 거리를 둔 채 초월세계에서 혜종을 향한 절의를 강조하고 그 서사세계를 확대하면 장편화될 수 있다. 그게 〈삼강명행록〉이다.

반면에 〈성현공숙렬기〉, 〈쌍천기봉〉, 〈임화정연〉에서는 제위찬탈을 감행한 성조와의 친근성이 서술의식으로 자리를 잡으며 그에 상응하여 앞의 두 작품과 정반대로 출사퇴거담을 전반부에 놓고 후반부에 남녀결연담을 배치함으로써 남녀결연담이 확대되는 길을 확보했다. 전반부의 출사퇴거담은 퇴거가 아닌 출사(出仕) 쪽으로 가닥을 잡으면서 주동인물들의 활동 반경이 넓어지고 그 후로 새롭게 남녀결연담이 확대되며 작품이 장편으로 나아간 것이다.

이러한 서술의식은 벌열 의식으로 수렴되거니와, 〈성현공숙렬기〉, 〈쌍천기봉〉, 〈임화정연〉은 종통 계승의 문제, 국혼의 문제, 여성의 자존심의 문제, 풍류 향락의 문제 등을 해결하면서, 주인공 가문의 벌열 정착을 보여주는 대소설의 범주에 든다.

덧붙여 〈삼강명행록〉 또한 성조가 통치하는 현실세계와 거리를 둔 채 은둔피세의 유토피아 세계의 삶을 확보하면서 대소설의 자리를 확보했다고 할 수 있다. 그런데 그 세계는 대소설의 일반적인 벌열의 세계와는 다른 지점을 보여준다. 그와 관련하여 대소설의 장르적 잡식성을 언급할 만하다.

덧붙여 〈성현공숙렬기〉, 〈쌍천기봉〉, 〈임화정연〉은 각각 그 자체로 끝나지 않고 〈성현공숙렬기〉·〈임씨삼대록〉 연작, 〈쌍천기봉〉·〈이씨세대록〉 연작, 〈임화정연〉·〈쌍성봉효록〉 연작으로 이어졌던바, 연작의 작품 세계는 남녀결연담의 확대 그리고 그 이후 가문의 창달과 상응한다. 그런 기틀은 이미 전편에서 마련되었다고 할 것이다.

Ⅱ 가문연대의 양상과 의미
〈임화정연〉

1. 문제 제기

　〈임화정연〉은 〈성현공숙렬기〉, 〈쌍천기봉〉과 비슷하게 성조의 제위 찬탈을 설정하고 성조와의 친근성을 드러낸다. 그런데 〈성현공숙렬기〉, 〈쌍천기봉〉의 경우에 처음에는 황실의 종통계승에 직면하여 처음에는 성조의 제위찬탈을 부정적으로 보았다가 곧이어 긍정적인 시각을 취한 것과 달리, 〈임화정연〉은 처음부터 주인공이 출사한 때를 명 태조 때가 아닌 성조 때로 맞춤으로써 주인공이 절의의 문제에 구애받지 않고 출사(出仕)할 수 있는 길을 확보했다. 그에 상응하여 출사퇴거담을 전반부에 놓고 그 이야기를 출사 쪽으로 풀어내고 후반부의 남녀결연담이 확대될 수 있는 길을 열었다.[1] 그리고 후편 〈쌍성봉효록〉에서 3대 이야기를 새

---

* 「〈임화정연〉에 나타난 가문연대의 양상과 의미」(『고전문학연구』 22, 한국고전문학회, 2002, 163~190쪽)의 제목과 일부 내용을 이 책의 체제에 맞게 고쳤으며, 4항의 뒷부분은 새로 보완한 것임.

1　이 책, "Ⅰ. 역사적 배경, 서술의식 및 서사구조의 상관관계" 참조.

롭게 덧붙임으로써 연작 대소설로 자리를 잡았다.

〈임화정연〉에서 연작의 면모로 내세울 만한 것이 여러 가지 있겠지만, 여기에서는 가문연대를 중심으로 살펴보고자 한다. 그와 관련하여 본 연구에서는 〈임화정연〉[2]의 구성원리가 '복수 가문의 병렬적 연대'임을 제시하고자 한다.

정규복의 개괄적인 연구 이래, '작품세계의 불연속성'을 중심으로 논의되어왔는데 그 논의는 작품구조의 이원성 논의와 중심인물의 불연속성 논의로 나뉜다. 양혜란은 작품구조의 이원성과 관련된 논의를 펼쳤다. 전반부는 '혼사장애 중심의 애정갈등' 위주로 되어 있고 후반부는 '정실·부실의 갈등' 위주로 되어 있다는 것이다. 하지만 대소설에는 여러 갈등이 설정되기 때문에 구조의 이원성은 작품세계의 불연속성과는 거리가 있다. 그리고 이현국은 주인공이 임규에서 정연경으로 바뀐다는 점을 언급했다. 곁들여 그는 중심인물의 불연속성이 '가문을 기반으로 하는 인간관계의 연속성'으로 극복된다고 보았다. 그는 작품세계의 연속성을 언급했지만, 여전히 중심인물의 불연속성 문제를 해결하지 못했다고 할 수 있다.[3]

한편 송성욱은 작품의 불연속성이 작품의 구조에서 기인하는 것으로 보았다. 〈임화정연〉·〈쌍성봉효록〉 연작을 논의하면서 전편의 불안정한

---

2   이 작품은 홍희복(1794~1859)의 〈제일기언〉의 서문에 언급되어 있으며, 〈옥수기〉를 번역한 남윤원의 발문에도 언급되어 있다. (정규복, 「제일기언에 대하여」, 『중국학 논총』 1, 고려대 중국학연구회, 1984; 김종철, 「옥수기 연구」, 서울대 석사논문, 1985, 10쪽)

3   정규복, 「〈임화정연〉 논고」, 『대동문화연구』 3, 성균관대 대동문화연구소, 1966, 89~96쪽; 양혜란, 「임화정연 연구」, 이화여대 석사논문, 1980, 31~60쪽; 이현국, 「임화정연 연구」, 경북대 석사논문, 1983, 49~71쪽.

열린 구조는 후편에서 닫힌 구조로 진행한다고 보고, '작품의 중심축이 없는가' 혹은 '구조가 너무 난삽한 것이 아닌가'라며 불편한 심기를 드러낸 것이다.[4]

우리는 이 시점에서 생각해 볼 것이 있다. 〈임화정연〉 자체가 원래부터 불연속적 작품세계를 지니는지, 아니면 연속성을 추출할 만한 연구시각이 결여된 것은 아닌지. 나는 후자에 해당한다고 보는데, 그렇다면 작품세계의 연속성을 꿰뚫는 원리가 무엇인지 그 원리를 추출하는 것이 관건이다. 여기에서 "가문을 기반으로 하는 인간관계의 연속성"에 관한 이현국의 논의는 눈길을 끈다. 그가 언급했던 '가문을 기반으로 하는 인간관계의 연속성'의 개념을 '복수 가문의 병렬적 연대'로 대체하면, 작품세계는 불연속적이지 않고 연속적임을 알아차릴 수 있다.

또 생각해야 할 것이 있다. 〈임화정연〉이 불연속성을 지닌다고 보든, 그렇지 않고 연속성을 지닌다고 보든, 그러한 속성을 지니게 된 것에 대한 사회문화적 해명이 뒤따라야 한다는 것이다.

이를 밝혀내기 위해 먼저 이 작품에 등장하는 개별 가문들의 존재 양태를 제시하고자 한다. 가문의 모습은 고정적이지 않아서 단정적으로 제시하기가 쉽지 않지만, 그 변화는 가문 사이의 혼맥이 형성하는 때를 전후로 포착된다.

다음으로 가문연대의 양상을 고찰해보기로 한다. 세부적으로 처사형 한문(處士型寒門), 환로형 가문(宦路型家門), 권문세가(權門勢家) 등 사회적 위상과 경제력이 상이한 가문들이 종횡으로 연대하는 양상을 보여준다.

---

4 송성욱, 「〈임화정연〉 연작 연구」, 『고전문학연구』 10, 한국고전문학회, 1995, 351쪽, 359~369쪽.

마지막으로 가문연대는 어디를 향하는지 그 귀착점에 대해 살펴보고자 한다. 그 귀착점은 권문세가군(權門勢家群)을 이루는 지점인데 그와 관련하여 권문세가군의 형성에 대한 문학적 의미와 시대적 의미를 살펴보고자 한다.

2. 개별 가문의 양태

〈임화정연〉에는 임문, 화문, 정문, 연문 네 가문을 비롯하여 진문, 위문, 주문, 이문, 양문, 장문, 유문, 호문, 여문 등 적어도 열네 가문이 나온다.

이들 가문은 정치적, 사회적 위상에 따라 크게 처사형 한문, 환로형 가문, 권문세가 등으로 나뉘며, 서술시각에 따라 긍정형 가문, 부정형 가문 그리고 긍정과 부정을 공유하는 혼합형 가문으로 나뉜다. 개별 가문의 양태는 이야기가 펼쳐지기 전의 시점에서 제시한 것이다. (다음 표에서 ①은 1대, ②는 2대, ③은 3대를 뜻한다.)

	긍정형 가문	혼합형 가문	부정형 가문
처사형 한문	〈임문〉 ①임처사 · 위부인 ②子임규 〈위문①〉 ①위처사 · 김 부인		
환로형 가문	〈위문②〉 ①위어사 ②위소저 〈화문〉 ①화경윤 · 주부인 ②빙아, 원경 〈정문〉 ①정현 · 진부인 ②연양, 연경 〈연문〉 ①연권 · 유부인 ②영아, 춘경 〈주문〉 ①주철 · 정부인 ②설아 ②연옥, 번옥	〈진문〉 ①진급사 ②진낭중 · 조부인 ③취옥 경옥 ③백문 상문 ②진효렴 · 설부인 ③진소저 ③명문 창문 ②1女 · 정공(정문) ②2女 · 이생(이문)	〈이문①〉 ①이시랑 · 이부인 ②이소저 ②이생 · 진씨2 〈장문〉 ①장급사 ②장현 〈양문〉 ①양시랑 ②양한림 ③양소저 〈유문〉 ①유시랑 · 원부인 ②유소저 ①유씨 · 연공(연문) 〈이문②〉 ①이지현 · 경부인 ②이생
권문세가		〈여문〉 ①여희 ②후궁 여귀비 ②금오 여익 ③희주, 중옥(4子) ③계옥(3子) ③미주 　성옥(1子) · 이씨 　정옥(2子) · 조씨	〈호문〉 ①승상 호유용 ②호소저(조카딸)

2.1. 처사형 한문(處士型寒門)의 경우

처사형 한문에 해당하는 가문은 임문·위문①이다. 먼저 임문의 가부장 임처사의 호는 백운처사다. 그의 집안 모습은 동네 사람의 전언에 잘 나타나 있다.

> 임처사 빈한하여 찾을 이가 없지만, 처사의 아들 글이 높아 용하기로 유식한 사대부가 찾아 이르나니, 상공도 글이 용하시니까 그 가난한 집에서 대객할 이 없으되 찾으니 알지 못하로소이다 그러나 문답하시려면 찾아가려니와 양식을 구하려 가시려거든 다른 곳으로 가소서(上, 233쪽)

임문은 명문거족에서 한문(寒門)으로 전락한 집안이었지만 부자(父子)의 학문적 명성이 높은 집안이다.

위문①의 가장 또한 처사다. 위처사는 임처사와 함께 산천을 유람하며 소일했거니와, 위문①과 임문은 서로 친분을 맺고 있었다. 이렇듯 임문과 위문①은 가부장이 벼슬길로 나아가지 않고 처사의 삶을 살아가는 동안 집안이 한문(寒門)으로 이미 전락했거나, 전락해가고 있는 형국을 보여준다.

그런데 가부장이 처사의 삶을 살게 된 이유가 있었다. 그것은 성조의 제위찬탈에 반대하며 선황제(先皇帝)를 향한 절의를 지키기 위한 것이었다. 요컨대 두 가문은 절의와 학문적 명성을 간직한 긍정형 가문으로 제시된다.

2.2. 환로형 가문(宦路型家門)의 경우

환로형 가문은 벼슬하여 정치권에 발을 들여놓지만, 가부장이 사직하거나 한직에 머묾으로써 권문세가에는 미치지 못하는 가문이다. 서술시각에 따라 긍정형 가문과 부정형 가문 그리고 혼합형 가문으로 나뉜다. 그에 따라 해당 가문을 제시하면 다음과 같다.

(1) 긍정적 환로형 가문: 위문② · 정문 · 화문 · 연문 · 주문
(2) 부정적 환로형 가문: 이문① · 이문② · 장문 · 양문 · 유문
(3) 혼합적 환로형 가문: 진문

먼저 (1) 긍정적 환로형 가문을 보자. 위어사는 성조 영락제가 제위를 찬탈하자 벼슬을 거절한 채 변방에서 고생하다가 절사(節死)했다. 이에 위문은 몰락할 위기에 처하게 되지만 아직은 환로형 가문의 영향권 안에 있다고 볼 수 있다.

그리고 정현은 금자광록태위 이부상서 겸 총재의 벼슬을 한 자였으나, 승상 호유용의 간당 세력의 국정농단을 꺼려 칭병 · 사직하고 고향인 강주 소흥부로 내려갔는데, 그즈음에 호유용과 결탁한 조카 진상문에 의해 귀양 가게 되었고, 이로 인해 정문은 한미한 가문으로 전락할 위기에 처한다. 화경윤은 일찍이 예부상서에 올랐으나 청렴하여 간신 호유용이 꺼리는 인물이었다.

화공은 세력을 이끌고 호유용 간당을 견제하는 정치세력을 형성했으나, 정공의 무죄함을 간하다가 호유용에 의해 귀양 가게 되어 집안이 존

망의 기로에 놓이게 된다. 연권은 호유용의 농락으로 벼슬이 이부시랑에 머물러 있었는데, 딸을 처로 삼으려는 진상문의 간계와 호유용의 모함으로 지방의 순무어사로 나갔다가 귀양 가게 된다. 어사 주철은 호유용을 꺼려 내직을 원치 않고 외임으로 10년을 지내고 있었다.

그중에 화문·정문·연문·주문은 가부장이 모두 충신과 군자다. 이들 가부장은 호유용의 간당 세력과 적대관계를 형성하는 긍정적인 가문으로 제시된다. 그 때문에 집안이 모두 한문(寒門)으로 전락할 위기를 맞는다.

다음으로 (2) 부정적 환로형 가문을 보자. 이들 집안의 가부장은 벼슬이 시랑(이문①, 양문, 유문), 급사(장문), 지방의 지현(이문②) 정도였는데 현직에 만족하지 않고 더 출세하기 위해서 간신 호유용과 결탁했다. 하지만 훗날 호유용이 축출되면서 권문세가로 발돋움하는 길이 끊기고 한미한 가문으로 전락하고 만다. 그중 이문①을 보자.

> 당금 도생할 길이 업스니 병사하얏다 가칭하고 요행 과거를 하게 되면 그 한을 가히 면할 것이어늘 엇지 구〃한 념녀를 하시오 생이 할 일업시 합가를 거느리고 경사에 닐으러 진츄밀 부즁을 차져 가니 츄밀이 쥬야로 매자의 쇼식을 몰라 하다가 생의 부〃ㅣ닐음애 반김을 익이지 못하야 즉시 식부의 쇼식을 물으니 생이 탄식 함루하고(下, 216쪽)

이문①은 2대 이생에 와서 경제력을 상실한 가문이 되었다. 그리고 이문②는 연어사에 의해 징치되었고, 양문은 해체되어 딸 양소저가 임규의 첩실로 들어갔다. 이들 가문의 가부장이 부정적으로 그려진 것과 같이 그 자녀들도 부정적으로 제시된다.

다음으로 (3) 혼합적 환로형 가문을 보자. 여기에는 진문이 해당하는데, 진문은 긍정과 부정의 시각을 공유하는 모습을 보여준다.

1대 진급사는 진담·진효렴 형제와 자매를 둔다. 1녀는 정공의 부인이었고 2녀는 이부상서의 아들 이생의 배필이었다. 장자 진담은 서울에서 낭중 벼슬을 했지만 부친 사후에 낙향했으며 2자 진효렴은 고향에서 선비로 머물고 있다. 이들 가문은 현재 벼슬을 사직한 가문이었지만, 벼슬할 기회를 노리는 환로지향적 가문이었다.

한편 진문은 긍정과 부정의 시각을 공유하는 혼합형 가문으로 형상화된다. 2대 장남 진담은 성격이 관홍하지 않고 그의 부인 조씨도 혼암했다. 차남 진효렴은 청렴 정직한 선비였고, 부인 설씨는 유순한 여성이었다. 이처럼 장자 진담 부부는 부정적으로 형상화되는 반면에 차자 진효렴 부부는 긍정적으로 형상화된다.

이러한 긍정과 부정의 모습은 3대로 이어진다. 진담(2대)은 백문·상문 형제(3대)를 두었는데, 큰아들 백문은 재주가 뛰어나지 않아 벼슬을 하지 못했지만, 인품은 부정적이지 않았다. 반면에 둘째 아들 진상문은 선풍도골의 외모와 특출한 문장의 자질을 갖추었으나 교만한 인물이었다. 진효렴(2대)은 조카 상문 때문에 진문에 화가 미칠 것을 염려하여 상문에게 충고하곤 했지만, 상문은 외면할 뿐이었다. 훗날 상문은 정소저, 연소저, 화소저를 강제로 취하려고 했고, 그 과정에서 여성들의 부친을 모함하여 귀양 가게 했고, 그 사실을 은폐하기 위해 정연경과 3소저와 정혼한 임규를 살해하고자 했다.

한편 환로형 가문은 사회적 위상과 경제력 면에서 처사형 한문과 구별된다. 예컨대 정문에서 며느리를 구할 때 중매한 위처사가 정현에게 임문이 "한미한" 가문임을 말하자, 정현의 아내 진씨는 임문을 탐탁지 않게 여기고 그 대신에 환로형 가문이었던 처가에서 사위 진상문을 구하고자 했고 그 과정에서 남편과 심각한 부부갈등을 일으켰다. 화소저의 모친인 주씨 또한 이지현(이문②)의 청혼을 물리쳤는데 그 이유는 이문이 문벌이 아니었기 때문이다.

2.3. 권문세가(權門勢家)의 경우

권문세가로는 호문과 여문이 있다. 호문은 부정적인 가문으로 제시되며, 여문은 긍정과 부정의 서술 시각을 공유하는 혼합형 가문으로 그려진다.

    (1) 부정형 권문세가: 호문
    (2) 혼합형 권문세가: 여문

먼저 (1) 부정형 권문세가에 대해 살펴보자. 호문의 가부장은 간신 호유용이고 그의 질녀로 호소저가 있다. 호유용은 이시랑, 양시랑, 유시랑, 장급사, 지방의 이지현 등을 문하 내지는 당류(黨類)로 거느리며, 자신들의 비리를 지적하는 정공·화공·연공·주공의 충신 세력을 모함하여 귀양을 보내는 등 국정을 농단했다. 그 과정에서 호유용 세력은 충신 세력의 가부장을 귀양 보낼 즈음에 충신들의 자녀가 이미 혼약한 상태인데 그 자녀들의 혼사를 가로채기 위해 온갖 악행을 저질러댔다.

다음으로 (2) 혼합형 권문세가에 대해 알아보자. 여문의 가부장 여희는 홍로소경에 이르고 2대 여익은 소년 재상으로 벼슬을 하여 금오에 오른 자이며 성조 때의 정난공신이다. 그의 누이는 후궁 여귀비다. 이처럼 여문은 고문대족(高門大族)이자, 실세 가문이다. 그런 가문의 위상에 걸맞게 여익은 3처에 4남 2녀(첫째 부인 강씨 소생의 희주·중옥 남매, 둘째 부인 황씨 소생의 계옥, 셋째 부인 소씨 소생의 성옥·정옥·미주 남매)를 두었다.

가부장 여익은 '중간인물'[5]로서 긍정적 성향과 부정적 성향이 혼재되어 있다. 서술자의 말을 빌리면, '위인이 소탈하고 본심은 직하나 성품이 호승'하다. 그에 상응하여 여익은 두 가지 상반된 모습을 보여준다.

먼저 호문과 정치적 연대 관계를 맺지 않으며, 그에 따라 정직한 길을 걸어가는 긍정형의 인물로 제시된다. 반면에 여익은 미색을 좋아하여 3처 10희를 두었는데 부덕이 있는 첫째 부인 강씨보다 질투심이 많은 제3 소부인을 총애하는 어리석음을 범했다. 그런 혼암함 때문에 처처갈등, 형제갈등, 자매갈등이 끊이지 않았다. 선한 첫째 부인 강씨와 악한 셋째 부인 소씨 사이에 처처갈등이 벌어졌고, 계후문제를 놓고 선한 중옥(강씨 소생)과 악한 성옥(소씨 소생)의 형제갈등이 벌어졌으며, 선한 희주(강씨 소생)와 악한 미주(소씨 소생) 사이에 자매갈등이 발생했다.

이렇듯 여익은 긍정과 부정의 성격을 공유하며, 그의 처자(妻子)들도 마찬가지의 모습을 보여준다. 즉 여문은 긍정형 인물과 부정형의 인물이 섞여 있는 혼합형 가문의 모습을 보여준다.

---

5 정규복, 앞의 논문, 90쪽.

한국 대소설의 혼맥婚脈

3. 가문연대의 양상

가문연대는 통혼관계(通婚關係)와 정파성(政派性)에 바탕을 두는데 양자가 서로 복합적으로 관련을 맺는다.

가문연대는 크게 ㉮ 처사형 한문과 환로형 가문의 연대, ㉯ 환로형 가문들의 연대, ㉰ 환로형 가문과 권문세가의 연대로 나뉜다.[6] 그리고 각각의 가문연대는 긍정적으로 제시되는 경우와 부정적으로 제시되는 경우로 나뉜다.

	㉮ 가문연대가 긍정적인 경우	㉯ 가문연대가 부정적인 경우
㉠ 처사형 한문과 환로형 가문의 연대	① 임문 · 정문 · 화문 · 연문의 연대	
㉡ 환로형 가문과 환로형 가문의 연대	② 정문 · 위문②의 연대 화문 · 진문의 연대 연문 · 주문의 연대	④ 진문 · 이문①의 연대 진문 · 유문의 연대
㉢ 환로형 가문과 권문세가의 연대	③ 정문 · 여문의 연대	⑤ 이문② · 호문의 연대 양문 · 호문의 연대 진문 · 호문의 연대

선행연구에서 이 작품의 주지가 혼사장애주지(婚事障碍主旨) 내지는 혼사주지라고 했거니와, 이런 혼사주지는 혼맥을 통한 가문연대로 귀결되

---

6 비중이 작은 것도 있다. 진소저(진낭중女)와 수춘원(항복한 북지왕의 적장)의 혼인, 정연경과 첩 운영과의 혼인, 이생(이시랑子)과 진씨(진낭중妹)의 혼인, 임규와 양소저의 혼인, 유시랑과 유씨(연공妻 유씨의 이복동생)의 혼인, 진명문(진효렴子)과 오소저의 혼인, 진창문(진효렴子)과 원소저의 혼인, 여중옥과 요소저의 혼인, 여계옥과 경소저의 혼인, 여성옥과 이씨의 혼인, 여정옥과 조씨의 혼인 등이다.

는데, 그 가문연대는 애초부터 정파성을 띤다. 혼사장애 즉 결연 장애가 심하다는 것은 해당 남녀주인공의 결혼이 더욱 공고하게 됨을 의미하며, 그로 인해 혼맥을 형성하는 가문들 사이의 연대가 공고해짐을 의미한다. (이들 가문연대 중에 혼맥을 형성하지 않고 이해관계에 따라 정파성을 띠는 경우가 있음은 물론이다.)

3.1. 가문연대가 긍정적인 경우

긍정적인 가문연대는 '처사형 한문-환로형 가문-권문세가'의 연대 양상을 보여준다. 세부적으로 제시하면 다음과 같다.

① 처사형 한문과 환로형 가문의 연대(㉮-㉠)를 보자. 임문·정문·화문·연문의 연대가 이에 해당한다. 임규와 3소저(정·화·연)의 결혼으로 이루어진다. 임규와 3소저에게 결연 장애가 거듭 되풀이되지만, 그 결연 장애는 당사자들의 비뚤어진 성격이나 가문 간의 불화에서 비롯된 것이 아니라 외부 인물인 호유용과 진상문으로부터 주어진다. 설령 이들을 둘러싼 가문 내적인 구성원의 서로 다른 시각에 의해 이들 결혼이 지체되는 경우가 있더라도 금방 해결되기에 이른다.

결연 장애는 3소저가 서로 친분을 맺는 기회가 되고, 결연 장애가 거듭될수록 3소저의 친분은 강화되고 마침내 3소저는 결의자매를 맺기에 이른다. 임규와 혼인한 후에도 일부삼처 사이에 부부갈등이나 처처갈등은 일어나지 않고 서로 아끼며 존중하는 사이로 그려진다. 이러한 3부인의 결의자매와 일부삼처의 화목과 존중은 이들 가문의 연대에 대한 긍정적인 서술시각을 뒷받침한다.

한국 대소설의 혼맥婚脈

② 환로형 가문과 환로형 가문의 연대(㉮-㉯)를 보자. 정문 · 위문②의 연대는 정연경과 위소저의 혼인으로 이루어진다. 위소저의 부친 위어사는 성조의 제위찬탈을 반대하며 절사(節死)한 인물이며, 정연경의 부친 정공 역시 성조의 제위찬탈을 용납하지 않았으며 위어사의 절행을 높이 기렸다.

> 로부 | [정공] 용렬하야 지금 셰상에 아자의 영광을 즐겨하나 츙졀입사한 령혼을 붓그리나니 이번 위어사 의관을 대하매 그 책을 듯는 듯하고 비록 렬사를 짜르지 못하야 낫을 들고 연국 아래 일월을 대하야 남북이 밧고이니 사나희 변하야 아리짜온 물색을 대하리요…로부는 생젼에 경사에 투족지 아니리라(下, 166쪽)

정문 · 위문②의 연대는 정현이 위어사의 딸을 며느리로 삼음으로써 이루어지거니와, 그 바탕은 절의를 중시하는 세력들의 가문연대라는 의미를 띤다. (자녀 세대에서는 그런 연대를 바탕으로 출사가 이루어진다.)

그리고 화문 · 진문의 연대는 화공자와 진소저(진효렴의 딸)의 혼인으로 형성된다. 진효렴은 재학이 출중한 군자로 소개되는데, 화공이 그 인물됨을 알아보고 자진하여 청혼함으로써 자식들의 결혼이 이루어진다. 또한, 연문 · 주문의 연대는 연공자와 주소저의 혼인으로 이루어지는데, 가부장과 가문 간의 상호 이해와 존중이 중시된다.

주목할 것은, 환로형 가문 간의 혼맥 형성 과정에서 환로형 가문이 중심 역할을 한다는 것이다. 화공자와 진소저의 혼인과 연공자와 주소저의 혼인은 정공의 주선으로 이루어지고, 또한 정공자가 개입하여 연공자와 주소저 사이의 부부갈등을 화해의 길로 이끈다. 즉 환로형 가문인 정문의 부자가 나서서 이들의 혼인에 개입하고 화목에 관여한다.

그리고 정문, 화문, 연문, 주문의 가부장이 고향 절강 땅에서 서로 붕우관계와 통혼관계를 형성하고 있었다는 것도 빼놓을 수 없다. 화공과 정공은 붕우였고, 정공과 연공도 친한 친구였다. 정공과 주어사는 매부와 처남이고, 화공의 부인 주씨는 주어사와 4촌이다. 부모 세대의 친분과 혼맥으로 형성된 가문 사이의 연대성은 자녀 혼사를 통해 더욱 공고해진다.

이렇듯 이들의 가문연대는 절의를 중시하고 군자 자질을 중시하는 부친들의 긍정적인 친분관계가 혼맥으로 이어지는 양상을 보여준다.

③ 환로형 가문과 권문세가의 연대(㉠-㉢)를 보자. 정문과 여문의 연대가 이에 해당한다. 이 연대는 정연경과 여희주·미주 자매의 결혼을 통해 이루어진다. 이 결혼이 처음부터 순탄한 것은 아니었다. 처음에는 장원 급제한 정연경이 권문세가인 여문의 사위가 되는 것을 거절했으며, 그러한 정연경의 의지는 금오 여익의 사혼(賜婚)과 여미주의 애욕이 개입하면서 더욱 강해질 뿐이었다. 이들 가문이 연대하기까지는 정공자·여희주의 부부갈등, 여미주의 속임수와 애욕 성취 그리고 여희주·미주의 이복자매갈등 등 우여곡절을 겪어야만 했다.[7]

여금오·여미주 부녀의 부정적인 모습은 여문과 정문의 통혼관계의

---

7 "여미주의 애욕 성취 과정에서 제시된 여미주의 속임수"에 대해 정리하면 다음과 같다. ㉠ 미혼 처녀의 몸으로 밤중에 이름 모르는 선비 정생을 흠모하여 껴안음. ㉡ 연생이 기생 어중선을 사랑하는 것을 보고 기생과 같이 되지 못한 자신의 처지를 한탄함. ㉢ 희주로 변장하여 들어가 정연경과 육체적인 관계를 맺음. ㉣ 송가댁에 머물면서 쌍둥이를 낳고 타문 자손이라 속여 정현의 품 안에서 놀게 함. ㉤ 속이고 정연경의 처로 들어옴.

측면에서 볼 때, 부정적인 요소로 작동한다. 하지만 훗날 여금오가 개과천선하여 혼암에서 벗어나고, 여미주 또한 회심하고 수절하면서 여문에 부여되었던 부정적인 서술시각은 사라지게 된다. 그로 인해 환로형 가문과 권문세가의 연대는 새로운 지점을 확보하게 된다. 여문은 정문과 연대하면서 내로라하는 긍정적인 권문세가로 거듭나고, 한편으로 환로형 가문이었던 정문은 권문세가의 반열에 들어서게 되는 것이다.

3.2. 가문연대가 부정적인 경우

부정적인 가문연대는 환로형 가문 사이의 연대④와 환로형 가문과 권문세가의 연대⑤로 한정된다.

④ 환로형 가문들의 연대의 경우(㉯-㉡)를 보자. 진문·이문①의 연대, 진문·유문의 연대가 이에 해당한다. 진상문은 숙부 진효렴의 충고와 훈계를 듣지 않고 자신의 재색을 의지하여 출세하고자 한다. 진상문이 출세하려고 한 것은 미모의 정소저를 취하려고 해서였다. 그는 급제하여 출세한 뒤에도 여전히 미모의 여성들을 처로 들이려는 욕망을 버리지 않고 거듭하여 화소저와 연소저를 취하려고 했다. 하지만 그의 의도와는 달리 자신이 원했던 정·연·화 3소저와는 정반대 성향을 지닌 호소저·이소저·유소저를 아내로 맞이하게 됨으로써, 진문은 호문, 이문, 유문과 혼맥을 형성하기에 이른다.

진문과 유문, 두 가문의 연대는 진상문과 유소저의 결혼으로 이루어진다. 그런데 악인 진상문 못지않게 유소저도 애욕을 성취하려는 부정적인 여성이었다. 그녀는 모친과 모의하여 부친에게 알리지 않고 연소저라 속이고 진상문과 혼인했다. 진문과 이문의 연대는 진상문과 이소저의 혼인으로 이루어진다. 이소저는 진상문 못지않은 부정적 인물로 그려지거니와, 그녀는 진상문의 풍채를 탐내어 부모를 졸라 그의 둘째 부인이 된다.

이들 혼맥 형성의 밑바탕에는 가문의 위상을 한 단계 높이려는 가부장의 욕망이 자리를 잡고 있다. 이문과 유문의 가부장이 진상문을 사위로 들이려 한 것은, 그가 호유용의 신임을 받는 사위였기 때문이고, 진상문을 사위로 삼으면 자연스럽게 권문세가인 호문과 정파적 연대를 맺을 수 있다고 보았기 때문이다.

하지만 진문과 이문①의 연대, 진문과 유문의 연대는, 애초부터 그 연대가 취약할 수밖에 없었다. 그 가문연대는 그 출발점이 남녀 당사자들의 정욕에 있었고, 그 결혼 방식이 속이고 속는 식으로 이루어졌기 때문이다. 그에 따라 부부갈등과 처처갈등은 필연적일 수밖에 없었고 마침내 가문연대는 깨지는 것으로 종결된다. 진상문과 이소저의 혼인과 파국은 그 점을 잘 보여준다.

> 이소저는 진상문의 풍채를 탐내어 부모를 졸라 상문의 둘째 부인이 되었다. 진상문이 귀양 간 뒤에 이소저는 죽었다고 소문내고 선비 장생에게 개가(改嫁)했다. 그녀는 개부(改夫) 장생의 추한 용모를 한탄하며 장생을 휘어잡았다. 진상문이 사면되자, 그녀는 진상문에게 자기가 죽었다고 거짓으로 소문냈다고 둘러댔다. 진상문이 그녀를 의심하자 그녀는 도망쳤다. 그녀는 유리걸식하다가 개부 장생에게 잡혀 죽었다.

위와 같이 진상문과 이소저의 혼인은 부정적인 성향을 띤다. 그에 상응하여 두 집안 사이의 가문연대 또한 부정적인 정파성을 띤다.

⑤ 환로형 가문과 권문세가의 연대(㉯-㉢)를 보자. 여기에 해당하는 연대로는 이문②·호문의 연대, 양문·호문의 연대, 진문·호문의 연대가 있다. 이태현, 양시랑·양한림 부자는 호유용의 문생으로 탐람하고 학정을 일삼았다. 그리고 호유용은 한림학사 진상문을 자기 세력에 끌어들이고자 조카딸 호소저와 혼인시켰고, 진상문은 호유용 세력을 등에 업고 출세하여 정소저와 혼인하기 위해서 호소저와 혼인했다. 이들의 연대는 소인배의 정파적 연대의 양상을 특징적으로 보여준다.

> 호상국을 차자볼새 호유용이 진생의 용모ㅣ 미려하고 마음이 능혜함을 보고 제 쏘한 간신이매 심함에 대열하야 미리 매껴 당을 삼고자 하야 십분관대 십분관대하고 상전을 내여 아역을 상급하니 진생이 호상국의 위권이 혁 ˝함을 알매 저에게 아첨하야 권세를 붓좇츠려 하는고로 아당하는 말삼이 쇼인의 지긔상합한지라 피차 초면이나 은근위곡하더라(상, 74쪽)

이들의 연대는 진상문과 호소저의 혼인으로 더욱 강화된다. 그런데 그 결혼은 일찍이 약속된 진상문과 이소저의 결혼보다 앞서서 행해지는 일이 벌어지고, 결혼 후에는 호소저의 투기심 때문에 두 아내 사이에 심각한 갈등이 발생한다.

한편 이문①, 장문, 양문, 유문, 이문②의 가부장인 이시랑, 장급사, 양시랑, 유시랑, 이지현 등은 출세하여 가문의 위세를 키우려고 호유용의 권세에 빌붙는다. 이로써 권문세가 호문을 중심으로 하는 큰 정치세력이 형성된다. 하지만 호유용이 숙청되자마자 이들의 연대는 해체되고 만다.[8] 이상, 이 가문연대는 직간접적으로 혼맥 형성과 관련을 맺으며 이루어지며 그 연대는 권력욕과 출세욕을 성취하기 위해 모든 것을 수단화하는 부정적인 정파성을 드러낸다.

4. 가문연대의 의미

가문연대가 긍정적인 경우와 부정적인 경우로 나뉘는데, 이제 그 연대의 핵심 요인이 무엇인지 살펴볼 차례다.

부정형 가문연대에는 ④환로형 가문들의 연대와 ⑤환로형 가문과 권문세가의 연대가 있다. 이들 연대의 중심에 있는 가문은 진문을 중심으로 하는 환로형 가문이다.[9] 그런데 이들 환로형 가문은 처사형 한문과의 연대를 꺼리며, 적어도 환로형 가문끼리 연대하려 하거나 권문세가와의 연대를 지향한다. 가문의 구성원 중에 이를 염려하는 진효렴과 같은 군

8　단적인 예를 들어보기로 한다. 호유용 일당이 처결되면서 양한림 부자가 피화 도주하고 부인과 자녀가 각각 도망하게 된다. 양소저는 유리걸식하다가 훗날 임규의 첩실이 된다. 첩실로 전락한 양소저는 "우리 부모의 문호로써 내 이에 와 미천한 욕을 보니 슬픔이 각골한지라 이제 현예를 천만의외의 만나니 어느 째에 부모를 신원하고 구천의 존령을 위로하리요 양생이 오렬 탄왈 소뎨도 쏘한 유모를 리별하고 혈〃 일신이 산사에 유락하야 져〃의 쇼식을 모로더니 엇지 오날〃 맛날 줄 뜻하엿스리요 … 다행이 림형을 만나 은혜를 입은지라 져ㅣ 비록 져의 희첩됨이 붓그러오나 엇더하리잇고 드르니 져〃ㅣ 생자하시다 하니 … 잘 길너 장성케 하쇼셔 양시 타루 왈 내 비록 아달을 몬져 두엇스나 … 존당 법령이 졍시를 아시결발이라 하야 … 아자로 … 언〃이 쳔생이라 하고 사랑치 아니하니 시로고 애달고 졀원하노라"(下. 114쪽)라고 자신의 신세를 한탄한다.

9　이 책 145쪽 참조.

자 성향의 인물이 있으나 그의 영향력은 힘을 잃고 만다.

그 가문연대의 지향점은 권력·성·부귀를 최대한으로 확장하여 누리는 것이다. 그 구성원들은 자기들의 권력욕·성욕·재물욕을 성취하는 데 걸림돌이 되는 개인과 집단이 있다면, 그 걸림돌을 제거하기 위해서 수단과 방법을 가리지 않는다.

긍정형 가문연대에는 ①처사형 한문과 환로형 가문의 연대와, ②환로형 가문들의 연대, ③환로형 가문과 권문세가의 연대가 있다. 긍정형 가문연대에서의 중심가문은 정문을 중심으로 하는 환로형 가문이다. 가문연대가 긍정적인 경우든 부정적인 경우든 그 연대의 중심은 환로형 가문이라 할 수 있는데, 긍정적 환로형 가문은, 권문세가와 연대하려고 하기보다는 환로형 가문끼리 연대하거나 처사형 한문과 연대하려는 성향을 보여준다. 설령 권문세가와 연대할지라도 적극적으로 나서지 않고 권문세가 쪽에서 강하게 원해서 마지못해 연대하는 성향을 띤다.

긍정적 가문연대 세력은 사회와 국가의 부조리와 모순을 해결하는 중심 역할을 한다. 물론 부정형 가문연대에서 성취하고자 하는 과도한 욕망을 저지하다가 정치적으로 대립하고 고난에 빠지게 되지만, 종국에는 정치와 사회의 중심세력으로 부상한다. 그와 관련하여 이 가문연대에 동참하는 권문세가인 여문의 경우, 개인과 집안의 장점은 남고 단점은 도덕적·윤리적 감화를 받아 없어지는 경향을 보여준다.

이상, 〈임화정연〉은 처사형 가문, 환로형 가문 그리고 권문세가가 혼맥을 통해 연대하는 연대가문군의 출현을 그려낸 작품이라 할 수 있다. 그와 관련하여 주목할 것은, 가문 구성원의 욕망은 개인 차원은 물론이고 가문의 존폐 위기와 직결된다는 것이다. 개인의 잘못된 욕망을 성취하려고 할 때 소속 가문은 위기에 처할 수밖에 없다는 것, 그게 작가의식으로 자리를 잡는다.

단적으로 진효렴은 개인적 욕망을 우선 가치로 삼는 진상문에 의하여, 청족(淸族)의 명성을 이어온 집안이 한순간에 추락하게 된 것을 한탄하고, "상문이 인심이 있으면 부끄러워하고 뉘우쳐 회심수덕(悔心修德) 하려니와 그렇지 않은즉 … 정문으로 더불어 원수를 맺어 숙질 표종 사이에 원망이 깊어 작은 악사(惡事)가 큰일이 되어 양문을 어지럽힐까 하노라"(上, 122쪽)라며 진상문에 의해 정문과 진문, 두 가문이 망하게 될 것이라고 염려한 것은 그 점을 잘 보여준다.

개인의 과도한 욕망은 환로형 가문, 권문세가의 구성원들 사이에서 두루 나타난다. 그런데 환로형 가문보다 권문세가에 그런 인물이 많은 것으로 되어 있는 점이 눈길을 끈다. 욕망을 성취하고자 하는 개인의 모습이 환로형 가문에서는 부정형이든 긍정형이든, 혼합형이든 가리지 않고 골고루 보인다면, 권문세가에서는 부정형(호문)과 혼합형(여문)에서 보인다. 여문에서 여미주의 애정 욕망과 속임수 그리고 셋째 부인 소씨가 일으키는 처처갈등과 성옥을 둘러싼 계후갈등을 비롯하여, 호문에서 호유용의 정권 농단, 호소저의 처처갈등과 부부갈등 등이 바로 그 점을 잘 보여준다. (이는 권문세가의 부정적인 성향이 환로형 가문보다 도드라짐을 보여준다.)

부정형이든 혼합형이든 권문세가가 부정적인 요소를 물리치고 거듭나면 명문벌열로 존속하는 길을 얻지만, 그렇지 못하면 몰락하고 만다. 앞쪽에 해당하는 가문이 여문이고 뒤쪽에 해당하는 가문이 호문이다. 덧붙여 이문①, 유문, 장문, 양문, 이문②와 같은 부정적 환로형 가문은 뒤쪽의 호문에 빌붙어 가문의 위상을 높이고자 하지만 그 뜻을 이루기는커녕 호문과 함께 몰락하고 만다. 이는 도덕성과 학문적 명성을 구비하지 않고 권세만을 누리고 비리를 일삼는 권문세가는 도태되어야 한다는 작가의식을 보여준다.

그렇다면 이러한 문제를 해결하기 위해서 어떻게 해야 하는가? 새로운 정치세력이 출현하면 문제가 해결될 수 있다는 것이 작가의 생각이다. 임문과 정문을 중심축으로 하는 화·연·주·위·여문의 연대가문(連帶家門)은 국가와 사회 질서의 위기를 극복하는 정치세력으로 부상하기에 이른다. 단순히 특정의 한 가문이 출현하기를 고대한 것이 아니라, 새로운 연대가문군(連帶家門群)이 출현하기를 고대한 것, 그게 〈임화정연〉의 작가의식이다.

정·화·연 3공자가 함께 과거에 응시하고 모두 과거에 급제한 것이라든지, 이들이 고향으로 내려갈 때나 서울로 올라갈 때 항상 동행한다든지, 이러한 행위는 이들이 정치적 세력을 형성해가고 있음을 시사한다. 훗날 이들은 국가와 사회 질서를 지탱하는 실질적인 힘을 가진 정치적 세력으로 성장한다. 월국이 수년간 조공을 폐하자, 추밀 정공자를 교유사로, 어사 연공자를 부사로 보내 문제를 해결한 것,[10] 정문·연문의 연대가문에서 공을 세운 것, 또한 설영 형제가 성조에게 반기를 들자, 이를 진압할 대책을 내세울 때, 상국 임규와 병부 진효렴이 의견을 제시하

---

10 화셜 월국 군신이 강포하야 여러 해 됴공을 폐하니 상이 진로하샤 중관을 모흐시고 월국 교유사를 택명하실세 됴명이 일시에 경츄밀 연어사의 맛당함을 쥬하는지라 상이 대희하샤 이에 경연경으로 교유사를 졍하시고 연츈경으로 부사를 졍하야 슈일치행하라 하시며(下, 371쪽)

고, 그에 따라 처남 매부지간인 정공자(원수)와 여중옥(참모)으로 출병하여 승전한 것 등은 그 점을 잘 보여준다. 부연하면, 임문 · 정문 · 진문 · 여문의 연대가문 세력이 국가 사회에 공을 세운 것이다.

가문연대는 〈임화정연〉에만 나타나는 특징이 아니라 대소설의 일반적인 양상이다. 그런데 〈임화정연〉에서 새롭게 출현한 연대가문은, 〈소현성록〉에서 중심가문이 특정의 한 가문이고 그 가문이 권문세가로 성장하는 것 그리고 〈소문록〉에서 중심가문이 처음부터 특정의 권문세가 한 가문으로 설정된 것과 비교된다.[11]

벌열 가문의 내적 문제를 해결해야 그 가문이 벌열로 존속하고 지속적으로 번영을 꾀할 수 있다는 것이 〈소현성록〉, 〈소문록〉의 작가의식이다. 출전하여 공을 세우는 인물은 한 가문 내의 형제, 부자 혹은 숙질 중심으로 되어 있다. 이러한 양상은 〈임화정연〉에서 한 가문 내의 구성원들이 아니라 복수 가문 간 구성원들이 연대하여 출전하는 것과는 다른 면모를 보여준다. 이는 〈소현성록〉, 〈소문록〉의 출현 시기가 벌열기(閥閱期) 초반(17세기 후반~18세기 초엽)이라는 점과 상응한다.[12] 즉 벌열기 초반에는 특정의 가문이 벌열 가문으로 자리 잡는 것이 사회 현상이었거니와 그 시기에 출현한 두 작품은 그런 점을 형상화해낸 것이다.[13]

---

11   조광국, 「작품구조 및 향유층의 측면에서 본 〈소문록〉의 벌열적 성향」, 『국문학연구』 6, 국문학회, 2001, 193~224쪽; 조광국, 「〈소현성록〉의 벌열 성향에 관한 고찰」, 『온지논총』 7, 온지학회, 2001, 87~113쪽; 조광국, 「대소설의 향유층에 대한 고찰」, 『어문연구』 115, 한국어문교육연구회, 2002, 103~120쪽.

12   〈소문록〉의 출현 시기가 '17세기 후반~18세기 초반'으로 추정된 바 있다. (지연숙, 「〈여와전〉 연작의 소설 비평 연구」, 고려대 박사논문, 2001, 180~184쪽)

13   벌열의 대두를 다룬 논의들로 ①17세기 후반 이후 척신을 중심으로 한 벌열이 정치 권력의 실체로서 종래의 붕당을 대신한다는 견해, ②16~17세기는 사림 정치기이고 18세

이에 반해 〈임화정연〉은 '처사형 한문-환로형 가문'의 연대에 기존의 권문세가가 가세하여, 이들 연대가문이 형성하는 새로운 권문세가의 출현 지점에 초점을 맞추었다. 특정의 한 인물이 중요 인물로 설정될 수 없었고 또한 특정의 한 가문이 중심가문으로 내세워질 수 없었으며 그 대신에 연대가문군의 세계를 펼쳐낸 것이다.

이에 '복수 가문의 병렬적 연대'가 작품세계의 연속성을 확보한다는 논의가 가능하다. 작품 전반부에 전개되는 임규·정연양의 결연 장애에서 조심해야 할 것은, '임규와 정연양 중 누가 중심인물인가'가 아니라, '임문과 정문이 가문연대를 이루었다'이다. 임규의 배필이 되는 화소저와 연소저의 결연 장애도 그렇게 볼 수 있다.[14] 이러한 남녀결연에 이어서 여러 가문에 속한 남성들의 동반 출장입상이 더해지고, 그러한 중에 가문연대는 지속적으로 확대된다. 〈임화정연〉에서 이러한 가문연대가 작품세계의 연속성을 확보해주거니와, 이야기의 중심을 어느 특정의 가문이 차지하고 있는 게 아니라, 연대한 가문들이 함께 이야기를 펼쳐내는 것이다.

다음으로 〈임화정연〉·〈쌍성봉효록〉 연작과 대비하여 〈임화정연〉의 작품세계의 연속성에 대해 논의하고자 한다.[15] 후편 〈쌍성봉효록〉은 임

기는 벌열 정치기라고 보는 견해, ③17~18세기의 집권세력을 벌열이라고 보는 견해 등이 있다. 논자에 따라 약간의 견해 차이가 있지만, 이들 논의는 공히 벌열이 17세기 이후 정치세력으로 부상한 것에 주목하고 있다. (①이태진, 「조선시대의 정치적 갈등과 그 해결」, 『조선시대 정치사의 재조명』, 범조사, 1985, 43면; ②정만조, 「세미나 속기록」, 『한국사상의 정치형태』, 일조각, 1993; ③이수건, 「고려·조선시대 지배세력 변천의 제시기」, 『한국사 시대 구분론』, 소화, 1995, 279쪽)

14 이 책 137~144쪽 참조.

15 이하 다섯 문단에 걸쳐 〈임화정연〉·〈쌍성봉효록〉 연작과 관련한 내용은 내가 처음에

처사(1대) 이후 임규 세대(2대)를 시발점으로 하여 적장자인 임백영(3대)을 거쳐 쌍둥이 성인·성현 세대(4대)에 걸쳐 임문이 부마와 왕비를 배출하고 벌열 가문으로 자리 잡게 되는 이야기를 펼쳐냈다. 거기에서 임규의 아들(임백영, 임중영, 임성영, 임계영, 임효영, 임유영)과 딸(임혜주) 그리고 손자(성인·성현 쌍둥이) 이야기가 중심 자리를 차지한다. 특히 제목에서 '쌍성(雙星)'은 쌍둥이 성인·성현 형제(4대)를 지칭하는바, 후편 〈쌍성봉효록〉은 그 제목에 맞게 이야기가 임문 중심의 내용으로 되어 있다.

일찍이 〈소현성록〉은 '특정 가문을 중심으로 하는 이야기'를 펼쳐냈고, 그런 이야기가 〈소문록〉, 〈유효공선행록〉, 〈쌍천기봉〉 등으로 이어지며 대소설의 한 흐름을 형성했음을 고려하면, 〈임화정연〉은 그 지점에서 비켜서서 새롭게 "복수 가문의 병렬적 연대"라는 새로운 지점을 펼쳐냄으로써 소설사적 의의를 확보했음을 알아차릴 수 있다. 그런데 후편 〈쌍성봉효록〉에 이르러서는 임문 중심의 이야기를 펼쳐냈거니와, 이는 '특정 가문을 중심으로 하는 이야기'의 자장권으로 빨려 들어간 모습을 보여준다.

이와 관련하여 신중하게 판단해야 할 게 있다. 전편 〈임화정연〉에서 후편 〈쌍성봉효록〉으로 이행하면서, "개인에 관한 관심에서 가문에 관한 관심으로의 이동"[16]으로 관심사가 바뀌었다는 것에 대해서이다. 전편은 개인들의 활약으로 가문의 위상을 높인 이야기가 중심을 이루고, 후편에서는 가문의 위상이 높아진 후의 이야기가 중심을 이루기 때문에 그렇게 볼 수 있다.

논문을 발표했던 내용을 수정·보완한 것이다.

16   송성욱, 앞의 논문, 369쪽.

한국 대소설의 혼맥婚脈

하지만, 전편 〈임화정연〉에서 개인에 관한 관심은 그 개인이 속한 '가문에 관한 관심에서 비롯되며, 다시 가문에 관한 관심으로 수렴된다'라는 점을 놓쳐서는 안 된다. 그와 관련하여 〈임화정연〉에서 유의해야 할 것은, 가문에 관한 관심이 '복수 가문의 연대'로 초점화되었다는 것이다. 후편 〈쌍성봉효록〉은 임문 중심의 이야기로 회귀하지만 역시 가문에 관한 관심이 지속됨은 물론이다.

덧붙여 부연할 필요가 있는 것은, 후편 〈쌍성봉효록〉의 이야기가 임문 중심의 이야기로만 되어 있지 않고 정연경의 아들(정세윤)과 딸(정계임)의 이야기를 비중 있게 펼쳐냈다는 것이다. 후편에서 "임문과 정문, 두 가문의 운명공동체"의 모습과 그에 상응하여 "열린 구조에서 닫힌 구조로 가는 모습"[17]을 보여준다는 견해는 그 점을 말해준다. 즉 후편의 내용은 임문의 4대록에 비견할 만큼 "정현(1대)-정연양 · 정연경(2대)-정세윤 · 정계임(3대)"으로 이어지는 '정문삼대록'의 이야기를 담아냈다.

이렇듯 〈쌍성봉효록〉은 제명이 표방한 것에 상응하여 임문의 이야기를 중심적으로 펼쳐내되, 한편으로 정문의 이야기도 엇비슷하게 담아냄으로써 후편은 '임정양문록'의 내용을 지향한다. 이는 전편 〈임화정연〉에서 확보한 "복수 가문의 벌열적 연대"가 후편에 영향력을 미치지 않을 수 없었을 만큼 소설사적 의의를 지녔음을 말해준다.

그렇게 〈임화정연〉은 새로운 연대가문의 출현에 주안점을 두었다. 그런데 그 가문연대는 단순히 기존 권문세가를 대체하는 수준에 머무르지 않는다. 부정형 권문세가였던 호문과 이를 추종하는 여타의 가문들은 그

---

17   위의 논문, 1995, 359~369쪽.

연대가문에 동참하지 않기에 배척되고, 긍정형과 부정형이 혼재된 혼합형 권문세가(여문)는 가문연대에 동참하면서 긍정적인 가문으로 거듭나는 과정을 밀도 있게 보여준다.

5. 마무리

이상, 〈임화정연〉의 작품세계는 "복수 가문의 병렬적 연대"를 하나의 원리를 바탕으로 하고 있음을 밝혔다.

〈임화정연〉에서는 한 가문에 한정되지 않고 복수 가문들에 걸쳐 가문의 중심인물이 동시에 출전하여 공을 세우고 마침내 사회와 국가 질서를 지탱하는 세력으로 성장한다. 이들을 중심으로 신흥 연대가문이 출현하는데, 그 과정에서 신흥 연대가문은 긍정적으로 그려지고 기존의 권문세가와 그에 빌붙으려는 가문들은 부정적으로 그려진다.

〈임화정연〉에는 기존의 권문세가 혹은 벌열의 부정적 면모가 노출된 후, 새로운 권문세가의 출현을, 그것도 '처사형 한문-환로형 가문'의 연대를 통한 신흥 권문세가군의 출현을 바라는 작가의식이 용해되어 있다. 이는 이 작품이 완숙한 벌열기를 거친 후 권문세가 내지는 벌열이 사회적 문제를 일으키고 그 문제를 극복하기 위한 정치적·사상적 견해가 다양하게 분출되던 시대상을 일정하게 반영하고 있음을 말해준다.[18] 이로

---

18   유봉학, 「세도정국하의 학계와 산림」, 『조선 후기 학계와 지식인』, 신구문화사, 1998, 56~70쪽; 박광용, 「18~19세기 조선사회의 봉건제와 군현제 논의」, 『한국문화』 22, 서울대 한국문화연구소, 1998, 196~198쪽, 222~223쪽, 225~226쪽.

한국 대소설의 혼맥婚脈

볼 때 완숙한 벌열기를 거친 후 권문세가 내지는 벌열이 사회적 모순을 일으키던 18~19세기 조선사회의 상황에서 〈임화정연〉이 출현했을 것으로 보인다.

〈임화정연〉이 귀족적인 세계관 내지는 벌열의식을 반영했기 때문에 보수적인 작품에 불과하다고 결론짓는 것은 성급하다. 조선 후기의 귀족적 세계관이나 벌열의식이라고 하는 것도 획일적이지 않고 그 양상이 복잡다기하기 때문이다. 도덕성과 학문적 명성을 겸비한 처사형 한문과 환로형 가문의 정계 진출의 열망 그리고 기존 권문세가를 긍정적으로 변화시켜 이들 세력을 수용하여 새롭게 거듭나는 권문세가군을 형성하고자 하는 소망이 형상화되어 있다. 여기에 대소설 〈임화정연〉의 작품적·시대적 의미가 있다.

제2부

방사형 혼맥:
한 가문 중심의 혼맥

방사형 혼맥

〈소현성록〉〈소씨삼대록〉, 〈소문록〉

1. 문제 제기

방사형 혼맥은 특정의 한 가문을 중심으로 여러 가문이 혼맥을 형성하는 모습을 보여준다. 그 형태가 방사형을 띠기에 방사형 혼맥이라 불렀는데 세부적으로 그 방사형 혼맥은 기본 방사형과 확대 방사형으로 나눌 수 있다. 기본 방사형 혼맥은 특정의 한 가문을 중심으로 여러 가문이 한 번씩 혼맥을 형성하는 혼맥을 일컫는다.

한편 특정의 중심가문이 어떤 가문과는 두 번에 걸쳐 혼맥을 형성하기도 한다. 이를테면 겹혼인을 형성하는 것이다. 그리고 그 중심가문과 다른 두 가문이 서로 연결되는 혼맥을 형성하는 경우가 있다. 이를테면 삼각혼이다. 이런 경우는 순수한 기본 방사형에서 벗어나 있기에 편의상 확대 방사형 혼맥이라 일컫고자 한다.

그런데 대소설을 훑어보면, 순수하게 기본 방사형 혼맥을 보여주는 경우는 찾아보기 힘들다. 대체로 한 작품 안에서 처음에는 기본 방사형 혼맥을 형성하다가 점차 그 혼맥이 넓어져 나중에는 확대 방사형 혼맥을 형성하는 양상을 보여준다.

그런 양상을 잘 보여주는 대소설이 〈소현성록〉과 〈소문록〉이다. 〈소현성록〉은 단일 작품인데 흥미롭게도 그 안에 〈소씨삼대록〉을 함께 지닌 작품이다. 〈소현성록〉(〈소씨삼대록〉)의 혼맥은 단일 작품 안에서 세대를 달리하면서 기본 방사형에서 확대 방사형으로 나아가는 모습을 보여준다. 한편 〈소문록〉은 처음부터 확대 방사형 혼맥을 설정하고 있어서 주목을 끈다.

2. 〈소현성록〉(〈소씨삼대록〉)의 방사형 혼맥

대소설 초기 작품인 〈소현성록〉의 혼맥을 살펴보자. 소문은 한당(漢唐) 시절 "교목세가(喬木世家)"였고, 대대로 재상을 배출한 "팔백년 구족"의 명문이었다. 소문이 다른 가문과 혼맥을 형성하는 이야기는 송 태조 때 (960~976) 소담에서 시작하는데, 그 혼맥은 다음과 같이 둘로 나뉜다.

(1) 선대 소담과 1대 소현성 남매(소월영·교영, 유복자 소현성)의 혼인
(2) 2대 10남 5녀의 혼인

(1)의 혼인에서 (2)의 혼인으로 전개되면서 소문의 혼맥은 대폭 확대되는데, 그 양상은 다음과 같다. 먼저 (1)의 경우를 보자. 송 태조 시절 (960~976) 소담은 기질상 환욕(宦慾)이 없어서 태조가 제의한 "안거사마"를 사절하고 처사로 사는 것에 만족했다. 그는 양부인에게서 두 딸 월영

과 교영을 낳았는데, 소현성이 태어나기 전에 병사하고 말았다. 그 후로 정실인 양태부인의 주도하에 2녀 1남의 혼인이 이루어진다.

큰딸 소월영은 참정 한경현의 아들 한성과 결혼하고, 작은딸 교영은 상서복야 이기휘의 아들 이생과 결혼했다. 그리고 소현성은 첫째 부인으로 화주은을 맞이하고, 둘째 부인으로 석혜명을 들였으며, 후궁 여씨의 요구로 셋째 부인 여씨를 들였다.

소담(선대)과 2녀 1남(1대: 소현성, 소월영, 소교영)의 혼인으로 형성된 혼맥의 모습은, 소문이 여섯 가문과 혼맥을 형성하는 방사형 형태를 띤다. 그 방사형 혼맥은 소담 대에 이르러 유복자 소현성을 낳음으로써 소문이 끊길 위기에 처했다가 소현성의 혼맥으로 가문이 재도약하는 과정을 고스란히 담아냈다.

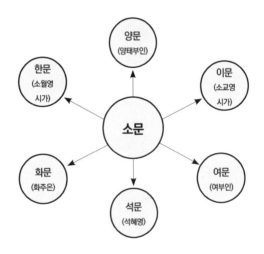

소문(선대와 1대)의 기본 방사형 혼맥

소문이 다른 가문과 맺는 혼맥이 항상 긍정적인 모습을 보이는 것은 아니다. 작은딸 소교영의 시가는 이문인데 간신의 참소로 복야 이기휘의 집안 3대가 모조리 죽임을 당하고, 게다가 서주 지역에서 귀양살이하던 교영이 이웃집 남자 유장과 사통했다가 친정어머니인 양태부인에 의해 죽임을 당하고 만다. 이로써 두 가문 사이의 혼맥은 끊어진다. 그리고 여문의 경우 소현성의 셋째 부인인 여씨가 시기하고 질투하면서 악행을 저질렀다가 이혼당함으로써 소문과 여문 사이의 혼맥은 끊기게 된다. 두 차례 거듭되는 혼맥의 단절로 인해 소문의 혼맥은 네 가문으로 줄어들고 말거니와, 이는 소문이 지향하는 가문의 창달이 순탄하지 않음을 말해준다.

하지만 소문은 그러한 혼맥 단절이라는 난관에 부닥쳤음에도 기존의 혼맥을 공고히 하는 길을 밟았다. 그것은 향후 새로운 가문과 혼맥을 형성하며 소문의 창달을 이루는 계기가 된다. 그 과정에서 소문과 석문이 겹사돈을 맺는다. 선대 소담에게 이파와 석파 2첩이 있었는데 그중에 석파는 대장군 석수신의 서녀였고, 1대 소현성이 맞이한 석혜명은 석파의 이복 남형인 석현(적자)의 딸이었던바, 선대와 1대를 거쳐서 겹사돈을 맺은 셈이다. 이러한 겹혼인 혼맥은 두 가문 사이의 강한 가문연대를 담지한다. 하지만 석파가 첩실이었다는 점에서 두 가문 사이의 겹혼인이 제대로 이루어졌다고 보기는 어렵다. 요컨대 소문이 다른 가문과 맺은 혼맥은 여전히 방사형 혼맥을 보여준다고 할 것이다.

〈소현성록〉의 방사형 혼맥은 2대에 이르러, 10남 5녀의 결혼으로 소문이 맺는 혼맥은 대폭 확대된다. 그리고 3대 손자녀 세대의 결혼은 작품에서 큰 비중을 차지하지 않고 작품의 뒷부분에서 후일담을 알려주는 방식으로 요약적으로 제시되어 있는데 그것까지 합치면 소문의 혼맥은 매우 넓은 범위로 확대되는 양상을 보여준다.

(2) 2대에 해당하는 소현성의 자녀 10남 5녀(2대)의 혼인의 경우를 보면 다음과 같다.

소문		정실, 둘째 부인, 셋째 부인의 가문	첩실 가문
선대	소담	양문	석문, 이문
1대	소현성	화문, 석문, 여문	
2대	10자	위문(1)(장남 소운경), 강문(2남), 형문·황실·위문(2)(3남 소운성), 조문(4남), 홍문(5남), 유문(1)(6남), 성문(7남), 임문·이문·정문(1)(8남 소운명), 석문(9남), 구문(10남)	
	5녀	성문(장녀), 유문(2녀), 정문(2)(3녀), 김문(4녀), 황실(5녀)	

2대 10자 5녀의 결혼을 통한 혼맥은 16가문으로 대폭 확대된다.[1] (자녀 15인에 비해 혼맥을 형성하는 가문의 수가 많은 이유는 아들이 여러 아내를 맞이했기 때문이다.) 소문이 중심가문이 되어 다른 가문의 여성과 결혼하는 방사형 혼맥의 형태는 그대로 유지한다.

소문의 선대, 1대와 2대를 모아 놓았을 때, 눈에 뜨이는 것은 삼겹혼인, 겹혼인 그리고 삼각혼으로 형성되는 중첩 혼맥이다. 도표로 제시하면 다음과 같다.

---

1 소문은 성문과 겹혼인을 맺기에 성문을 한 가문으로 쳤고, 황실과 통혼이 두 차례 나오지만, 명현공주가 병사하면서 자연스럽게 황실과 맺는 통혼은 하나가 된다. 그리고 정문(1)의 정강연은 이혼당함으로써 혼맥이 끊긴다. 유문(1)(가장 태학사 유한)과 유문(2)(가장 유평장) 그리고 위문(1)(가장 위의성)과 위문(2)(가장 위계)가 같은 문중인지 그렇지 않은지 명확하게 제시되어 있지 않아서 다른 가문으로 보았다.

한국 대소설의 혼맥婚脈

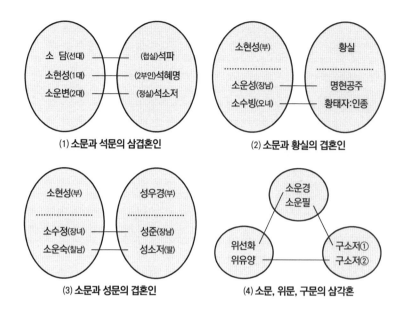

(1) 소문과 석문의 삼겹혼인

(2) 소문과 황실의 겹혼인

(3) 소문과 성문의 겹혼인

(4) 소문, 위문, 구문의 삼각혼

　(1) 소문과 석문의 삼겹혼인은 소문에서 선대, 1대, 2대에 걸쳐 세 남성이 순서대로 석문 삼대에 걸친 세 여성을 처첩으로 들이는 것으로 형성된다. 즉, 선대 소담은 석수신의 서녀 석파를 첩실로 들였고, 1대 소현성은 석현의 딸 석혜명을 둘째 부인으로 맞이했고, 2대 9남 소운변 또한 석자경의 딸 석소저를 정실로 맞이했다.

　자세히 보면 소문으로 출가한 석문의 세 여성은 처음에는 서녀(庶女)였다가 두 번째와 세 번째에는 적녀(嫡女: 정실의 딸)로 바뀌었고, 그에 상응하여 소문에서 그 여성들의 위상이 첩실에서 둘째 부인으로, 둘째 부인에서 정실로 격상된다. 이는 두 가문 사이의 혼맥을 통해 가문연대가 점점 견고해졌음을 보여준다.

　(2) 소문과 황실의 겹혼인은 소문의 2대 남매(3남 소운성과 5녀 소수빙)와

황실의 고모 · 조카(명현공주와 인종) 사이의 결혼으로 형성된다. 그중에 소운성과 명현공주(태종의 딸)의 결혼은 심각한 부부갈등을 일으킨 명현공주가 병사하는 반면에, 소수빙과 태자(진종의 아들: 훗날 인종 황제)의 결혼은 부부가 황제와 황후에 오르는 행복한 결말을 맞는다.

그리고 (3) 소문과 성문의 겹혼인은 양가 모두 2대 남매를 주고받는 형태를 띠는바 장녀 소수정과 성준의 결혼과 7남 소운숙과 성소저의 결혼으로 형성된다. 일찍이 성우경이 소현성의 도움으로 과거에 급제한 후로, 양가 가부장은 친분을 유지했는데 그런 친분으로 훗날 양가의 겹사돈이 맺어진 것이다.

(4) 소문, 위문, 구문의 삼각혼은 세 가문 사이에 소운경 · 위선화의 혼인, 위유양 · 구소저①의 혼인, 구소저② · 소운필의 혼인으로 맺어진다. 이 삼각혼이 맺어지는 과정에서 중요한 것은, 소현성이 구준과 합세하여 고인이 된 위의성(소현성의 부친인 소담의 친구) 집안에 적극적으로 개입하여 적장승계의 종법을 확립했다는 것이다.[2] 게다가 소현성은 위의경의 딸 위선화를 총부(가문의 종통을 잇는 장남의 며느리)로 들이고, 구준은 딸을 위의경의 장남과 결혼하게 하여 위문의 총부로 들어가게 했다. 이 삼각혼은 세 가문이 공히 종법적 체제를 견고히 하는 혼맥이라는 점에서 눈길을 끈다.

---

2 ① 위의성의 정실 강씨가 2남 1녀를 낳고 별세, 방씨를 계실로 들임. ② 위의성이 아들 유양 형제를 구준에게 의탁하고 딸 선화를 소운경과 혼약한 뒤 병사함. ③ 방씨가 전실 자식의 대종(大宗)을 끊고 재산을 차지하려고 모해함. ④ 소현성 · 구준이 유양 형제를 보호함. 3년 후 소운경과 위선화가 혼인함. ⑤ 방씨가 친아들 위유흥의 만류에도 전실 자식을 해치려다가 병사함. ⑥ 위유양(승상 구준의 사위), 위유희(한공의 사위), 위유흥(형장 양익의 사위) 3형제가 각각 승상, 상서복야, 형부시랑에 올라 위부가 중흥함.

한국 대소설의 혼맥婚脈

이렇듯 (2) 소현성의 자녀 10남 5녀인 2대의 혼인의 경우, 겹혼인과 삼각혼으로 형태가 다른 중첩 혼인을 펼쳐냈고, 겹혼인의 경우에는 소문과 석문 사이의 3대에 걸친 삼겹혼인(1), 동세대 자매와 형제가 맺는 겹혼인(2) 그리고 동세대 남매로 이루어지는 겹혼인(3) 등으로 겹혼인의 반복과 변이를 꾀했다. 4개의 중첩 혼맥은, 한 차례 혼맥을 형성하는 경우에 비해 해당 가문 사이의 강한 가문연대를 보여준다고 할 것이다.

그런데 중첩 혼맥을 형성하는 여러 가문이 중심가문으로 설정되는 것은 아니고, 그 가문들은 소문의 배면(背面)에 자리를 잡는다. 이는 〈소현성록〉이 명문 벌열로 성장하는 소문의 이야기에 초점이 놓였음을 의미한다.[3] 이러한 점은 2대 소운성이 형수 형씨·위씨를 모시고 가문을 이끌어가면서 부귀영화를 누리는 도중에 일곱 동생과 후손들이 거주지를 옮기려 하자 그들을 만류하는 지점에서 재확인된다. 이때 소운성은 승상 소현성의 유서를 되새기고 백마의 피를 마시면서 화목한 형제 우의를 다지면서 가문의 결속력을 강화했다.

〈소현성록〉의 혼맥을 정리해보고자 한다. (1) 선대 소담과 1대 소현성 남매(소월영, 소교영, 유복자 소현성)의 혼인에서 (2) 소현성의 자녀 10남 5녀인 2대의 혼맥으로 확대되거니와, 그 요체는 소문을 중심으로 다른 가문들이 혼맥을 형성하는 방사형 혼맥이다. (2)의 경우에는 방사형 혼맥에 겹혼인과 삼겹혼인 그리고 삼각혼과 같은 중첩 혼맥을 형성하는바, (1)의

---

3 소문의 아들과 딸 그리고 며느리와 사위에게 문제가 있어서 양가 사이의 관계가 소원해지는 경우가 있지만 극복된다. 특히 며느리의 경우에는 징치(소현성의 여부인), 병사(소운성의 명현공주), 이혼(소운명의 정강연) 등의 양상이 보인다. (조광국, 『조선시대 대소설의 이념적 지평』, 태학사, 2023, 65~78쪽)

혼맥을 기본 방사형 혼맥이라 칭한다면, (2)의 혼맥은 확대 방사형 혼맥이라 칭할 수 있다. 이렇게 〈소현성록〉의 방사형 혼맥은 1대에서 2대로 내려가면서 기본 방사형에서 확대 방사형 형태를 보여준다.

〈소현성록〉은 〈소씨삼대록〉을 내포하고 있다.[4] 〈소현성록〉 권6 말미에 소현성과 두 부인이 별세하고, 자손이 번성하여 7대를 이어 황각에 들었다는 내용을 간략하게 기술한 뒤에, 별전 '소씨삼대록'이 있음을 기술하고[5] 그에 상응하여 권7부터 장남 소운경을 비롯하여 자녀들의 결연담을 이어간다. (이 책에서는 〈소씨삼대록〉을 포함하고 있는 〈소현성록〉을 다루었는데, 그 작품명을 〈소현성록〉(〈소씨삼대록〉)으로 기술했다.)

그에 상응하여 〈소현성록〉(〈소씨삼대록〉)은 권1부터 권6까지 (1) 선대소담과 1대 소현성 남매(소월영, 소교영, 유복자 소현성)의 혼인에서 기본 방사형 혼맥을 형성하고, 권7부터 권21까지 (2) 소현성의 자녀 10남 5녀인 2대의 결혼으로 확대 방사형 혼맥을 형성한다. 소문은 상층가문은 물론이고 황실을 포함하여 방사형 혼맥을 형성하는데 그런 방사형 혼맥의 지향점은 내로라하는 가문과의 견고한 가문연대이며, 그 귀착점은 소문이 명실공히 벌열 가문으로서 명성과 위세를 드높이는 지점이다.

---

4 임치균 교수는 단일 작품이었던 〈소현성록〉 안에 "〈소현성록〉과 〈소씨삼대록〉"이 다 들어있다가 거기에서 소현성 당대 내용만을 분리시킨 이본이 나왔다고 보았다. 그와 관련하여 임치균은 〈소현성록〉의 제명 하에 〈소씨삼대록〉까지 포함된 이본으로 서울대 규장각본 2종(21권 21책, 26권 26책)과 이화여대 도서관본(15권 15책)이 있고, 소현성 당대에 국한된 국립도서관본(4권 4책)과 박순호본(16권 16책)이 있음을 밝혔고, 그중에 국립도서관본은 소현성 당대의 서사에 국한되지만, 작품의 서두 부분에 소현성 자녀들에 대한 소략한 언급이 있음을 밝혔다. (임치균, 『조선조 대장편소설 연구』, 태학사, 71~78쪽)

5 그 즈녜 긔이후미 잇눈지라. 일긔롤 보미 후셰의 젼후염죽 홀시, 뎐을 지어니니 소공 힝젹이 만히 드러시므로, 별뎐은 굴온 소시삼디록이라 후노라(권6)

3. 단일 작품의 확대 방사형 혼맥: 〈소문록〉

〈소현성록〉은 〈소씨삼대록〉을 품고 있거니와, 그에 상응하여 기본 방사형 혼맥을 형성한 뒤에 확대 방사형 혼맥을 형성하는 쪽으로 나아간다. 그와 달리 〈소문록〉은 처음부터 확대 방사형 혼맥을 보여준다.

〈소문록〉은 정문, 장문, 조문, 황실 그리고 소문 등 다섯 가문의 혼맥이 형성되는데, 그중에 소문을 중심가문으로 하여 다른 네 가문의 혼맥이 얽히는 양상을 보여준다. 부모 세대의 혼인이 배면에 자리를 잡은 상황에서 자녀 세대의 혼인이 전면에서 펼쳐지는 모습을 보여주는데, 부모 세대와 자녀 세대의 혼맥을 합쳐서 그 전체적인 혼맥의 형태는 확대 방사형이다.

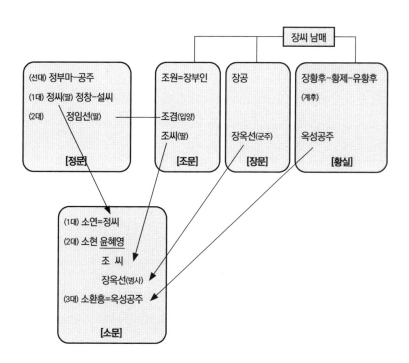

그런데 앞세대와 뒷세대의 혼인을 합쳐놓으면 느슨한 삼각혼과 겹혼인을 포괄하는 형태를 띤다. 그 혼맥은 내로라하는 상층가문끼리의 혼맥이라는 특징적인 모습을 보여주며, 그런 성향은 앞세대에 이어 뒷세대에서 반복·강화되는 양상을 보여준다

〈소문록〉의 혼맥은 그 지점에 머무르지 않고 다음 지점을 향한다. 첫째, 상층가문은 여럿이지만 혼맥의 중심을 소문으로 설정했다는 것이다. 둘째, 소문에서 한문 출신의 윤혜영을 정실로 맞이했는데, 그런 윤혜영이 벌열 가문의 총부 역할을 제대로 해낼 수 있느냐는 문제를 작품의 주제로 내세웠다는 것이다.

그와 관련하여 소현·윤혜영·조씨·옥선군주(장옥선)의 일부삼처 사이에서 심각한 갈등이 펼쳐진다. 그중에 조씨와 옥선군주의 친정은 상층벌열인 반면에 윤혜영의 친정은 친정아버지가 일찍 세상을 뜬 한문(寒門)인바, 그 갈등은 한문 출신의 정실이 권문세가 출신의 부인에 의해 멸시와 억압을 받는 방식으로 펼쳐진다.

벌열 가문 출신의 옥선군주는 병사하고, 조씨는 윤혜영을 능멸하며 정실 자리를 탈취하는 악인으로 그려진다. 윤혜영은 조씨에 의한 고난을 극복하고 마침내 총부로 정착하기에 이르고, 그의 아들 중에서 장남이 가문의 종통을 잇고, 형제가 함께 가문창달에 기여한다. 조씨는 회과하여 온전한 아내로 거듭난다. 이는 〈소문록〉의 주제가 한문 출신의 정실이 벌열 가문에서 총부로 정착하는 이야기임을 말해준다.[6]

그런데 삼각혼과 겹사돈이 어우러지는 형국을 이룰지라도 그 혼맥은

---

6   조광국, 『조선시대 대소설의 이념적 지평』, 태학사, 2023, 93~100쪽; 조광국, 「작품구조 및 향유층의 측면에서 본 〈소문록〉의 벌열적 성향」, 『국문학연구』 6, 국문학회, 2002.

소문 중심으로 되어 있다. 즉, 작품의 주된 이야기는 상층가문의 연대성을 펼쳐내는 데 있는 게 아니라, 한문 출신의 정실과 그 아들들을 통해 소문의 창달을 지속하는 데에 있다. 요컨대 〈소문록〉의 혼맥은 소문이 여러 가문과 폭넓게 혼맥을 형성하는 확대 방사형 혼맥의 모습을 보여준다.

확대 방사형 혼맥(1)
〈유효공선행록〉 연작, 〈성현공숙렬기〉 연작

1. 문제 제기

〈소현성록〉은 〈소씨삼대록〉을 품고 있는 작품인데, 앞쪽에서는 기본 방사형 혼맥을 형성하고 뒤쪽에서는 확대 방사형 혼맥을 형성한다는 것을 앞에서 알아보았다. 〈소현성록〉(〈소씨삼대록〉)의 혼맥 양상은 그 후로 〈유효공선행록〉·〈유씨삼대록〉 연작, 〈성현공숙렬기〉·〈임씨삼대록〉 연작, 〈현몽쌍룡기〉·〈조씨삼대록〉 연작 등에 영향을 끼쳤음이 확인된다.

이들 연작의 경우, 전체적으로 확대 방사형 혼맥이 설정되는데, 세부적으로 보면, 전편에서는 기본 방사형 혼맥이 설정되고 후편에서 확대 방사형 혼맥이 설정되는 모습을 보여준다. 즉 이들 연작은 단일 작품 〈소현성록〉(〈소씨삼대록〉)의 혼맥 양상을 전편과 후편으로 나누어 설정한 것에 해당한다고 할 것이다.

여기에서는 〈유효공선행록〉 연작의 혼맥을 중심으로 살펴보고, 〈성현공숙렬기〉 연작의 혼맥은 논의의 중복을 피하여 간략하게 덧붙이고자 한다.

2. 〈유효공선행록〉·〈유씨삼대록〉 연작

〈유효공선행록〉·〈유씨삼대록〉 연작에서 먼저 전편 〈유효공선행록〉의 혼맥을 알아보기로 한다. 서두에 강형수 사건이 놓여 있는데 그 사건은 향후 유문의 진로에 중요한 사건이라는 점에서 흥미롭다. 그 사건을 정리하면 다음과 같다.

> ① 금오 요정이 강형수의 아내 정씨를 겁탈하려고 하자, 정씨가 자살함.
>
> ② 강형수가 형부(刑部)에 고발하자, 요정은 유정경의 차남 유홍에게 뇌물을 주어 사건을 은폐하려 함.
>
> ③ 유홍이 부친에게 강형수를 무고하니, 유정경이 강형수를 감옥에 가둠.
>
> ④ 장남 유연이 사건을 바로잡으라고 직언하자, 유정경이 유연을 못마땅하게 여기던 참에 차남 유홍의 모함으로 유연은 부친에게 미움을 삼.
>
> ⑤ 유배 처분을 받은 강형수가 상국 지경 앞에서 칼로 자결하려 함.
>
> ⑥ 추밀부사 정관을 비롯하여 13도 어사가 모여 유정경의 죄를 논하려고 모였는데, 정관이 유연의 성품을 보고 그만둠. (권1)

부친 유정경은 차남 유홍의 말만 믿고 금오 요정이 저지른 비행을 은폐하고 오히려 강형수에게 무고죄를 물어 귀양 가게 했다(①~⑤). 그 사건 이후 추밀부사 정관이 13도 어사들과 함께 모여 유정경의 비행을 탄핵하는 상소문을 작성하는 참이었다(⑥).

정관은 관료의 비리를 감찰하고 탄핵하는 추밀부사였는데 뜻밖에 유정경 탄핵을 멈추었다. 마침 그 자리에 들른 유정경의 장남 유연의 인물됨을 보더니, 그를 사위로 맞기 위해서였다. 이러한 설정은 다소 황당하게 보이지만 가문 사이의 혼맥이 그만큼 중요함을 보여준다. 그 후에 그 자리에 있던 성어사마저 유정경의 차남 유홍을 사위로 삼은 것도 그런 맥락에 놓여 있다. 유문은 탄핵을 받을 집안에서 혼맥을 맺을 가문으로 변하는바, 탄핵을 멈춘 사건은 역설적으로 〈유효공선행록〉에서 혼맥 형성이 매우 중요한 요소임을 말해준다.

그런 상황에서 유문으로서는 시급하게 해결해야 할 당면 문제가 제시됨은 물론이다. 유문의 종장(宗長) 유정경의 비리 때문에 유문은 소인 가문으로 전락할 위기에 처하게 되었는데, 그 위기를 극복하고 군자 가문으로 거듭나야 했던 것이다. 유연은 부친에게 "세가권문(勢家權門)의 국법 어지럽히는 행실과 고단한 사족을 욕하는 풍속"을 바로잡으라고 직언했지만, 부친의 진노를 사서, 가문을 잇는 종자(宗子)의 자리가 유홍에게 넘어가고 만다. 하지만 유홍의 죄상이 밝혀지면서 유연은 장자권을 되찾고 그 과정에서 유연이 지극한 효우를 행함으로써 유문은 군자 가문의 명성을 얻게 된다.

그리고 유연은 한 가지 일을 더 벌여 주변을 놀라게 했다. 그것은 친아들 유우성의 적장자 자리를 폐하고 조카 유백경을 입양하여 계후로 삼는 것이었다. 친아들이 아내(이명혜)에게 행한 성폭력의 죄를 물어, 폐장(廢長)하고 조카로 입양계승(入養繼承)을 단행한 것이다. 이로써 유씨 가문은 "종자=군자"의 이상적인 종법을 지향하는 군자 가문으로 부상한다.[1]

그 극복 과정에서 빼놓을 수 없는 것은 유문이 여러 가문과 맺은 혼맥을 정상화하는 것이었는데, 그 결과 유문이 맺은 혼맥은 다음과 같다.

---

1   조광국, 『조선시대 대소설의 이념적 지평』, 태학사, 2023, 215쪽.

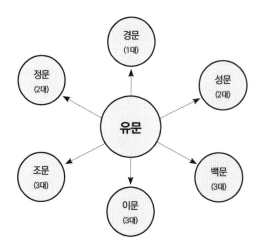

〈유효공선행록〉의 기본 방사형 혼맥

유문을 중심으로 1대에서 경문(유정경의 처가), 2대에서 정문(유연의 처가)과 성문(유홍의 처가), 3대에서 조문(입양종손 유백경의 처가), 이문(유우성의 처가) 그리고 백문(유백명의 처가) 사이에 혼맥이 정상화되는데, 그 혼맥은 기본 방사형 혼맥의 형태를 띤다. 그 과정에서 유연과 정관 사이의 옹서갈등과 유연과 정부인 사이의 부부갈등 그리고 유연과 친아들 유우성의 부자갈등이 모두 심각한 양상을 띠지만, 모두 원만하게 해결된다.

전편 〈유효공선행록〉에서 형성된 유문 중심의 방사형 혼맥은 후편 〈유씨삼대록〉으로 이어진다. 〈유씨삼대록〉은 〈유효공선행록〉에 이어서 양자 유백경과 친자 유우성 그리고 그 자손들에 걸쳐, 입양에 의한 종통계승과 종통탈취 시도 그리고 다양한 부부 이야기를 펼쳐냈다.

유문은 4대에서 소부인 · 양부인 · 위부인(유세기의 3처), 진양공주 · 장혜앵(유세형의 2처), 남부인 · 설초벽(유세창의 2처), 강부인(유세경의 처), 박부인·순부인(유세필의 2처) 등을 며느리로 들였고, 양관(유설영의 남편), 양선(유현영의 남편), 사강(유옥영의 남편) 등을 사위로 맞이했다. 5대에서는 설소저(유관의 처), 양벽주·장설혜·왕소저(유현의 3처), 주소저(유혜의 처), 사소저(유정의 처), 옥선군주(유양의 처), 상소저(유몽의 처), 영소저(유만의 처) 등을 며느리로 들였고, 소경문(유영주의 남편), 소경원(유명주의 남편), 융경황제(유예주의 남편) 등을 사위로 맞이했다.

유문은 〈유효공선행록〉에서 맺은 여섯 집안과의 혼맥에 더하여 〈유씨삼대록〉에서 다양한 가문과 혼맥을 형성하거니와, 그 혼맥은 방사형 혼맥을 보다 확장하는 형태를 띠기에 이른다.

그중에 유세형의 두 이복딸(5대)과 소우의 두 아들 사이에 유영주·소경문의 결혼과 유명주·소경원의 결혼으로 두 집안 사이에 겹혼인을 형성한다. 일찍이 유세형의 형인 유세기의 아내가 소문의 여성이어서, 4대까지 포함하면 그 혼맥은 삼겹혼인의 혼맥에 해당한다.

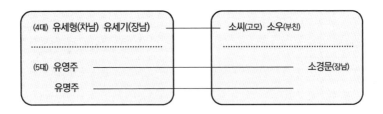

유문과 소문의 삼겹혼인

삼겹혼인의 혼맥을 통해 두 가문 사이의 강력한 가문연대가 확보된다. 그에 대해 상세하게 제시하면, 첫째, 양가에서 총부(冢婦: 적장자의 정실)를 주고받음으로써 두 가문이 상대 가문의 종통 확립에 기여했다는 점을 들

한국 대소설의 혼맥婚脈

수 있다. 유세기는 유백명의 계후로 입양된 종손이었는데 그의 배필인 총부는 소문 출신의 여성이었고, 다음 세대에는 유영주가 소문의 총부로 들어갔거니와, 두 가문은 서로 총부를 주고받은 모습을 보여준다.

둘째, 소문이 위기에 닥쳤을 때 유문에서 큰 도움을 주었다는 것을 들 수 있다. 훗날 번왕이 소경문을 사위로 삼으려고 했을 때 소경문이 그 제의를 거절하자, 번왕은 크게 분노하여 술수를 부려서 소문 3대를 멸족할 위기로 몰아넣었다. 유문에서 적극적으로 개입하여 그 문제를 해결했을 뿐 아니라 번왕의 딸인 양성공주를 둘째 부인으로 들이게 했다. 또한, 소경문·유영주·양성공주의 일부이처 관계에서 유영주는 정실로서 가정의 화목을 도모하고, 총부로서 가문의 안정을 꾀하는 데 부족함이 없는 모습을 보여주었다. (유명주·소경원의 결혼은 작품적 비중이 그리 크지 않고, 작품의 배면에서 겹혼인의 혼맥을 보여주는 정도에서 그친다.)

이처럼 유문과 소문 사이의 삼겹혼인은 두 가문 사이의 강력한 가문연대의 성향을 보여준다. 그런데 〈유씨삼대록〉의 혼맥은 특정 가문인 유문의 창달로 수렴된다. 요컨대 〈유씨삼대록〉의 유문은 〈유효공선행록〉의 기본 방사형 혼맥을 확대하되, 그중 소씨 가문과는 겹사돈을 맺음으로써 확대 방사형 혼맥의 형태를 보여준다고 할 것이다.

3. 〈성현공숙렬기〉·〈임씨삼대록〉 연작

전편 〈성현공숙렬기〉에서 중심가문인 임문의 며느리로 들어온 여성은 선대의 관태부인을 비롯하여 1대 임한주의 전실과 계실(성부인과 여부인),

임한규의 정실(위부인)이 있고, 2대 임희린의 세 부인(주부인, 한부인, 군계부인), 임유린의 정실(풍부인), 임세린의 두 부인(효장공주, 소부인) 등 열 명[2]이 있는데 모두 혼맥을 형성한 여성의 가문은 각각 다른 가문이다. 선대, 1대, 2대로 가면서 혼맥을 형성하는 가문의 수는 선대에서 한 가문, 1대에서 세 가문, 2대에서 여섯 가문으로 늘어가면서, 임문을 중심으로 열 가문이 혼맥을 형성하는 기본 방사형 혼맥을 형성한다.

후편 〈임씨삼대록〉은 임한주와 임한규 형제의 자손 이야기, 즉 입양 계후 임희린(2대 종장)의 9남 4녀(3대)와 임유린(2대)의 4남 2녀(3대) 그리고 임세린(2대)의 8남 4녀(3대) 등 3대 인물들의 다양한 혼인담을 펼쳐냈다. 3대 인물들이 형성하는 혼맥 중에는 두 차례의 겹혼인과 한 차례의 삼겹혼인과 같은 중첩 혼인이 설정되어 있다.

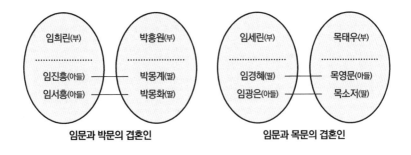

임문과 박문의 겹혼인   임문과 목문의 겹혼인

---

2 최수현은 자녀와 배우자 이름이 서사 본문 내용과 작품 말미(권40)의 내용과 다르다는 것을 밝히고, 서사 본문의 내용에 따라 가계도를 제시했다. (최수현, 「〈임씨삼대록〉 여성인물 연구」, 이화여대 박사논문, 2010. 170~172쪽)

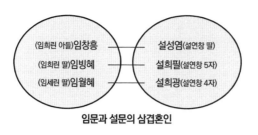

임문과 설문의 삼겹혼인

중첩 혼인은 임문과 박문, 임문과 목문, 임문과 설문 사이의 가문연대
를 지향한다. 그런데 임문과 겹혼인이나 삼겹혼인을 형성하는 박문, 목
문, 설문 등의 이야기는 임문만큼 비중 있게 다루어지지 않는다. 그 중첩
혼인을 통한 가문연대의 중심가문은 여전히 임문으로 되어 있는 것이다.

예컨대 임문과 설문 사이에 맺어진 혼인을 보자. 임희린의 남매와 설
연창의 남매 사이의 겹혼인 그리고 임세린의 딸과 설연창의 넷째 아들
의 혼인이 합쳐져 삼겹혼인이 이루어진다. (임문의 사촌 남매 세 명이 설문의
세 남매와 삼겹혼을 형성하는데 이는 넓은 의미의 삼겹혼인이라고 할 수 있다.) 그
삼겹혼인은 〈임씨삼대록〉에서 비중 있는 남녀 열 쌍의 이야기에 들어있
거니와,[3] 임문과 설문 사이에 맺어지는 혼맥의 비중이 작지 않은 편이다.
하지만 그 경우에도 그 혼맥으로 인한 가문연대의 성향이 임문 창달 위
주에서 벗어나지 않는다.

요컨대 〈임씨삼대록〉은 임문 중심의 방사형 혼맥을 바탕으로 하되, 거

---

3   먼저 임희린과 임세린의 자녀들 이야기가 섞여 나오는데, 그 이야기는 임창홍, 엄월혜,
    임재홍, 임천홍, 임빙혜, 임경홍까지 출생 순서를 따른다. 그리고 그 후에 임유린의 자녀
    이야기가 나오는데 임관홍, 임유홍, 임초혜, 임소혜 등 출생 순서에 따라 이야기가 펼쳐
    진다. (위의 논문, 10~17쪽)

기에 삼겹혼과 두 차례의 겹혼인과 같은 중첩 혼맥을 보태어 확대 방사형 혼맥을 설정했다고 할 것이다.

III 확대 방사형 혼맥(2)
〈쌍천기봉〉 연작, 〈벽허담관제언록〉 연작

1. 문제 제기

　〈유효공선행록〉 연작과 〈성현공숙렬기〉 연작의 경우에 전편(前篇)에서 기본 방사형 혼맥이 형성된 후에 후편에서 확대 방사형 혼맥이 형성되는데, 그런 혼맥 형성의 과정을 거치지 않고, 전편에서 바로 확대 방사형 혼맥을 보여주는 연작이 있다. 〈쌍천기봉〉 · 〈이씨세대록〉 연작과 〈벽허담관제언록〉 · 〈하씨선행록〉 연작이 그렇다.

　〈쌍천기봉〉 연작과 〈벽허담관제언록〉 연작은 전편(前篇)에서부터 확대 방사형 혼맥을 형성하는 양상을 보여준다. 이는 애초에 확대 방사형을 설정한 〈소문록〉의 방식을 수용하여, 연작의 전편에서부터 확대 방사형 혼맥을 설정한 것이라 할 수 있다.

2. 〈쌍천기봉〉 연작: 전편(前篇)에서 형성된 확대 방사형 혼맥

〈쌍천기봉〉은 집안이 이명(선대)에 의해 몰락했다가 그의 유복자 이현(1대) 이후로 이관성 형제(2대), 이몽현 형제(3대)에 걸쳐 상층가문으로 거듭나는 이야기를 펼쳐낸 작품이다.

문하시랑 이명은 기생 홍랑의 무고로 진부인을 내쫓았고 나중에 홍랑과 그녀의 간부에 의해 살해당함으로써 가문은 멸문의 상태에 빠지고 만다. 유복자 이현(1대)이 활약한 시대적 배경은 명나라 초기 성조(연왕)가 정난의 변(靖難之變)을 일으켜 조카 혜종의 황제 자리를 빼앗고 자신이 제위에 오른 때로 설정된다. 이현은 성조(연왕)의 제위찬탈에 대한 부정적 시각을 지니기도 했지만, 연왕 시절에 맺은 친분을 계기로 성조와 친밀한 관계를 유지하여 벼슬길로 나아가 가문회복의 계기를 마련했다. 그 후로 아들 세대(2대)와 손자 세대(3대)의 활약으로 이문은 부흥 창달하게 된다.

그에 상응하여 부부결연담이 3대를 걸쳐 다채롭게 펼쳐진다. 이현·유요란 부부(1대)를 비롯하여 세 아들(2대)의 부부결연담, 즉 이관성·정몽홍 부부 이야기, 이한성·설부인 부부 이야기, 이연성·정혜아 부부 이야기가 이어진다. (둘째 아들(이한성)은 흉노와 싸우다가 전사한다.) 그리고 손자 세대(3대)에서는 이몽현·계양공주·장부인의 일부이처 이야기, 이몽창·소월혜 부부 이야기가 다채롭게 펼쳐진다.

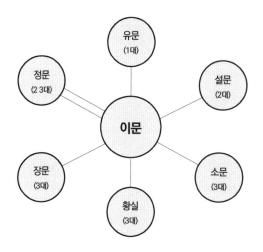

〈쌍천기봉〉의 확대 방사형 혼맥

그 과정에서 이문은 유문, 정문, 설문, 장문, 소문 등과 혼맥을 형성하고 황실과 국혼을 맺을 정도로 가격이 격상된다. 그중에 2대의 경우 이관성·정몽홍의 결혼과 이연성·정혜아의 결혼이 성사되는바, 이문은 정문과 겹혼인 혼맥을 형성한다.

이관성·정몽홍 부부의 경우, 이관성이 부모의 말에 청종하여 유약하고 어린 정몽홍과 성관계를 맺지 않았는데, 장모 여부인이 그것을 두고 딸이 사위에게 사랑받지 못하는 것으로 오해하고 사위를 미워함으로써 장모사위갈등이 발생한다. 게다가 외사촌 여환이 정몽홍을 취하기 위해 한왕과 결탁하고 이현·이관성 부자와 정연을 궁지에 몰아넣음으로써 결연 장애가 심화되기에 이른다.

이연성·정혜아 부부의 경우, 이연성이 정혜아에게 첫눈에 반해 연애편지를 보내자 정혜아가 분노했는데, 결혼 이후로도 그 갈등이 해소되지 않고 지속되는 중에 남편이 아내를 구타함으로써 부부갈등은 심화되고 그 부부갈등은 옹서갈등으로 확대된다. 이들 부부싸움이 주위 사람들에 의해 웃음의 차원에서 받아들여지고 또한 정혜아가 남편과 화해하는 것으로 종결된다.

〈쌍천기봉〉은 이문과 정문 사이의 겹혼인을 통해 부부갈등, 장모사위 갈등 그리고 옹서갈등을 심도 있게 펼쳐내고 그 갈등을 해소함으로써 두 가문 간 혼맥을 더욱 공고히 하는 지점에 도달했다. 하지만 그런 겹혼인 혼맥을 형성한다고 해서 겹사돈 관계에 있는 두 가문이 엇비슷한 비중을 지니며 중심가문으로 설정되지는 않는다. 중심가문은 이문으로 설정되고 그 이문이 여러 가문과 혼맥을 형성하는데 그중 하나가 정문이고 그 정문과 겹혼인 혼맥을 형성하는 방식으로 이야기가 펼쳐진다.

그리고 손자 세대(3대)에서 이몽현·계양공주·장부인의 일부이처와 이몽창·소월혜 부부를 통해, 이문이 맺는 혼맥은 황실, 장문, 소문으로 넓혀진다. 결과적으로 〈쌍천기봉〉의 혼맥은 이문을 중심으로 하는 방사형 혼맥의 형태를 보여주는데, 그중 이문과 정문이 겹혼인을 맺는바, 전체적으로 확대 방사형 혼맥을 보여준다.

그 혼맥은 선대의 진부인을 비롯하여 그 이후 1대, 2대, 3대에 걸쳐 총 4대에 걸치는 이문의 며느리 고난사를 담아낸다. 그것은 몰락한 이문이 다시 가격을 회복하고 가문을 창달케 하기까지 남성의 입신양명이 중심 축을 이루지만, 한편으로 그 집안에 들어온 며느리들의 고난 극복이 이문 창달의 또 다른 중심축을 이룬다는 것을 의미한다.

후편 〈이씨세대록〉에서는 이몽현의 아들 이흥문이 양난화와 결혼하고, 이몽창의 세 아들(이성문, 이경문, 이백문)이 각각 여빙난, 위홍소, 화채

옥과 결혼함으로써, 4대에 이르러 이문 중심으로 혼맥은 양문, 여문, 위문, 화문으로 확대된다. 이렇듯 〈쌍천기봉〉·〈이씨세대록〉 연작의 혼맥은 전체적으로 확대 방사형 혼맥인데, 그 형태는 이미 전편에서 이루어진 것을 바탕으로 한다.

3. 〈벽허담관제언록〉 연작: 전편(前篇)에서 형성된 확대 방사형 혼맥

〈벽허담관제언록〉은 〈하씨선행후대록〉으로 이어지며 연작을 형성한다. 이 연작의 경우에도 전편에서부터 확대 방사형 혼맥의 형태를 보여준다.

하경림(1남)이 진난혜와 결혼하고, 하경현(3남)이 박소저와 한소저와 결혼하고 하경양(5남)은 진숙혜와 결혼하고, 장녀 하벽주는 유용과 결혼하고, 3녀 하명주는 태자와 혼인한다. 그리고 2남 하경화는 사성염·윤교혜 두 부인을 두고, 4남 하경연은 영현요·숙영공주·왕옥도 세 부인을 두며, 6남 하경한은 노요주·유소저·노요화 세 부인을 두고 8남 하경안은 소봉란·선의군주·주교염 세 부인을 둔다. 그리고 2녀 하예주는 연세자의 둘째 부인이 된다. 이로 보건대 〈벽허담관제언록〉의 혼맥은 하문을 중심으로 진문, 박문, 한문, 진문, 오문 등 최소 열 한 가문과 방사형 혼맥의 형태를 보여준다.

그 위에 삼각혼과 겹혼인이 어우러지는 양상을 보여준다.

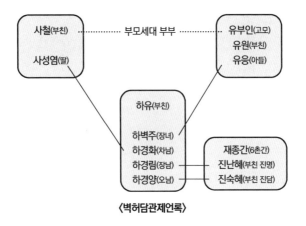

〈벽허담관제언록〉

삼각혼 중에 사철·유부인 부부는 부모 세대에 맺어진 것으로 작품의 배면에 설정된 것으로 서사적 비중이 크지 않다. 그리고 하문·진문의 겹혼인을 보면, 진문의 두 여성이 재종간(6촌 간)이어서, 아들과 딸을 교환하는 겹혼인과는 다소 거리가 있는 광의의 겹혼인에 해당한다. 그리고 작품에서 중심가문은 하문으로 설정되거니와, 〈벽허담관제언록〉의 혼맥은 하문 중심의 확대 방사형 혼맥의 모습을 보여준다.

그런 확대 방사형 혼맥은 다양한 남녀 이야기의 근간이 된다. 그와 관련하여 홀수 번째에 자녀들의 혼인과 짝수 번째 자녀들의 결혼이 대조적으로 펼쳐진다.[1]

홀수 번째 아들과 딸은 처음부터 부부 사이에 화목한 모습을 펼쳐내며, 작품의 배면에 자리를 잡는다. 그 경우에는 3남 하경현이 두 부인을 둔 것을 제외하고 모두 일부일처혼을 이룬다. 하문과 진문의 겹혼인은 1

---

1   조광국, 「〈벽허담관제언록〉에 구현된 상층여성의 애욕담론」, 『고소설연구』 30, 한국고소설학회, 2010, 289쪽.

남과 5남이 각각 진문의 여성을 취하는 겹혼인을 취하는바, 이 겹혼인은 두 가문 사이의 가문연대를 공고히 하는 성향을 띤다.

그와 달리 짝수 번째에 속하는 아들과 딸은 일부이처혼 혹은 일부삼처혼으로 설정되며 그에 상응하여 남편·정실·부실의 삼각갈등을 통해 '정실-부덕-선'과 '부실-애욕-악'의 대립 구도를 획득하며 작품 전면에 부각된다. 그 갈등구조는 상층여성의 애욕 서사의 반복과 변이 그리고 투기질투를 담아내는데, 거기에 해당하는 여성들은 정실이든 부실이든 모두 병들어 죽거나 징치(懲治) 당함으로써 종국에는 부덕을 갖춘 여성이 정실이 되는 모습을 보여준다. 요컨대 〈벽허담관제언록〉은 확대 방사형 혼맥을 바탕으로 상층여성의 '정실-부덕-애욕 억압'이라는 벌열 가부장제 이념[2]을 구현하는 양상을 띤다.

대소설의 초장기 작품인 〈소현성록〉(〈소씨삼대록〉)에 이어 〈소문록〉, 〈쌍천기봉〉, 〈엄씨효문청행록〉, 〈벽허담관제언록〉 등에서 확대 방사형 혼맥을 담아냈다. 이는 확대 방사형 혼맥이 시기적으로 기본 방사형 혼맥에 뒤지지 않고 대소설 초기부터 설정되었음을 말해준다.

---

2 위의 논문, 304쪽.

제3부

정형형 혼맥:
두서너 가문 중심의 혼맥

I 겹혼인 혼맥

〈창란호연록〉

1. 문제 제기

겹혼인 혼맥은 앞서 제시했던 대로 〈쌍천기봉〉, 〈벽허담관제언록〉, 〈유씨삼대록〉, 〈임씨삼대록〉 등에서 두루 확인된다.[1] 〈쌍천기봉〉에서는 이관성 · 연성 형제가 정문의 두 여성과 혼인함으로써 겹혼인을 이루고, 〈벽허담관제언록〉에서는 하문의 하경림 · 경양 형제가 진문의 진난혜 · 진숙혜(6촌 자매)와 겹혼인을 이룬다.

〈유씨삼대록〉의 경우에는 유문의 5대 유영주 · 명주 자매와 소문의 소경문 · 경원 형제 사이에 겹혼인이 맺어진다. 거기에 4세대 유세기와 소부인의 결혼을 합치면 삼겹혼인이 설정된 셈이다. 그리고 〈임씨삼대록〉에서는 임문과 박문 사이의 겹혼인, 임문과 목문 사이의 겹혼인으로 겹혼인이 두 번에 걸쳐 설정되어 있다. 거기에 더해 임문과 설문 사이의 삼겹혼인까지 설정되어 있다.

---

1   이 책 93~94쪽, 96쪽, 99쪽, 102쪽 참조.

한국 대소설의 혼맥婚脈

삼겹혼인은 겹혼인에 한 쌍의 혼인을 더한 것이기에 겹혼인을 확대한 것에 해당하는바, 넓은 의미의 겹혼인이라 할 수 있다. 이들 작품에서 설정한 겹혼인(삼겹혼인 포함)은 그 혼맥을 맺는 양쪽의 가문연대를 지향한다. 그런데 그 혼맥을 형성하는 양쪽 가문이 서사 세계에서 대등한 비중을 지니는 게 아니라, 어느 한쪽 가문이 큰 비중을 차지하며, 그 가문이 중심가문의 자리를 차지한다. 그렇기에 위의 작품에서 설정된 겹혼인이나 삼겹혼인은 특정의 한 가문을 중심으로 하는 방사형 혼맥(확대 방사형 혼맥)으로 수렴되는 양상을 보여준다.

이와 달리 겹혼인을 형성하는 두 집안의 작품적 비중이 대등하게 펼쳐지는 경우가 있다. 이 경우의 겹혼인 혼맥은 확대 방사형 혼맥에서 보이는 겹혼인과 그 성향이 다르다. 이에 두 가문 중심의 균형 잡힌 혼맥이라는 점에서 정형형 혼맥이라 칭하고자 한다.

〈부장양문록〉에 설정된 겹혼인이 그에 해당한다. 부씨 집안과 장씨 집안, 두 가문 사이에 어느 한쪽 가문에 치우치지 않고 두 가문이 엇비슷하게 성장하는 지점을 확보했고 그 과정에서 두 가문 사이의 균형 잡힌 가문연대의 지점에 도달했다.[2] 〈창란호연록〉에서도 겹혼인은 장문과 한문, 두 가문이 겹혼인을 형성하는데 양쪽 가문이 엇비슷한 작품적 위상을 확보한다. 한문 쪽의 가부장이 배은(背恩)이라는 부정적인 모습을 보이지만, 자녀의 강한 의지와 노력에 의해 부친이 올바른 길을 되찾음으로써 한문

---

2 〈부장양문록〉의 경우에 제명이 '양문록'으로 되어 있는 것은 그 점을 말해준다. '00양문록'이라고 해서 모두 겹혼인의 형태를 보여주는 것은 아니다. 예컨대 〈하진양문록〉에서 양문록은 여성 하옥주의 효행으로 친정과 시가 두 집안이 상층가문이 된다는 것을 의미한다. (조광국, 「〈하진양문록〉: 여성 중심의 효담론」, 『어문연구』 146, 한국어문교육연구회, 2010, 193~218쪽)

은 장문 못지않은 작품적 위상을 확보한다.

그에 상응하여 정형형 혼맥의 범주에 드는 겹혼인은 양쪽 집안에 아들·딸 둘씩을 배치함으로써 대조적 형태미를 드러낸다. 겹혼인을 설정할 때, 한쪽 집안에 두 아들을 두고 다른 쪽 집안에 두 딸을 두고 두 집안 사이에 겹혼인을 설정할 수 있다. 보다시피 한쪽 집안에는 아들이 편중되고 다른 쪽 집안에는 딸이 편중됨으로써 균형성이 떨어진다.

예컨대 유문의 5세대 영주·명주 자매와 소문의 경문·경원 형제 사이에 겹혼인을 설정한 〈유씨삼대록〉이 그렇다. 그런 점은 〈벽허담관제언록〉, 〈쌍천기봉〉에서도 보인다. 〈임씨삼대록〉의 겹혼인 중의 하나는 임문의 남매가 목문의 남매와 겹혼인을 이루고, 삼겹혼인 중에는 임문의 1남 2녀가 설문의 1녀 2남과 삼겹혼인을 맺는 방식으로 양쪽 집안에 아들과 딸이 섞여 있긴 하지만, 이 경우 그 혼맥이 확대 방사형 혼맥으로 수렴되는 터라, 양쪽 가문의 이야기를 엇비슷하게 다루는 균형성을 확보하지 못한다. (두 가문 사이에 맺어진 부부 세 쌍의 삼겹혼인은 겹혼인에 비해 형태적 정형미를 획득했다고 할 수 없다.)

그와 달리 〈부장양문록〉에서도 양쪽 집안에 아들·딸 둘씩을 배치함으로써 대조적 형태미를 드러낸다. 부씨 집안과 장씨 집안, 두 가문 사이에 아들과 딸을 번갈아 주고받는 방식의 겹혼인을 설정함으로써, 어느 쪽으로 아들이나 딸이 기울어짐이 없는 균형적 형태미를 갖춘 것이다.

〈창란호연록〉의 경우에도 한씨 집안과 장씨 집안 사이에 아들도 교환하고 딸도 교환하고, 그에 상응하여 양쪽 가문이 엇비슷한 작품적 비중을 확보하는바, 그런 두 가문 사이의 겹혼인은 작품적 비중이 큰 혼맥으로 자리를 잡는다. 환언하면, 〈부장양문록〉과 〈창란호연록〉에서 확보한

한국 대소설의 혼맥婚脈

겹혼인의 대조적 형태미는 내용 면에서 두 쌍의 부부 이야기가 대조적인 모습을 보이는 것으로 이어진다. 여기에서는 정형형 혼맥에 드는 〈창란호연록〉의 겹혼인 혼맥을 중심으로 살펴보고자 한다.

2. 〈창란호연록〉의 겹혼인 혼맥

장문의 가부장 장두는 2남 1녀(희·우·난희)를 두고, 한문의 가부장 한제는 1남 1녀(창영·현희)를 두었는데, 겹혼인을 맺는 두 쌍의 부부는 장희·한현희 부부와 한창영·장난희 부부다.

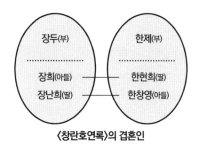

〈창란호연록〉의 겹혼인

〈장희·한현희 부부〉

㉮ 두 가문의 가부장 장두와 한제에 의해 장희·한현희가 혼약함.

㉯ 장두가 왕진의 북벌론을 반대하는 상소를 올렸다가 귀양 감. 한제가 파혼함.

㉰ 장희가 한현희를 희롱함. 한현희가 강물에 투신함.

㉱ 장두가 한현희를 구조함. 장희·한현희가 혼인함.

㉲ 장두가 사면됨. 한제가 장문에 의지함. 장희·한제 사이에 장인사위갈등

이 벌어짐.

㉫ 장희 · 한현희가 부부갈등을 일으킴.

㉬ 한제 · 장희 사이에 장인사위갈등이 해소되고 장희 · 한현희 부부가 화해함.

〈한창영 · 장난희 부부〉

㉠ 장두의 귀양으로 장문이 위기에 봉착함. 한제가 배은함. 신의 회복 차원

　　에서 한창영 · 장난희가 혼인함.

㉡ 한제 부부가 며느리 장난희를 학대함.

㉢ 한제가 주도하여 한창영 · 조소저(부마의 딸)의 혼인을 이룸.

㉣ 시모와 조소저가 장난희를 박해함.

㉤ 영종에 의해 장두가 사면되자, 한제가 조소저를 축출하고 장난희를 우대함.

㉥ 한창영 · 장난희 부부가 사랑을 회복함.

㉦ 장난희에 의해 친정 · 시가가 화해함.

　　사건의 발단은 장씨 집안의 가부장 장두가 간신의 모함을 받아 귀양을
가면서부터다. 장두가 왕진 일당의 북정론(北征論)을 반대하는 상소를 올
렸다가 귀양 가게 되자, 한제는 권세 있는 간신인 왕진 쪽에 빌붙는 쪽으
로 방향을 틀었다. 장두는 변함없이 강직한 충신이었고, 신의를 중시하
는 자였기에 귀양을 가면서도 자식들의 결혼이 성사되기를 기대했지만,
이미 마음이 변한 한제는 장씨 집안과 맺은 혼약을 파기했다. 그와 관련
하여 두 쌍의 부부 모습은 대조적으로 설정된다.

　　먼저 결혼의 모습을 보면, 장희 · 한현희의 결혼은 양가 부친에 의해
맺어지는 중매결혼에 해당한다. 그런데 한제는 본래 이해타산에 민감한

　　　　　　　　　　　　　　　　　　　한국 대소설의 혼맥婚脈

자였거니와 상대 집안이 망했다고 보고 어엿한 가문의 배경을 지닌 사위를 새로 얻고자 일방적으로 약혼을 깨뜨렸다. 그로 인해서 사위와 장인 사이의 갈등이 발생하고, 그 갈등은 약혼한 남성과 여성 사이의 갈등으로 번진다.[3] 신랑(장희)은 파혼을 주도한 장인(한제)에게 분노했다. 더욱 분노할 수밖에 없었던 것은, 장문에서 일찍이 한제를 거두어준 적이 있었는데 한제가 그 은혜를 저버리고 파혼했기 때문이다. 그리고 신랑의 분노는 신부(한현희)를 향했다. 신랑은 신부를 가리켜 배신한 아비를 둔 여자라고 깔보며 조롱했다. 두 남녀의 갈등은 심각할 수밖에 없었고, 신부는 친정아버지의 이기적인 파혼에 황당해하던 차에 예비 신랑에게 희롱을 당하자, 강물에 투신하고 만다.

반면에 두 번째 부부인 한창영·장난희는 애초에 사랑하는 사이였다. 장인(장두)이 귀양을 가게 되자, 부친 한제는 신의를 저버렸지만, 한창영은 장인을 존경하는 마음이 변하지 않았으며 부친이 잃어버린 신의와 은혜를 회복하는 차원에서 장난희와의 결혼을 밀어붙였다. 양가 가부장의 개입이 없이 결혼 당사자들의 애정을 바탕으로 하는 연애결혼이다.[4]

첫 번째 부부가 양가 가부장에 의한 중매혼이고, 두 번째 부부는 서로

---

3   옹서갈등과 부부갈등이 심각하게 설정된 작품으로 〈창란호연록〉, 〈옥연재합기연〉, 〈완월회맹연〉 등이 있다. 〈완월〉에서 장헌의 소인적 행위에 반대하고 신의를 지키기 위해 아들 장창린은 남주인공의 사촌 누이인 정월염과 혼인한다. 그 점이 〈창란〉과 비슷하다. (한길연, 「대하소설의 의식성향과 향유층위에 관한 연구-〈창란호연록〉·〈옥원재합기연〉·〈완월회맹연〉을 중심으로」, 서울대 박사논문, 2005, 30쪽)

4   조선시대에 양반 가문에서 연애결혼의 가능성은 거의 없었지만, 소설에서는 독자의 흥미를 끌기 위해 그런 애정혼을 설정한 것으로 보인다. 한편 중국을 배경으로 설정하여 조선의 상황과 거리를 둠으로써 사랑하는 사람과 결혼하고 싶은 당대의 욕망을 용이하게 담아냈다고 할 수 있다.

사랑해서 맺어진 애정혼이거니와, 중매결혼과 연애결혼의 대조적 결혼으로 흥미를 끌었을 것으로 보인다. 그에 더하여 중매결혼은 장인의 배신으로 어긋나게 되고, 그와 반대로 연애결혼은 사위의 주도로 성취되는바, 부친(한제)이 배신하고 아들(한창영)이 신의를 되찾는바, 부자의 대조적인 모습을 보여주는 것도 흥미 제고에 일조한다.

두 신부의 대조적인 기질도 한몫한다. 첫 번째 부부의 경우 신부(한현희)는 아름답지만, 자기중심적인 기질을 지녔음에 반해, 두 번째 부부의 경우 신부(장난희)는 덕성을 갖춘 여성이었다. 첫 번째 부부의 신랑(장희)은 신부가 정절을 지킨 것을 인정하면서도 신부의 대찬 기질을 다잡고자 하다가 심한 부부갈등을 일으켰다. 반면에 두 번째 부부의 신부(장난희)는 미모와 덕성을 갖춘 여성이어서 신랑(한창영)은 온순한 아내와 부부간 애정과 화목을 누릴 수 있었다. 신랑(한창영)은 부모의 강요로 둘째 부인을 들임으로써 아내가 시련을 겪지만, 남편 한창영의 변함없는 보호와 사랑으로 그 고난은 극복되고, 마침내 이들의 결혼은 부부 애정과 두 집안의 신의 회복, 두 가지를 모두 성취하는 이상적인 모습을 보여준다.

시아버지가 며느리에게 취한 행태에서도 대조적인 모습을 보여준다. 두 번째 부부의 경우 시부모(한제 부부)는 매사에 며느리(장난희)에게 친정이 망했음을 들춰내며 혹독한 시집살이를 시켰다. 이는 첫 번째 부부의 경우 며느리(한현희)가 시아버지(장두)에게 구조되어 정성 어린 보호를 받은 것과는 대조적이다. 강물에 투신한 신부(한현희)는 귀양 간 시아버지(장두)에 의해 구출되고 보호를 받았으며 훗날 예비 신랑과 결혼하게 된다. 부연하자면, 성깔이 그다지 좋지 않은 자기중심적인 며느리(한현희)는 온화한 시아버지(장두)의 사랑을 받고, 그 반대로 품성이 좋고 덕성을 갖춘 며느리(장난희)는 포악한 시아버지(한제)의 박해를 당하거니와, 시아버지와 며느리 관계에서 교차적 대조성을 획득한다.

이상, 양가의 부부갈등, 장인과 사위의 옹서갈등, 시아버지와 며느리의 갈등 등 다양한 갈등[5]은 서로 교직되는 가운데 다층적으로 대조적 균형성을 확보한다. 그런데 그 대조적 균형성이 산발적으로 흩어지지 않고 구심점을 확보하는데, 그 구심점은 겹혼인의 혼맥이다. 요컨대 겹혼인 혼맥은 다양한 갈등을 담아내되, 그 갈등들을 쉽게 간파하게 하고 독자에게 흥미를 높이는 서사구조라 할 것이다.

3. 삼각혼 지향

한편 〈창란호연록〉은 겹혼인에 머무르지 않고 삼각혼으로 나아가는 형태를 띠기도 한다.

---

5 양혜란은 두 유형의 옹서갈등, 두 유형의 부부갈등, 구고자부갈등, 부자갈등, 정실부실갈등, 처남매부갈등 그리고 갈등들의 상호관계를 상세하게 밝히고, 옹서갈등과 구부갈등을 중심으로 사회적 의미를 논했다. (양혜란, 「〈창란호연록〉에 나타난 옹서, 구부 간 갈등과 사회적 의미」, 『연민학지』 4, 연민학회, 1996, 306~315쪽)

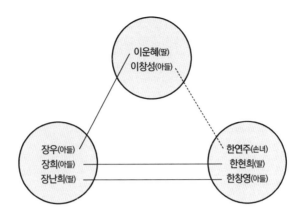

이공은 딸 이운혜와 아들 창성을 두었는데, 딸 이운혜는 장공의 차남인 장우와 혼인하고, 아들 이창성은 한공의 손녀이자 한창영의 딸인 한연주와 혼인한다. 이에 혼맥은 겹혼인과 삼각혼이 어우러지는 형태를 띠게 된다.

그에 상응하여 겹혼인(장희·한현희 부부와 한창영·장난희 부부)에 장우·이운혜 부부가 더해지면서 부부 사이의 대조적인 모습은 세 쌍의 부부로 확대되기에 이른다. 그 대조적인 모습은 ①장인과 사위 관계(옹서 관계), ②부부관계, ③시아버지와 며느리 관계에서 잘 드러난다.

	장우·이운혜	한창영·장난희	장희·한현희
①장인과 사위 관계	장인 자애→사위 존경→장인 냉대	사위 존경 장인 자애 일관	장인 박대 →사위 박대
②부부관계	애정 없음 →부부갈등	부부 애정 일관	남편 냉대 →아내 반감
③시부와 며느리 관계	시부의 자애 일관	시부의 박대	시부의 자애 일관

①장인과 사위 관계를 보자. 장우·이운혜 부부의 경우 '장인의 사위 사랑-사위의 장인 존경'이 제시된다. 즉 장인은 멸문의 위기에 처한 벗의 아들인 장우를 사위로 삼고 출세시켜 사위로부터 존경을 받는다. 이 경우에 사위가 부친을 길러준 보은의 차원에서 장인을 존경하는 한창영·장난희 부부의 경우와 동궤를 이루는 한편, 장인이 장문에 대한 배신과 사위 박대로 사위에게 증오의 대상이 되는 장희·한현희 부부의 경우와는 대립하는 양상을 보여준다.

그런데 장우·이운혜 결혼에서 장인과 사위 관계가 장인의 사위 박대로 반전된다는 점이 새롭다. 사위가 딸은 사랑하지 않고 양소저를 사랑하자, 장인이 딸의 편을 들고 사위를 미워하게 된다. 이로써 '사위의 장인 박대'를 펼쳐내는 장희·한현희 부부의 경우와는 대조적인 모습을 보여준다.[6] 한편 이 두 쌍은 공히 장인사위갈등(옹서갈등)을 일으키는데, 그렇지 않은 한창영·장난희 부부의 경우와 대조적인 모습을 보여준다.

②부부관계를 보자. 장우·이운혜 부부의 경우 남편이 아내를 사랑하지 않아 부부 사이가 소원하게 됨으로써 부부갈등이 발생한다. 이 경우는, 남편이 처음부터 아내를 미워하여 심각한 부부갈등을 일으키는 장희·한현희 부부의 경우와 결을 달리한다. 한편으로 공히 부부갈등을 일으키는 이 두 부부 쌍은, 남편과 아내가 서로 애정과 덕성을 겸비하는 장우·이운혜 부부의 경우와 대조를 이룬다.

③시부자부 관계를 보자. 장우·이운혜 부부의 경우 시아버지(장공)는 며느리를 아꼈으며, 아들이 며느리를 사랑하지 않자 며느리를 옹호한다.

---

6 한제·장희의 경우에는 '사위의 장인 박대', 이윤·장우의 경우에는 '장인의 사위 박대'의 양상이 보인다. (양혜란, 앞의 논문, 320쪽)

이런 관계는 시부가 며느리에게 지속적인 자애를 견지하는 장희·한현희 부부의 경우와 동궤를 이룬다. 한편 시부가 며느리에게 자애를 지니는 이 두 부부 쌍은, 시부가 며느리를 정실로 인정하지 않고 심하게 박대하는 한창영·장난희 부부의 경우와 대조를 이룬다.

이로 보건대 장문과 한문 사이의 겹혼인(장희·한현희의 결혼과 한창영·장난희의 결혼)에 이문과 장문 사이의 결혼(장우·이운혜의 결혼) 하나가 보태져, 세 쌍의 부부 이야기가 대조적 흥미를 끌었다고 할 수 있다. 그런데 여기에서 유의해야 할 것은 한문과 이문 사이에 맺어진 부부인 이창성·한현주 부부 이야기는 빠져 있다는 것이다. 이창성·한현주의 결혼은 작품 말미에 간단히 언급되어 있을 뿐이고, 더욱이 이문의 아들(2대)과 한문의 손녀(3대) 결혼으로 동세대의 결혼에서 비켜나 있다. 이에 이들 세 가문 사이에 형성된 삼각혼은 광의의 삼각혼에 해당한다. 〈창란호연록〉의 중심 혼맥은 겹혼인인 것이다.

4. 겹혼인 혼맥의 형식

〈창란호연록〉의 경우, 장문과 한문은 처음에는 정치적 성향이 같았지만 그중 한문의 가부장이 배신했다가 나중에 신의를 회복하는 모습을 취한다. 이러한 겹혼인은 두 가문 사이의 연대를 이루는 바탕이 되고, 결국 이들 연대 가문의 구성원들은 국가 사회를 유지하는 버팀목이 된다.

요컨대 대소설 〈창란호연록〉의 겹혼인 혼맥은 두 가문 사이의 가문연대를 형성하여 거기에 다양한 사건과 갈등을 펼쳐낸 서사구조인바, 형태

한국 대소설의 혼맥婚脈

로는 수평적인 정형미를 획득하고 내용으로는 연대성을 확보한 소설형

식이라 할 것이다.

II 삼각혼 혼맥
〈청백운〉

1. 문제 제기

세 쌍의 부부가 나오려면 최대 여섯 가문이 있어야 한다. 즉 모든 남녀의 성씨가 달라 여섯 성씨가 있어야 한다. 으레 부부 이야기는 친정과 시가에 관한 이야기를 포함하기 마련이어서 그 이야기는 산만해질 우려가 있다.

응집력 있고 균형 잡힌 이야기를 펼쳐내기 위해서 세 쌍의 부부 이야기를 세 가문으로 한정할 수 있다. 언뜻 떠오르는 게 다음과 같이 한쪽은 겹혼인을 활용하는 것이다.

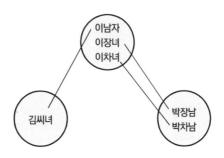

그런데 위의 혼맥은 한쪽은 겹혼인이고 다른 쪽은 그렇지 않아서 균형이 깨진다. 더욱이 김씨 집안과 박씨 집안이 혼맥을 형성하지 못해서 세 가문 사이의 가문연대가 균형을 이루지 못한 모습을 보여준다.

그렇다면 세 가문이 균형과 안정을 확보하는 혼맥으로 무엇이 있을까? 바로 삼각혼이다. 삼각혼은 남녀 쌍의 수를 셋으로 하되 가문의 수를 최소화하여 산만하지 않고 응집력 있는 혼맥에 해당한다.

주의해야 할 것이 있다. 그것은 정형형 혼맥에 속하는 삼각혼은 확대 방사형 혼맥에서 보이는 삼각혼과 다르다는 것이다. 확대 방사형 혼맥에서 보이는 삼각혼은 특정의 한 가문이 부각되는 양상을 보여준다. 단적으로 〈소현성록〉(〈소씨삼대록〉)에서 소문, 위문, 구문 사이의 삼각혼은 소문 중심의 확대 방사형 혼맥으로 수렴되고 만다.[1] 그와 달리 정형형 혼맥에 속하는 삼각혼은 그 혼맥을 형성하는 세 가문이 모두 엇비슷하게 작품적 비중을 지닌다.

그런 삼각혼을 보여주는 작품이 〈청백운〉이다. 그런데 〈청백운〉의 삼각혼은 〈창란호연록〉에서 보인 광의의 삼각혼과 다르다. 〈창란호연록〉의 삼각혼은 동일 세대에서 벗어나 있고 또한 두 가문(장문과 한문)의 겹사돈에 치우침으로써 세 가문을 균형 있게 다르지 못함은 물론이고 혼맥의 형태상 정형성을 확보하지 못한다.

---

1   이 책 90~93쪽 참조.

2. 삼각혼의 창출

그와 달리 〈청백운〉의 삼각혼은 동일 세대(2세대) 간의 연쇄적 결혼으로 돌파구를 열었다. 남편들은 상대 가문의 누이를 하나씩 다른 가문에 연쇄적으로 출가시키는 방식으로, 마찬가지로 아내들 역시 그렇게 상대 가문의 오라비를 남편으로 맞이하는 방식으로 균형 잡힌 삼각혼을 맺는 것이다.

부연하자면 〈청백운〉의 삼각혼은 세 가문의 자녀들이 연쇄적으로 결혼하는 정형형의 모습을 보여준다. 즉 두문과 호문 그리고 한문, 세 집안에서 각각 남매 둘씩 두는데, 이들은 두쌍성·호강희의 결혼, 호승수·한경의의 결혼, 한현진·두혜화의 결혼으로 꼬리에 꼬리를 무는 식의 삼각혼을 형성한다.

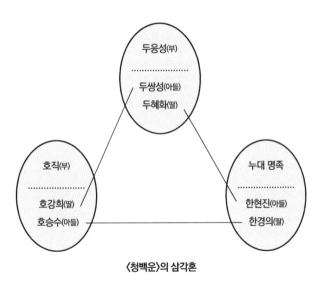

〈청백운〉의 삼각혼

한국 대소설의 혼맥婚脈

삼각혼을 통해 가족관계와 가문관계는 더욱 견실해진다. 견실한 친분관계는 혼인 전부터 이루어진다. 세 가문의 가부장은 모두 일찍 세상을 떴지만, 생전에 서로 금란지교를 맺고 있었다. 부친 세대의 친분관계는 자식 세대로 이어진다. 아들들은 모두 과거에 급제하고 벼슬길에 나아가면서 친분관계를 맺었고, 그런 친분관계는 상대의 여동생을 좋아하여 결혼하는 토대가 된다. 한현진·두혜화의 결혼은 한현진이 두혜화를 사랑하는 것을 알게 된 두쌍성의 개입으로 성사되고, 호승수·한경의의 결혼은 한현진의 제의로 성사된다.

삼각혼은 가문관계에서 장인의 사위 박대나 사위의 장인 박대, 혹은 시부의 자부 박대, 남편의 아내 냉대 등 여러 가지 갈등을 보였던 겹혼인과는 사뭇 다른 양상을 보여준다. 삼각혼이 형성되고 유지된다는 것은, 세 가문의 구성원들 사이의 높은 친밀성을 확보하고 초지일관 부부간 화목이 유지된다는 것을 의미한다. 심지어 부부갈등이나 장모와 사위 갈등, 시아버지와 며느리 갈등도 들어서지 않음을 의미한다.

물론 삼각혼을 형성하는 과정에서 고난이나 위해가 주어지지 않는 것은 아니다. 〈청백운〉에서는 기첩과 같은 주변 인물에 의해서 결혼이 깨질 위기와 가문이 몰락할 위기가 닥치는 것으로 되어 있다. 이 점은 〈창란호연록〉의 겹혼인 혼맥에서 주혼자나 혼인 당사자에 의해 인물갈등이 첨예화되는 것과 구별된다.

두쌍성의 두 기첩(나교란·여섬요)에 의해 주어지는 많은 고난은, 당사자들과 가문 소속 인물들의 노력으로 극복된다. 두쌍성은 호강희와 혼약한 이후 호강희가 장애인이라는 헛소문을 듣지만, 신의를 내세워 모친을 설득하고 혼사를 이행한다. 호승수는 한경의와 혼약한 이후 모친(진부인)의 유배지에서 머물던 중, 마침 계주자사로 부임한 한현진이 개입하여 이들의 혼약을 이행하도록 했다. 그 과정은 여러 위기를 극복하고 삼각혼을 맺게 됨으로써 가문연대가 보다 견고해지는 과정이기도 하다. 이렇듯 세 집안의 친분관계는 삼각혼을 낳고 그 친분관계는 각각의 가정에 부부 화목을 이루는 데 기여하고, 그런 화목한 가정의 부부관계는 다시 세 집안 사이의 가문연대를 강화하는 쪽으로 펼쳐진다.

3. '주동적 부부-적대적 첩실' 구조의 중첩화

한편 삼각혼에서는 겹혼인에서 보이는 부부 두 쌍 사이의 대조적 균형성이 사라지는 대신, 두 기첩이 주요 적대인물로 설정되어 '주동인물-선(善)'과 '적대인물-악(惡)'의 대조성이 확보된다.

그 발단은 처첩갈등에 있다. 처첩갈등을 구현한 초기 작품 〈사씨남정기〉에서는 부부(유연수·사정옥)가 주동인물로, 첩실(교채란)이 적대인물로 설정되어, '주동적 부부-적대적 첩실'의 모습을 보여준다. 이들의 결혼은 ㉠부모의 조사(早死), 결혼, ㉡처의 권유에 의한 작첩(作妾), ㉢첩실의 유혹과 남편의 혼암(昏暗), 부부관계의 파행, ㉣첩실과 정부(동청·냉진)의 행음, ㉤악한 첩실 퇴치, 부부관계 회복, 가정·가문의 안정 등의 서사 과정을 거친다.

〈청백운〉에서는 '부모'가 '부친'으로 되어 있는 것이 다를 뿐, '주동적 부부-적대적 첩실'의 모습은 그대로 이어진다. 그리고 〈청백운〉에서 그 모습이 중첩되는 양상을 보여준다. 부부 한 쌍이 세 쌍으로, 첩실이 한 명에서 두 명으로 늘어나고, 첩실이 두 명으로 늘어난 만큼 첩실의 악행이 중첩·가중되며, 이들 두 기첩에 의해 부부 세 쌍의 연쇄적 결혼이 깨질 위험성은 그만큼 커진다.

이러한 형태적 특성에 걸맞게 내용 면에서도 비슷한 양상을 보여준다. 〈사씨남정기〉에서 첩실 교채란에 의해서 가정·가문 차원, 사회 차원, 국가 차원에서 문제가 야기되는 것처럼, 〈청백운〉에서도 두 기첩에 의해 위기가 발생한다.[2]

가정·가문 차원의 문제라 하면, 두 기첩이 정실 호강희를 시기하여 모해하고 두문을 위기에 빠뜨린 것을 들 수 있다. 두 기첩은 호강희의 타이름을 곡해하여 호강희와 그 모친 진부인을 변방으로 귀양 가게 함으로써 가문을 혼란에 빠뜨렸다. 또한, 남편 두쌍성 몰래 정부와 육체적인 관계를 맺으며 가문의 도덕성을 깎아내렸다.

사회적 차원의 문제로는 한문·호문을 위기에 빠뜨린 것을 들 수 있다. 두 기첩은 한현진·두혜화 부부로부터 질책을 당하자 간계를 부려 이들 부부가 유배를 당하게 하는데, 그로 인해 호승수·한경의의 결혼이 깨질 상황에 놓인다. 그로 인해 삼각혼의 혼맥이 와해될 위기에 처하게 된다. 국가적 차원의 문제라 하면, 도망한 나교란이 변방 서하왕의 후궁이 되어 서하왕을 부추겨 송을 침입한 것을 들 수 있다.

이렇듯 〈청백운〉은 〈사씨남정기〉의 형태적, 내용적 측면을 계승·확대하되, 〈사씨남정기〉에 없는 새로운 지점을 열었다. 적대적 행위를 일삼는 첩실을 응징하는 과정을 통해 주동인물군이 이루는 삼각혼의 공고

---

2   조광국, 「〈청백운〉에 구현된 기첩 나교란·여섬요의 자의식」, 『정신문화연구』, 91, 2003, 139쪽. (그다음 단락까지 인용했음)

한 결속력을 확보하고 그 혼맥을 바탕으로 하여 세 가문의 강한 가문연대의 지점에 도달한 것이다.

4. 삼각혼 혼맥의 형식

삼각혼을 보이는 〈청백운〉의 경우, 두쌍성과 한현진은 각각 선두를 차지한 인재들로서 변방의 도발을 진압하고 도탄에 빠진 백성들을 위무하며, 호승수는 이들보다 조금 뒤에 장원급제하여 내직의 주요 관직을 맡았다. 세 인물의 활약을 통해 세 가문은 사회와 국가에 이바지하는 가문연대세력으로 부상하는데, 그 과정에서 적대인물인 두 기첩에 의해 세 가문의 가문연대가 위기에 처하며, 또한 훗날 나교란의 충동질로 침입한 외세에 의해 송(宋)은 국가적인 위기를 맞는다. 하지만 그 위기는 두쌍성, 한현진, 호승수에 의해 해소되고, 이들의 공로가 인정되어 각각 오국왕, 월국왕, 위국왕에 봉해짐으로써, 세 가문의 연대성을 보다 강화하는 요소로 작동한다.

요컨대 〈청백운〉의 삼각혼 혼맥은 세 가문 사이의 가문연대를 형성하여 거기에 다양한 사건과 갈등을 펼쳐낸 서사구조인바, 형태로는 삼각형의 정형미를 획득하고 내용으로는 연대성을 확보한 소설형식이라 할 것이다.

Ⅲ 일부삼처혼 혼맥

〈임화정연〉

1. 문제 제기

네 가문으로 혼맥이 확대되는 정형형 혼맥이 있다. 네 집안이 꼬리에 꼬리를 물며 연쇄적으로 혼맥을 형성하는 사각혼을 들 수 있다.

〈옥수기〉의 사각혼은 상대적으로 전면에 부각되는 양상을 보여주는데, 거기에 겹혼인과 일부삼처혼이 결합되면서 복합형 혼맥을 형성한다. 그리고 〈난학몽〉의 사각혼은 겹혼인 그리고 삼각혼과 얽히면서 복합형 혼맥의 형태를 보여주는데, 그 사각혼은 그중 한 부부가 부모 세대에 해당하거니와, 중심 혼맥에서 비켜서 배경으로 자리를 잡는 양상을 보여준다. 이렇듯 사각혼은 작품적 비중이 크든 그렇지 않든 다른 혼맥 예컨대 겹혼인, 삼각혼, 일부삼처혼 등과 어우러지면서 복합형 혼맥을 형성한다.

그런데 사각혼 혼맥은 그다지 새롭지 않다. 사각혼은 삼각혼에 한 가문을 더 집어넣어 네 가문 사이의 연쇄적 혼맥을 보여주는 혼맥에 불과하기 때문이다. 그렇다면 네 가문 사이의 맺어지는 정형형 혼맥 중에 새로운 것으로 무엇이 있을까?

〈임화정연〉에서도 사각혼이 보이지만, 그중 부부 한 쌍이 부모 세대에 해당하는 것이어서 작품적 비중이 크지 않으며,[1] 그 대신에 네 가문 사이에 맺는 새로운 혼맥을 선보였다. 바로 일부삼처혼 혼맥이다.

2. 일부삼처혼의 창출

임문은 독자인 임규를 두고 있으며, 화·정·연 3문은 각각 아들·딸 남매를 두고 있었는데 그 딸들인 화빙아, 정연양, 연영아 세 여성이 임규와 혼인함으로써 임·정·화·연 네 가문 사이에 일부삼처혼의 혼맥을 형성한다.

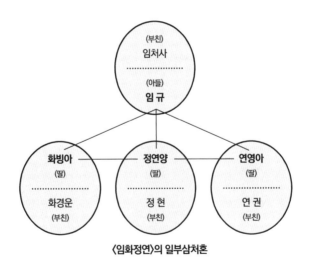

〈임화정연〉의 일부삼처혼

---

1 이 책 133쪽.

임규 · 화빙아 · 정연양 · 연영아의 일부삼처혼이 맺어지는 과정은 다음과 같다.

(a) 정연양의 고난

㉠ 정현의 진상문 청혼 거절(①)

㉡ 임규와의 혼약(정공과 임처사의 혼약)(②)

㉢ 진상문 · 호유용의 공모, 정공의 귀양살이(③)

㉣ 진상문의 청혼, 진부인의 허혼(④)

㉤ 정연양 · 석가월의 공모, 진상문 · 봉금의 사기 혼인(⑤)

㉥ 정연양의 남복 피신과 수난(여승 혜정의 음행, 도적의 위해)(⑥)

(b) 화빙아의 고난

ⓐ 진상문 · 호유용의 공모, 화공의 귀양살이(⑦)

ⓑ 남복 정연양의 화씨 집안 의탁, 화빙아와의 혼약(⑧)

ⓒ 지현 이태현의 위협, 화빙아의 대처, 이태현 · 홍연(시비)의 사기 혼인(⑨)

ⓓ 연권 · 화빙아 · 정연양의 해후, 화빙아의 위기 해결(⑫)

ⓔ 진상문의 화빙아 취처 시도, 가월의 계교로 위기 모면(⑰)

ⓕ 장현에 의한 강제 혼인 위기, 화빙아 모녀의 계교로 장현 · 취정(시비)의
   사기 혼인(⑱)

(c) 연영아의 고난

㉮ 진상문의 청혼, 이부시랑 연공(연권)의 거절(⑩)

㉯ 진상문의 계략에 의한 연공의 지방 순무, 연공(연권)과 화빙아의 해후, 연

공과 정연양과의 해후⑪

 ⓒ 진상문 · 유시중의 공모, 진상문의 혼인 계략⑬

 ⓔ 정연양과 연영아의 해후, 정연양과 연영아의 자매지의, 연영아의 피신⑭

 ⓜ 정연양 · 석가월의 계교, 진상문 · 유소저의 사기 혼인⑮

 ⓑ 진상문 · 호유용에 의한 연공의 하옥⑯

(d) 3소저와 임규의 결혼

ⓐ 진상문 · 호유용의 공모, 3소저의 피신과 결의 자매⑲

ⓑ 영락제의 제위계승, 정 · 연 · 화 3공의 사면과 해후⑳

ⓒ 임규과 3소저의 성혼, 임규의 출세, 부인 봉작 하사(정소저는 상원부인, 연

 소저 · 화소저는 좌우부인)

 스토리 전개는 괄호 안의 원 번호의 순서로 이루어지는데, 일부삼처혼
은 (a)정연경의 고난, (b)화빙아의 고난, (c)연영아의 고난을 거쳐 (d)3소저
와 임규의 결혼으로 완료된다.

 〈임화정연〉에는 최소 14가문이 설정되어 있는데[2] 그중에 중심가문은
제목에서 시사하듯 임 · 화 · 정 · 연 4문이거니와, 이들 사이에 맺어진 일
부삼처혼은 중심 혼맥으로 자리를 잡는다. 이 경우 3처가 네 집안의 가문
연대의 디딤돌이 된다. 그와 관련하여 주목할 것은, 임규 · 화빙아 · 정연
양 · 연영아의 일부삼처혼이 3처 사이의 의자매 요소를 더하고 화목 · 우
애를 강화하여 3처의 결속력을 높이는 쪽으로 가닥을 잡는다는 것이다.

---

2 조광국, 「〈임화정연〉에 나타난 가문연대의 양상과 의미」, 『고전문학연구』 22, 한국고전
  문학회, 2002, 167쪽.

일부삼처혼은 세 여성이 차례대로 적대인물의 위협을 물리치는 연쇄성을 확보한다. '정연경의 남복 피신⑥'은 '남복 정연양과 화빙아의 혼약⑧'으로 이어지고, 다시 '연공(연권)과 화빙아의 해후, 연공과 정연양과의 해후⑪'로 이어지고 또다시 '정연양과 연영아의 해후, 정연양의 계교로 연영아의 피신⑭'으로 이어진다. 그리고 세 여성이 겪는 연쇄적 고난은 그들의 우애와 화목을 확보하는 연쇄성으로 이어지는바, 세 여성의 고난은 '세 여성의 피신·결의 자매⑲'를 거쳐 결국 '임규과 세 여성의 성혼'으로 귀결된다.

이러한 고난의 연속성과 유대의 연쇄성은 3중적인 양상을 띤다. 즉 ⒜ 정연경의 고난, ⒝화빙아의 고난, ⒞연영아의 고난이 형상화되는데, 이 세 고난이 모두 임규와의 혼인으로 이어짐으로써, 여성들이 겪는 고난은 전체적으로 삼중적인 양상을 보여준다. 삼중적인 고난에 상응하여, 그 고난의 타개 과정도 삼중적으로 제시된다. 이를테면 정연경은 석가월과 함께 진상문을 속임으로써 위기를 벗어나고, 화빙아는 정연양의 지혜를 빌어 이태현, 진상문, 장현의 위해에서 벗어나고, 연영아 역시 정연양과 함께 진상문을 속이고 위기에서 벗어난다.[3] 이처럼 일부삼처의 중첩 혼맥은 세 여성이 적대인물의 위협을 물리치는 삼중적 연쇄성과 세 여성이 화목과 우애를 확보하는 삼중적 연쇄성을 드러낸다.

그리고 위해와 고난의 극복이 세 여성과 혼인하는 임규에게도 주어지

---

3   주인공 남녀의 일부삼처혼을 가로막는 이들은 모두 속아서 원하지 않은 여성과 결혼하게 된다. 정연양과 혼인하려 했던 진상문은 속아서 시비(봉금)와 혼인했고, 화빙아를 며느리 삼으려 했던 이태현은 속아서 시비(홍연)를 며느리로 들였으며, 장현은 속아서 시비 취정과 결혼했고, 연영아와 혼인하려 했던 진상문은 속아서 유소저와 결혼했다.

는바, 이를 고려하면 일부삼처혼은 적대인물에 의한 위협이 4중으로 되어 있는 셈이다. 그 위기를 극복함으로써 얻어지는 우애와 화목의 과정도 일부와 세 부인을 아우르는 사중적 모습을 담아내는 것으로 되어 있다.

이 일부삼처혼은 여타 대소설에 설정된 일부다처혼과 다른 지점을 확보한다. 〈소현성록〉(《소씨삼대록》)의 경우에 일부삼처혼은 1세대 소현성 · 화주은 · 석숙란 · 여부인과 2세대 소운명 · 임부인 · 이부인 · 정부인에서 반복 설정되고, 거기에 2세대 소운명 · 명현공주 · 형부인의 일부이처혼이 덧붙여진다.[4] 이들 일부삼처혼과 일부이처혼은 모두 부인 중 한 명이 투기와 실덕의 문제를 일으켜 당사자가 쫓겨나거나(여부인과 정부인) 병들어 죽음으로써(명현공주) 혼맥이 깨지는 것으로 끝난다.

한편 〈소문록〉의 경우 소현 · 윤혜영 · 조부인의 일부이처혼은 한문 출신의 윤혜영이 벌열 출신의 둘째 부인에 의한 고난과 시련을 극복하고 마침내 화목을 이루어내는 것으로 종결된다. 즉 〈소문록〉의 처처갈등은 〈소현성록〉의 처처갈등과 같은 성향을 띠지만, 〈소문록〉은 〈소현성록〉과 달리 문제의 여성이 회과하는 길을 택했다. 이로 인해 〈소문록〉은 〈소현성록〉과 달리 혼맥을 유지하는 지점을 확보한다.

〈임화정연〉은 그와 비슷한 일부다처혼을 다양하게 수용하여 펼쳐냈다. 먼저 정연경과 여문의 이복자매(희주 · 미주) 사이의 일부이처혼을 설정하여 여미주의 부정적 애정 애욕의 성향 때문에 일부이처혼이 순조롭지 못한 상황을 극대화시켰으며, 지상문을 중심으로 하는 일부삼처혼을 설정하여 그 일부삼처혼이 부부갈등과 부인들 사이의 갈등으로 깨지는

---

4 조광국, 「〈소현성록〉의 벌열 성향에 관한 고찰」, 『온지논총』 7, 온지학회, 2001, 99~104쪽.

한국 대소설의 혼맥婚脈

모습을 설정했다. 그리고 그런 일부다처혼과 확연하게 구별되는 일부삼처혼을 설정했는데 그게 임규·화빙아·정연양·연영아의 일부삼처혼이다.

임규·화빙아·정연양·연영아의 일부삼처혼이 열어젖힌 새로운 지평을 정리하면 다음과 같다. 첫째, 일부다처혼의 맥락에서, 아내들 사이의 갈등과 불화를 제거하고 처음부터 세 여성 사이의 화목에 초점을 맞추었다. 둘째, 삼각혼의 확대 측면에서 일부삼처혼은 세 집안의 가문연대를 이룬 삼각혼을 계승하여 네 집안의 가문연대로 확대하는 한편, 다른 한편으로 세 쌍의 부부 사이에 세 여성이 친분을 맺는 삼각혼과 달리, 세 아내가 한 남편을 중심에 두고 화목을 형성하는 새로운 지점을 선보였다.

3. 주동적 일부삼처혼과 적대적 일부삼처혼의 대립 구도

그와 관련하여 빼놓을 수 없는 게 있다. 그것은 임규·화빙아·정연양·연영아의 일부삼처혼과 정반대의 성향을 띠는 또 하나의 부정적 일부삼처혼, 즉 진상문·호씨·이씨·유씨의 일부삼처혼이 형성된다는 것이다.

진상문은 임규의 세 아내가 될 화빙아·정연양·연영아를 자신의 아내로 삼으려다가 자의반 타의반으로 혹은 속아서 호씨·이씨·유씨를 아내로 맞이하게 된다. 앞쪽의 것은 남녀주인공이 이루는 결혼이기에 주동적 일부삼처혼이라 일컫고, 뒤쪽의 것은 적대인물이 펼쳐내는 결혼이기에 적대적 일부삼처혼이라 일컫고자 한다.

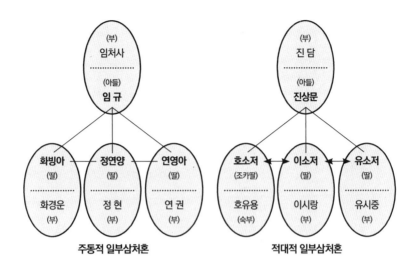

적대적 일부삼처혼은 다음과 같은 성향을 띤다. 첫째, 결혼이 권력욕과 애욕의 성향을 띤다. 호유용은 걸출한 진상문을 취하기 위해서 조카딸(호씨)과 결혼시키고자 했고, 진상문은 호유용의 권력에 기대고자 결혼에 응했다. 또한, 이씨는 진상문의 풍채에 미혹되어 부모를 졸라 상문의 정실이 되지만, 호유용의 강압적 권세에 눌려 첫째 부인 자리를 빼앗기게 되지만, 이미 애욕에 사로잡혔던지라 둘째 부인이 되는 것을 거부하지 않았다. 그리고 유시중은 뇌물과 벼슬을 탐내어 진상문과 연영아의 혼사를 주선했는데 그 과정에서 딸 유씨가 진상문의 풍채에 미혹되어 연영아로 변장하여 사기 결혼을 감행했으며, 진상문은 애욕에 눈이 멀어 유씨를 연영아로 잘못 알고 아내로 맞이하고 만다.

둘째, 적대적 일부삼처혼은 부부갈등과 처처갈등을 수반하고 파국적으로 끝난다. 호씨(첫째 부인)와 이씨(둘째 부인)는 정실 다툼을 일으키고,

진상문이 셋째 부인으로 유씨를 들이자, 호씨는 남편과 다투는 한편 유씨를 난타하고, 이씨는 남편에게 서운한 감정을 품었으며, 유씨는 견디지 못하다가 부친의 권유에 따라 친정으로 내뺐다. 진상문은 이씨에게는 호씨를 내치겠다고 하고, 호씨에게는 유씨를 내치겠다고 둘러댈 뿐이었다.

호씨는 남편이 유씨에게 병문안 간 것을 알고 그 분풀이로 남편의 죄상을 들먹이다가 남편에게 독살당하고, 그로 인해 진상문은 귀양길에 올랐다. 그 사이에 이씨는 장생에게 개가했다가, 진상문이 해배되자 그동안 수절하며 지냈다고 거짓말을 했지만, 결국 개부(改夫) 장생에게 잡혀 죽고 말았다.[5]

이렇듯 적대적 일부삼처혼은 부당한 권력욕, 지나친 애욕과 음욕 그리고 투기와 살인 등으로 파국을 맞거니와, 수절과 화목을 지향하는 주동적 일부삼처혼과 상반된 모습을 보여준다. 즉 적대적 일부삼처혼과 주동적 일부삼처혼은 형태와 내용에서 주동적 일부삼처혼과 대립적으로 구조화되는 양상을 보여준다.

〈임화정연〉의 그러한 모습은 〈소현성록〉(〈소씨삼대록〉)과 〈소문록〉을 비롯하여 〈유씨삼대록〉과 같은 다른 대소설과 재차 견주어볼 만하다. 이들 대소설에서는 하나의 일부삼처혼 안에 긍정적인 요소와 부정적인 요소가 혼재된 양상을 보여준다. 그와 달리 〈임화정연〉에서는 일부삼처혼이 주동적 일부삼처혼과 적대적 일부삼처혼으로 양분되어 형태와 내용 면에서 모두 대조적 균형성을 확보한다. 적대적 일부삼처혼은 주동적 일

---

5 진상문의 일부삼처혼은 진상문과 유씨의 결혼으로 종결된다. 유씨는 진상문의 유배지까지 따라간다. 훗날 진상문과 유씨는 화목한 부부로 거듭난다.

부삼처혼을 모방하지만, 그 결과는 상반된 모방혼의 양상을 띤다.

그런 모방혼은 모방담을 수용한 것이라 할 수 있다. 모방담은 도깨비 방망이 이야기, 혹을 떼러 갔다가 혹 붙이고 돌아온 사람 이야기에서 확인되며, 〈흥부전〉에서 다리가 다친 제비를 구해주고 제비가 물어다 준 박씨로 흥부가 부자가 되었는데 놀부가 흥부처럼 한답시고 일부러 제비 다리를 꺾은 후에 치료하고 날려주었다가 되레 죽을 위기에 처했다는 이야기에서도 확인된다.

요컨대 〈임화정연〉의 대립적 일부삼처혼 혼맥은 이전의 일부삼처혼과 일부이처혼 그리고 모방담을 변개한 것인바, 좁게는 소설사적 맥락에서 그리고 넓게는 서사사적 맥락에서 창출된 서사구조라 할 것이다.

4. 주동적 일부삼처혼의 확대

한편 주동적 일부삼처혼을 중심으로 정연양과 여희주 · 미주의 일부이처혼, 정연양 · 위소저의 결혼, 연춘경 · 주소저의 결혼, 화원경 · 진소저의 결혼이 보태짐으로써 전체적인 혼맥은 확대된다.

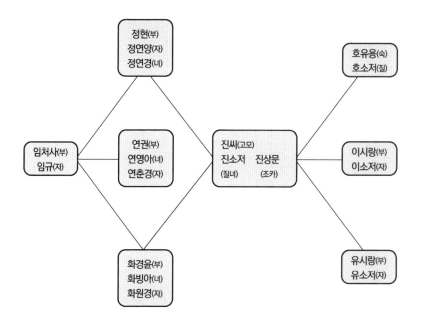

사각혼, 주동적 일부삼처혼, 적대적 일부삼처혼

　먼저 사각혼을 보자. 정문과 진문은 일찍이 부모 세대에서 형성한 혼맥인데 그 혼맥을 포함시키면 임문, 화문, 진문, 정문으로 이어지는 사각혼이 성립한다. 그런데 화원경·진소저의 결혼은 작품적 비중이 그리 크지 않고, 게다가 정현·진씨 부부는 이전 세대의 혼맥이어서, 사각혼을 중심 혼맥으로 보기 어렵다. 그 대신에 임·화·정·연 4문의 자녀들이 맺는 일부삼처혼이 중심 혼맥으로 자리를 잡는다. 이는 '사성기봉'이라는 작품의 부제와 상응한다.

　흥미롭게도 그 사각혼에 위치한 진문을 매개로 주동적 일부삼처혼과 적대적 일부삼처혼이 대립하는 양상을 띤다. 그 이유는 진문의 구성원은 권문세가에 빌붙는 소인형 인물(진낭중·진상문 부자)과 군자형 인물(진효렴)로 갈리고, 거기에다 진부인(정현의 아내)이 소인배 성향을 지닌 조카 진상문을 옹호했기 때문이다. 전체적인 혼맥은 그런 긍정형 인물과 부정형 인물을 지닌 혼합형 가문[6]인 진문을 연결고리로 하여 임규의 주동적 일부삼처혼과 진상문의 적대적 일부삼처혼이 한데 얽히면서 대립하는 양상을 보여준다.

5. 대립적 일부삼처혼 혼맥의 형식

대소설의 방사형 혼맥은 앞에서 언급했다시피 가문연대를 지향한다. 〈임화정연〉의 일부삼처혼 혼맥도 그런 양상을 보여준다. 정공, 화공, 연공, 임처사는 군자형 인물들로서 간당 호유용의 무리와 정치적 적대관계에 놓인다. 부친 세대의 결속력은 자녀 세대인 일부삼처혼(임규 · 화빙아 · 정연양 · 연연경)으로 한층 더 강화되고, 그 바탕 위에서 네 가문의 아들 임규 · 정연경 · 화원경 · 연춘경이 벼슬을 얻어 국가 사회에 기여함으로써 세 가문의 연대성은 보다 강화된다.

한편 〈임화정연〉에서 새롭게 설정된 적대적 일부삼처혼의 경우에도 정파성을 확보한다. 개인적 욕망을 충족시키려 했던 진상문은 적대적 일부삼처혼의 중심적 위치에 있으며, 그의 세 장인 가운데 하나는 당시 간당의 수장인 호유용이고, 나머지 둘은 호유용을 추종했던 인물이었다. 이로 보건대 적대적 일부삼처혼은 적대적 가문연대라는 의미를 지닌다.

---

6 이 책 60쪽, 64쪽 참조.

종국에 긍정적 일부삼처혼의 혼맥을 형성하는 연대가문은 정치적 연대세력으로 부상하여 국가와 사회의 중심세력이 되고, 적대인물은 그 반대로 모두 처벌받는다. 이는 원만한 가문연대를 위해서는 지나친 애욕, 출세욕, 권력욕을 성취하는 데에 급급해서는 안 된다는 작가의식을 보여준다.

작가는 그 지점에서 한 걸음 더 나아가 대립적 일부삼처혼 혼맥 위에 군자와 소인의 대립 혹은 군자당과 소인당의 대립을 설정했다.[7] 그 문제를 본가와 외가로 나누고, 외가의 진상문을 소인으로 내세워 그를 중심으로 하는 적대적 일부삼처혼 혼맥을 통해 소인당이 형성되는 과정을 그려냈으며, 그 반대로 본가의 정문에 임문, 화문, 연문의 자녀가 맺는 주동적 일부삼처혼 혼맥을 통해 군자당이 형성되어 가는 과정을 그려냈다.

요컨대 대소설 〈임화정연〉의 대립적 일부삼처혼 혼맥은 네 가문 사이의 가문연대를 형성하여 거기에 다양한 사건과 갈등을 펼쳐낸 서사구조인바, 형태로는 대칭적 정형미를 획득하고 내용으로는 대립적 연대성을 확보한 소설형식이라 할 것이다.

---

7 〈유효공선행록〉은 군자인 장남이 소인인 부친과 아우에 의해 고난을 받는 지점에 초점을 맞추고 그 극복 과정을 주도면밀하게 펼쳐냈다.

제4부

복합형 혼맥:
복수 가문 사이의 혼맥

I 사각혼 · 겹혼인 · 삼각혼의 복합형 혼맥
〈난학몽〉의 정파성

1. 문제 제기

〈난학몽〉은 느슨한 형태의 사각혼 · 겹혼인 · 삼각혼의 복합형 혼맥을 보여준다. 그 복합형 혼맥은 한문1, 한문2, 이문, 유문, 홍문, 곽문 등 여섯 가문 사이에 맺어지는 혼맥인데, 이는 〈난학몽〉이 특정의 가문인 한문 중심으로 이야기가 펼쳐지지 않음을 의미한다.

그와 관련하여 여타의 대소설에서 보여주듯 〈난학몽〉의 경우에도 그런 복합형 혼맥은 정파적 가문연대를 지향한다. 작품세계의 배경은 중국 북송(北宋)의 '인종-(영종)-신종-철종' 시대다. 왕안석이 주도하는 신법당과 그에 반대하는 구법당의 대립을 내세우고, 그중에 구법당 쪽의 편을 서는 서술의식을 드러낸다.

그런데 여기에서 주의해야 할 것은, 중심가문은 여전히 한문, 특히 한언범 집안이라는 것이다. 즉 느슨한 형태의 사각혼 · 겹혼인 · 삼각혼의 복합형 혼맥을 보여주고, 정파적 가문연대를 지향했을지라도, 그 중심에 한언범 집안이 놓여 있다.

한국 대소설의 혼맥婚脈

〈난학몽〉은 "1871년에 한문본"이 나왔고, 그 후에 국문본이 나왔는데, 작품의 중심 이야기는 "한언범 일가를 중심으로 가문 내적 위기와 그 극복을 통한 가문창달의 문제"에 초점이 놓여 있다.[1] 중심가문은 한문인데 그 가문이 한언범 집안(한문1)과 한입성 집안(한문2), 두 집안으로 설정되어 있다. 하지만 〈난학몽〉은 제목에서 시사하듯이 한난선과 한학성을 주인공으로 내세웠거니와, 그에 상응하여 한언범 집안에 초점을 놓고 다른 가문으로 이야기를 확대한 작품이다.

그렇다면 〈난학몽〉의 혼맥을 무엇이라고 규정할 수 있을까? 아마도 〈난학몽〉은 특정의 한문을 중심으로 하는 방사형 혼맥에서 여러 가문을 중심으로 하는 복합형 혼맥으로 나아가는 지점을 보여주는 작품이리라 추정할 수 있다고 본다.

2. 느슨한 형태의 사각혼 · 겹혼인 · 삼각혼의 복합형 혼맥

〈난학몽〉은 사각혼, 겹혼인, 삼각혼이 맞물려 있는 복합형 혼맥의 형태를 보여준다.

장문, 이문, 한문, 곽문 등 네 가문은 연쇄적으로 꼬리에 꼬리를 무는 방식의 사각혼을 이룬다. 그중에 장문과 이문의 혼맥 그리고 장문과 곽문의 혼맥은 부모 세대의 혼인으로 형성된 것인데, 장씨 집안의 두 딸이 이문과 곽문의 1대 부인으로 들어가는 것으로 되어 있다. 그 혼맥은 부모

---

1   정창권, 「〈난학몽〉 연구」, 고려대 석사논문, 1995, 14쪽, 31쪽.

세대 혼인으로 이루어진 것으로 자녀 세대 혼맥의 배면에 자리를 잡는다.

한편 자녀 세대의 혼인에 해당하는 한문과 이문의 혼맥 그리고 한문과 장문의 겹혼인 혼맥이 형성되며, 한문을 비롯하여 홍문과 유문, 세 가문 사이에 삼각혼 혼맥이 형성된다. 이렇듯 〈난학몽〉의 전체적인 혼맥은 장문, 이문, 한문, 곽문 사이의 느슨한 사각혼, 한문과 곽문 사이의 겹혼인 그리고 한문, 홍문, 유문 사이의 삼각혼이 얽혀 있는 복합형 혼맥의 형태를 보여준다.

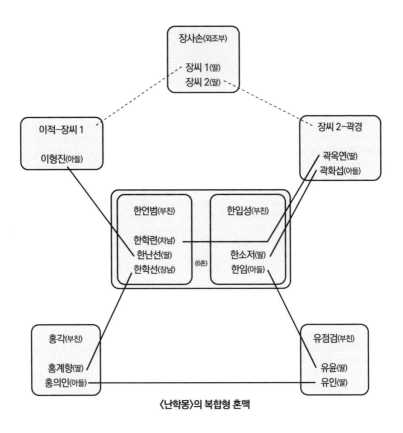

〈난학몽〉의 복합형 혼맥

흥미로운 것은, 한문의 경우 1대가 한언범 집안(한문1)과 한입성 집안(한문2), 두 집안으로 설정된다는 것이다. 새삼 주목할 것은 두 집안이 4촌이라는 것이다. 즉 2대 자녀 세대가 6촌(재종)으로 구성되어 있다. 그렇게 해서 맺어지는 겹혼인과 삼각혼은 각각 광의의 겹혼인과 광의의 삼각혼에 해당한다.

전체적으로 느슨한 형태의 복합형 혼맥을 형성한다고 할 것이다. 그런데 그 광의의 복합형 혼맥은 정치적 대립과 맞물린다는 점에서 소홀히 넘길 수 없다.

3. 정파적 가문연대

〈난학몽〉에서 정치대립, 남녀결연, 가문연대는 서사의 중심축을 이룬다.[2] 정치대립은 북송 '인종-(영종)-신종-철종(선인태후 섭정)' 시대에 왕안석이 주도하는 신법당과 그에 반대하는 구법당의 대립으로 설정되어 있다.

그 당시 중국 역사에서 신법당과 구법당의 대립은 인종 시절(1022~1063) 신진세력의 진출과 기존 훈구세력의 반발 이후 영종 시절(1063~1067)을 거쳐, 신종의 즉위 이후 50년 동안 세 황제 신종, 철종, 휘종의 제위계승과 두 태후(고태후, 상태후)의 섭정과 맞물린다. 신종 이후에

---

2 이하 146쪽까지 내용은 「19세기 고전소설에 구현된 정치이념의 성향 -〈옥루몽〉〈옥수기〉〈난학몽〉을 중심으로-」(『고소설 연구』 16, 한국고소설학회, 45~70쪽) 중에서 일부 내용(50~55쪽)을 적절하게 수용한 것이다.

대립은 다음과 같이 여섯 가지로 정리할 수 있다.[3]

    ① 신종 즉위(신법당 득세)

    ② 왕방의 별세와 왕안석의 자진 퇴거(구법당의 신법 유지)

    ③ 철종의 즉위, 고태후 섭정(구법당 득세)

    ④ 철종의 친정(신법당의 득세)

    ⑤ 휘종의 즉위, 상태후 섭정(구법당의 재진출)

    ⑥ 휘종의 친정(신법당과 구법당 융화 시도, 신법당 득세)

〈난학몽〉에서는 ①, ②, ③에 초점을 맞춰 신법당의 정권 장악 이후 구법당의 득세 때까지를 작품의 시대적 배경으로 삼았다. 인종 시절에 신진세력이 진출하자 훈구세력은 벼슬을 하직하고 낙향하고, 신종대에는 구법당 인사들이 왕안석인 신법당에 맞서다가 실세하는 것을 상세하게 그려냈다. 거기에 더해 정협(鄭俠)의 유민도(流民圖) 사건으로 인한 왕안석의 강령부 지사로의 좌천(1074년), 평장사로의 복귀(1075년), 아들 왕방 사후 왕안석의 퇴진(1076년) 등 역사적 사실을 적절하게 담아냈다. 그 과정에서 신법개혁이 여혜경에 의해 진행되고 신종 사후 어린 철종이 제위에 오른 후에, 선인태후가 대리청정을 하면서 구법세력을 대거 등용시키고 신법을 폐지하고 신법당을 축출하는 역사적 사실에 초점을 맞추었다.

그 이후 구법당의 분열, 구법당의 퇴진과 신법당의 재진출 등에 관한 내용은 다루지 않았다. 이는 구법당을 우호적으로 바라보는 작가의식의

---

3   김경미, 「〈난학몽〉 연구」, 『이화어문논집』 12, 이화어문학회, 1992, 593~619쪽; 정창권, 앞의 논문, 33~43쪽.

일환으로 보인다. 그와 관련하여 구법당의 정치이념이 비중 있게 다루어진다.

당시 송나라 말기에 구법당은 개인의 도덕성과 수신을 중시했다면, 신법당은 법제 개혁과 풍속 개혁을 중시했는데,[4] 〈난학몽〉은 그러한 정치적 대립을 수용하되, 구법당의 입장을 옹호하는 쪽으로 방향을 잡았다. 신종과 왕안석이 대화를 나눌 때 왕안석은 "풍속을 변하게 하고 법제를 세움이 급선무로소이다"라고 대답하여 신종의 신임을 얻는 장면과 왕안석, 여혜경, 장돈,[5] 왕충, 최경 등 신법세력이 집권하게 된 정세를 잘 담아낸 후, 구법당 일원으로 한언범을 설정하여, 그가 신법세력의 우두머리인 왕안석을 비난하는 대목을 펼쳐냈다.

간악홈은 츙셩갓고 간소홈은 미듬갓튼지라 안셕이 외양은 질박하나 소심을 품어 교만이 위을 속이고 가만이 물건을 히치오니 둘엽건디 폐하게셔 그 지쵸만 깃거ᄒ시니 오리 가치 ᄒ시면 그 거짓 졍셩을 알 길 업습고 간소홈을 발키기 얼엽소오니 디간이 길을 어드미 음흉ᄒ 지 ᄂ온즉 현신이 다 가고 화란이 ᄂᄀ이소오며 안셕이 방약은 업고 변기만 ᄒ와 문즈로 그른 걸 쑤며 상하을 속여 아쳠만 ᄒ오니 신은 쳔하 쟝셩믈 그읏치믈 근심ᄒᄂ니다

(권1)

한언범은 왕안석을 비난하면서 간악, 간사, 사심, 교만, 음흉, 아첨 등을 나열했다. 이런 말들은 개인의 도덕성을 일컫거니와, 신법세력의 우

---

4 제임스 류(저), 이범학(역), 『왕안석과 개혁정치』, 지식산업사, 1991, 39~80쪽.
5 중국 역사에서 장돈(章惇)인데, 한글본 〈난학몽〉에는 '쟝슌'으로 되어 있다.

두머리인 왕안석은 부도덕하고 비윤리적이라는 것이다.

구법당에서 중시하는 개인의 도덕성과 윤리성은 한마디로 말하면 '수신(修身)'[6]이다. 상서 이적은 왕안석의 신법당을 염려하여 한언범을 천거한 인물인데, 그 당시 그는 신법세력을 비판하는 견해를 한언범에게 표출할 때 수신의 중요성을 시사했다.

> 왕안셕이 춤졍한 후로 쟝슌 소젹 왕츙 등이 쳬결ᄒ야 샹의을 의혹케 ᄒ고 빅셩을 요란이 ᄒ야 시법을 힝할야 ᄒᄆᆡ 디신 중의 간ᄒ는 지 한둘이 아니나 다 능히 그 글은 것슬 돌이지 못ᄒ니 … 현명헌 신ᄒ을 쳔거ᄒ야 간신 등을 쑈친 후의야 샹의을 돌이고 시법을 ᄭᅦ쳐 빅셩을 편안니 ᄒ고 ᄉ즉을 보젼할지라(권1)

'상의(上意)를 의혹케' 한다는 것이 한문본에 '상심을 미혹케 하는 것[惑上心]'[7]으로 되어 있다. 이 말은 '임금의 수신을 그르치게 하는 것'을 의미한다. 구법 세력의 일원인 이적이 내세운 상의(上意), 즉 상심(上心)은 임금의 '수신(修身)'을 시사하거니와, 그 점을 중시하는 구법당의 일원으로서 형정과 법 그리고 제도를 강조하는 신법당 세력을 비판하는 것은 당연했다. 그런 비판은 한언범의 상소에서 도드라진다.

> 신은 듯ᄉᆞ온즉 빅셩은 국가의 근본이라 … 폐하가 쳥묘법을 힝코ᄌᆞ 하시니

---

6 이기대는 작품의 특징으로 '수신'을 꼽았다. (이기대, 「〈난학몽〉에 나타난 역사의 변용 과정과 작가의식」, 『고소설 연구』 15, 한국고소설학회, 2003, 208~209쪽)

7 『정태운 전집 1』(영인본), 태학사, 1998, 56쪽.

156   한국 대소설의 혼맥婚脈

평민이 취리을 ᄒ와 … 민심이 붕등ᄒ오니 당〃ᄒ신 만승 천ᄌ로 호리만헌 이을 취ᄒᄉ 죠졍의 모리ᄒᄂ 신하만 잇고 국가의 이국허ᄂ 빅셩이 업스며 취렴ᄒᄂ 무리가 비견ᄒ고 현쳘헌 신하 입을 봉ᄒ고 피ᄒ여 숨으니 폐하 누구와 갓치 쳔하을 다ᄉ리시오리가 … 쳥묘법을 파ᄒ야 민원을 막으소셔

(권1)

한언범은 신법당의 청묘법이 일시적으로 백성을 위한 방책일 수는 있으나 백성들이 이익 추구에 혈안이 되어 더욱 황폐해지는 폐단을 낳을 것이라고 비판했다.

구법당의 일원인 소철 또한 마찬가지로, 2푼 변리 자체는 백성을 위한 것이나, 출납할 때 이속의 간계를 피할 수 없고, 돈이 백성에게 가면 양민이라도 망령되이 쓰는 폐단이 있으며, 수합하여 바칠 때 부민이라도 한도를 넘게 쓸 폐단이 있고, 지방의 일이 많이 발생할 수 있다는 내용의 상소를 올렸다.

신법세력이 청묘법과 같은 법제를 새로 만드는 것을 중시한 나머지 개인의 도덕성과 수신을 경시함으로써 폐단을 낳을 수밖에 없다는 것, 그게 구법 세력의 견해였다. 그 견해가 〈난학몽〉의 작가의식으로 자리를 잡은 것이다. 그와 관련하여 주목할 것은 출사(出仕)와 퇴거(退去)에 관한 이야기다. 특히 퇴거와 관련하여 주동인물이 퇴거에 임해서 세상을 등지고 은둔하는 삶을 표방하지 않고, 자연과 벗 삼는 강호가도(江湖歌道)의 삶을 특별히 강조하지도 않는다. 작품세계에서 처사(處士)는 치열한 정쟁의 세계를 떠나 무위자연(無爲自然)의 삶을 추구하는 자가 아니라, 정계 복귀를 단념하지 않는 자로 그려진다.

예컨대 정계에서 물러나 둔암처사로 지내던 한언범이 어사로 임명되자 거절하지 않고 곧바로 나아간 것은 그 점을 잘 보여준다. 물론 한언범과 이적은 정치적으로 실세(失勢)하여 낙향하지 않을 수 없는 상황에 몰리기도 했다. 그리고 그때 양가의 아들들이 사친(事親)을 내세워 낙향한 후에 집성촌을 이루고 살았음은 물론이다. 하지만 황제는 한언범을 태사와 계국공에 봉하고 이적을 태부에 봉하여 성대하게 환송했거니와, 두 인물의 사회적 명망은 유지되며, 해당 가문의 가격(家格)은 변함없이 유지되었다. 그리고 그 후에는 자손들이 진출하여 가문의 창달을 실현했다.

이처럼 해당 가문의 1대와 2대의 삶은 출사의 의지를 꺾지 않고, 정계에 적극적으로 진출하는 것으로 펼쳐진다. 그 과정은 신법당의 출현, 구법당의 퇴거(1대), 신법당의 약화, 구법당의 정계 진출(1대와 2대), 신법당의 회복, 구법당의 사직(1대와 2대), 신법당의 퇴진, 구법당 후손의 활약(2대) 등과 맞물리며 펼쳐진다. 그 과정에서 작품세계의 중심가문은 한 가문으로 제시되는 게 아니라 가문연대의 형태를 띠는바, 구법당 세력의 가문이 중심가문군을 이루는 것이다. 중심가문군 구성원의 출사(出仕)는 후대로 이어짐은 물론이다.

구법당에 속하는 가문으로는 한문1, 한문2, 이문, 유문, 홍문, 곽문 등 여섯 가문이 설정되는데, 이들 가문의 가부장 한언범, 한입성, 이적, 유문, 홍각, 곽경 등은 이미 친척관계, 통혼관계, 지기관계를 통해 이미 결속력을 확보하고 있었던 것으로 제시된다. 즉 한언범과 한입성은 4촌이고, 한언범과 곽경은 이종사촌이며, 한언범와 유점검, 이적과 곽경은 각각 동서 사이고, 홍각과 한언범은 친구 사이였던 것이다.

이들 가문의 가부장 사이에 확보된 결속력은 자녀 세대의 결혼을 통해 재차 가문연대로 강화되는 양상을 띤다. 한학선·홍계향, 한난선·이형진, 한학련·곽옥연, 한임·유윤, 한소저·곽화섭, 홍의인·유인 등 6쌍의 결혼이 그에 해당한다. 이들 결혼은 신법당에 대항하는 구법당의 정파적 결속이라는 의미를 지닌다. '왕안석(참지정사)-여혜경(숭정전 설서)-장순(조례관)-왕충(검상문자)-최경(검정중서 오방공사)'의 신법당 무리에 대항하며 혼맥을 이루는 연대가문은 정치적인 고난을 받다가 가문 존폐의 갈림길에서는 위기 상황을 맞게 된다.

그 위기 상황은 신법당 일원에 의해 구법당 가문들의 혼맥이 깨질 위기에 놓이는 것으로 제시된다. 한난선·이형진 부부의 결연 장애는 왕충·왕의영 부자에 의해 두 차례에 걸쳐 일어난다. 먼저 왕충이 색덕을 겸비한 한난선을 며느리로 삼기 위해 한언범이 귀양 간 틈을 타서 그의 계실 최부인에게 뇌물을 주고 도모했지만 실패하고 만다. 한난선·이형진의 성례 후에는 왕충·왕의영 부자가 모의하여 한난선을 강상죄로 몰고 이형진을 하옥시키고 이적을 역모죄로 엮어 넣었지만, 훗날 모든 죄상이 밝혀져 헛수고가 되고 만다.

한학선·홍계향 부부의 결연 장애는 첩실 위녀와 간부(姦夫) 전백중의 공모로 발생한다. 전백중이 왕방(왕안석의 아들)과 교분을 맺은 후에 왕방·여혜경이 한학선을 곤경에 빠뜨렸다. 그리고 한학련·곽옥연 부부의 결연 장애는 전백중·왕방의 공모와 왕방·여혜경의 공모에 의해 발생한다. 한학련을 아비를 속인 자로 참소하고 국문 도중에 죽이게 사주했고, 곽옥연을 납치하려 했다. 하지만 왕방과 왕안석의 죽음으로 물거품이 되고 만다.

그런데 왕안석·왕방 부자의 죽음이 구법당의 혼맥을 깨뜨리는 것과 관련되어 있다는 점이 눈길을 끈다. 간략하게 제시하면 다음과 같다.

> 아들 왕방이 죽은 후에, 예전의 아전이 나타나 자신이 왕방 대신에 죽게 되
> 었다고 말했다. 사연인즉, 왕방이 남의 부녀를 빼앗고자 참정 여혜경과 공
> 모하여 한씨 가문에 거짓 조서를 보내 무죄한 자를 참혹한 죄를 입게 했는
> 데, 그로 인한 하늘의 벌을 아전이 대신 받게 되었다는 것이다. 그리고 바로
> 이어 아전이 왕방을 때리며 분풀이했다. 곧이어 아전과 왕방이 사라졌다. 1
> 년 뒤에 왕안석이 죽었다.

위 이야기는 역사적 사실과 달리 허구화된 것이다. 즉 신법당의 대표
인물인 왕안석과 왕방의 죽음은 아전의 억울한 죽음 때문으로 되어 있
다. 아전의 억울한 죽음의 발단은 왕방이 여혜경과 공모하여 남의 부녀
를 빼앗고자 한 것에 있었다. 신법당의 일원인 왕방과 여혜경의 비행이
곧 한씨 가문을 비롯한 구법당에 속하는 가문 사이의 혼맥을 깨뜨리려
한 것으로 허구화된 것이다. 물론 구법당 쪽에서는 그 혼맥 파탄의 위기
를 극복하고 혼맥을 유지하는데, 그 복합형 혼맥은 사회와 국가를 지탱
하는 가문연대의 바탕이 된다.

이렇듯 〈난학몽〉은 송나라 말기의 구법당과 신법당 사이의 정치대립
을 적극적으로 수용하고, 거기에 복합형 혼맥과 가문연대의 틀을 설정함
으로써 구법당을 옹호하는 쪽으로 이야기를 풀어낸 대소설이다.

한국 대소설의 혼맥婚脈

4. 방사형 혼맥에서 복합형 혼맥으로의 지향성

이상 논의로 보건대, 〈난학몽〉의 혼맥에는 다음과 같은 두 가지의 힘이 팽팽하게 긴장감을 형성한다고 할 것이다.

① 특정의 한 가문 중심의 방사형 혼맥을 지키려는 힘
② 여러 가문 중심의 복합형 혼맥을 지향하는 힘

①의 경우는 일찍이 대소설 초창기 작품인 〈소현성록〉(〈소씨삼대록〉), 〈소문록〉에서 일찍이 형성한 혼맥이다. 〈난학몽〉은 그 영향권에서 느슨한 복합형 혼맥을 보여줄지라도 기본적으로 특정의 가문인 한문 중심의 방사형 혼맥을 보여준다고 할 수 있다. 작품 결말 부분에 한학선과 한학련 형제의 후손 이야기가 요약적으로 기술되어 있는 것은 그 점을 말해준다.[8]

한편 〈난학몽〉은 19세기 말에 창작되었거니와, 그 시기는 대소설의 혼맥이 이미 정형형 혼맥과 복합형 혼맥을 거쳤던 시기다. 이에 ② 여러 가문 중심의 복합형 혼맥을 지향하는 힘이 〈난학몽〉에 작동하지 않을 수 없었을 것이다. 그게 바로 〈난학몽〉에 설정된 느슨한 사각혼·겹혼인·삼각혼의 복합형 혼맥이다. 그 형태에서의 '느슨함'은 〈난학몽〉 혼맥이 복합형 혼맥의 영향권에 놓여 있음을 단적으로 보여준다고 할 것이다.

---

8 한학선·홍계향의 1자 한곤옥은 문하평장사, 2자 한윤옥은 회남절도사, 3자 한온옥은 어사중승, 4자 한화옥은 국자감박사, 5자 한결옥은 상서낭중을 맡았다. 딸 한정은 추밀태위 오양에게 출가한다. 한학련·곽옥연의 1자 한인옥은 조산대부, 2자 한봉옥은 구기지주, 3녀들은 모두 고문귀족에 출가한다. 한임은 3자를 두었는데, 모두 고위 관료가 되었다.

II 겹혼인 · 삼각혼 · 일부삼처혼의 복합형 혼맥

〈화정선행록〉의 벌열 산림

1. 문제 제기

〈화정선행록〉은 겹혼인, 삼각혼, 일부삼처혼을 포괄하는 복합형 혼맥을 지니고 있으며, 더욱이 그 혼맥이 동일 세대에 중첩적으로 이루어지되 산만하지 않고 균형적 형식미를 확보하고 있어서 우리의 관심을 끌기에 충분하다.

그간 김기동이 이 소설을 개괄적으로 소개한 이래, 박명희가 여성 중심적 시각이 드러난 작품으로 보았고, 한길연은 능동적 보조 인물이 잘 구현된 작품으로 보았다. 장효현에 이르러 본격적인 작품론이 펼쳐졌는데, 그는 서사 전개, 인물 형상, 작가의식의 측면에서 비교적 상세하게 논의했다.[1] 이들 선행논문은 저마다 작품의 성향을 일정하게 포착해냈지

---

* 「〈화정선행록〉에 나타난 다중결연의 복합 구조」(『한국문학논총』 45, 한국문학회, 2007, 91~115쪽)의 제목과 일부 내용을 이 책의 체제에 맞게 고쳤음.

1   김기동, 『한국고전소설연구』, 교학연구사, 1983, 821~827쪽; 한길연, 「대하소설의 능동적 보조 인물 연구-〈임화정연〉〈화정선행록〉〈현씨양웅쌍린기〉 연작을 중심으로-」, 서울대 석사논문, 1997; 장효현, 「〈화정선행록〉 연구」, 『정신문화연구』 26권 3호, 2003,

만, 논의의 방향이 아직 혼맥을 해명하는 쪽으로 나아가지는 않았다.

김미선에 이르러 본격적으로 서사적 측면에서의 작품론이 펼쳐졌다. '임창연과 소흥문이 세 명의 부인과 결혼하는 중심 혼인담'과 '김성광과 채원중이 그들이 선택한 여성과 결혼하는 파생적 혼인담'으로 되어 있음을 밝혔고, 더하여 '중심 결혼담은 가문의 연대와 격상'을 담아낸 것이라 해석했다.[2] '인물 형상'의 논의를 부가함으로써 이 작품의 '혼인 양상'이 보다 섬세하게 밝혀졌지만, 그 논의가 포괄적이지 않으며, 다른 작품과 비교할 때 그 혼맥의 위상이 어떤지 알 수 없다는 한계를 안고 있다. 이와 결부하여 산림가문의 성향에 대한 분석이 미흡하다는 점을 짚어볼 수 있다.

이를 극복하기 위해서는 혼맥의 차원에서 미시적으로 접근할 필요가 있다. 이에 필자는 먼저 복합형 혼맥의 양상을 살펴보기로 한다. 이를 위해 먼저 작품에 나타난 겹혼인, 삼각혼, 일부삼처혼을 세분하여 제시하기로 한다. 이에 병행하여 타 작품들에 나타나는 혼맥과의 비교를 통해 그 위상을 가늠하고자 한다. 이어 복합형 혼맥에 수반되는 형태미와 내적 원리에 대해 알아보기로 한다. 이런 복합형 혼맥은 여러 개의 방사형 혼맥을 수용하면서도, 그보다 한층 심화된 우리 고유의 서사구조로 창출된 것으로 보인다.

다음으로 복합형 혼맥의 지향점을 알아보기로 한다. 이 구조는 '산림가문-권문세가-황실'의 가문연대를 지향하는 것으로 보이며, 이런 가문

93~120쪽; 박명희, 「고소설의 여성 중심적 시각연구」, 이화여대 박사논문, 1990.

2   김미선, 「〈화정선행록〉 연구-결연양상과 인물 형상을 중심으로」, 고려대 석사논문, 2006.

연대가 적대인물에 의해 와해될 위기에 처하지만 결국 극복되는 것으로 보인다. 그리고 이 가문연대의 중심이 산림가문이며, 그 산림가문이 구체적으로 벌열 산림(閥閱山林)의 성향을 띠고 있음을 알아보고자 한다. 여기에서는 산림가문과 관련하여 선행 연구자들이 취했던, '처사=몰락 양반'으로 보는 거대담론에서 탈피하여, 산림가문 중에 벌열적 성향을 띠는 벌열 산림이 있을 것임을 상정할 때, 가문연대의 지향점이 무엇인지 보다 명확해지리라 본다.

2. 겹혼인 · 삼각혼 · 일부삼처혼의 복합형 혼맥

임 · 충 · 소 3문을 중심으로 하고, 거기에 황실, 허문, 이문①, 이문②, 단문, 주문, 한문, 진문, 김문, 여문, 채문 등 여러 가문이 복잡한 통혼관계를 형성한다. 이들 통혼관계는 겹혼인과 삼각혼 그리고 일부삼처혼의 복합을 바탕으로 한다.

임성아 · 임정염 친자매가 각각 소흥문 · 소경문 재종형제와 혼인함으로써 임 · 소 2문이 광의의 겹혼인을 맺는다. 그리고 소죽헌의 양녀가 된 허월아가 임창연과 혼인하는데, 소죽헌이 임포에게 "겹겹 친옹"이 되었다고 말했던바, 임 · 소 2문 사이에 삼겹혼인을 맺은 형국이 된다. 또한, 임 · 소 · 충 3문은 각각 친남매를 연쇄적으로 교환함으로써, 임창연 · 충효혜, 충원경 · 소월주, 소흥문 · 임성아로 이어지는 삼각혼을 맺는다.

겹혼인을 핵심적 혼맥으로 하는 작품으로 〈창란호연록〉이 있다. 장희 · 한현희의 결연, 한창영 · 장난희의 결연으로 장 · 한 양문이 겹혼인

을 이룬다. 한문의 가부장의 배신으로 두 가문 구성원 사이에 심한 갈등
이 야기되지만, 당사자의 회과(悔過)로 갈등이 해소된다. 그리고 삼각혼
을 핵심적 혼맥으로 하는 작품으로 〈청백운〉이 있다. 두·호·한 3문은
각각 남매 둘씩 두는데, 두쌍성·호강희의 결연, 호승수·한경의의 결연,
한현진·두혜화의 결연, 이렇게 남매들이 연쇄적으로 결연하는 삼각혼
을 이룬다.[3]

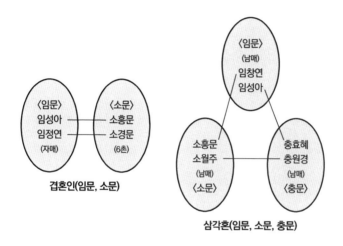

겹혼인(임문, 소문)

삼각혼(임문, 소문, 충문)

〈화정선행록〉은 〈창란호연록〉의 겹혼인을 받아들이되 두 가문 구성원
사이에 갈등이 없는 것으로 변개하고, 또한 〈청백운〉의 삼각혼에서 보이
는 조화와 화목의 양상을 그대로 이어받는다. 그리하여 〈화정선행록〉은
삼각혼을 기틀로 하면서, 그중 한 축을 겹혼인으로 설정하여 삼각혼을
보다 강화하는 양상을 띤다.

---

3   조광국, 「다중결연구조의 양상과 의미」, 『국어교육』 121, 한국어교육학회, 2006,
    509~511, 513~515쪽.

그리고 일부삼처혼은 두 번에 걸쳐서 형성되는데 각각 임창연과 소흥
문을 중심으로 맺어진다.

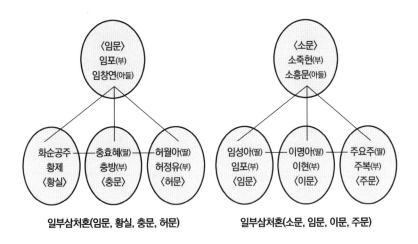

일부삼처혼(임문, 황실, 충문, 허문)　　　**일부삼처혼(소문, 임문, 이문, 주문)**

임창연은 화순공주 · 충효혜 · 허월아와 결연하고, 소죽헌은 임성아 ·
이명아 · 주요주와 결연하는 것이다. 이 두 가지 일부삼처혼을 통해
임 · 충 · 소 3문 중심의 결연이 황실, 허문, 이문, 주문으로 확대되기에
이른다.

임창연과 충효혜 · 화순공주 · 허월아가 맺는 일부삼처혼 이야기는 전
체 15권 중에서 권1~권6에 걸쳐 있을 만큼 적지 않은 분량을 차지한다.
그 과정은, "①가부장에 의한 임창연 · 충효혜의 정혼, ②신종황제의 사
혼, ③충효혜의 위기 및 구조, ④교동국의 반란, 소죽헌과 임창연의 출정,
허월아 구출, ⑤임창연 · 화순공주의 성혼, ⑥임창연 · 소흥문의 출전, 충
효혜의 임창연 구출 · 승전, ⑦임창연 · 화순공주의 부부 화목, 화순공주
의 임신, ⑧충효혜의 허월아 구출, ⑨신종황제의 양녀가 된 충효혜의 임
창연과의 성혼, ⑩충효혜 · 화순공주의 화목, ⑪사면 복직된 허정유와 허

한국 대소설의 혼맥婚脈

월아의 해후, ⑫충효혜·화순공주의 개입, 임창연·허월아의 혼인, ⑬3부인의 화목" 순으로 되어 있다. 군신갈등, 부부갈등, 부자갈등, 처처갈등 등 여러 갈등이 발생할 소지가 있으나, 그런 갈등은 벌어지지 않고,[4] 그 대신 황제의 사혼과 김성광·김부인 남매, 채원중의 겁박에 의한 결연 장애가 개입되는데, 이런 결연 장애들은 세 여성이 친분을 맺고 화목한 일부삼처를 이루는 계기가 된다.

소흥문과 임성아·이명아·주요주 사이에 맺어지는 일부삼처혼의 과정은 다음과 같다. "①소흥문·임성아의 성혼, ②형부시랑 이현의 청혼, 소흥문·이명아의 정혼, ③이현의 별세, 계모 곽부인에 의한 이명아의 결연 장애, 주복·주요주 부녀의 도움, 이명아·주요주의 친분 형성, ④주복의 이현계(이명아의 오라비)를 통한 청혼, 주요주·소흥문의 정혼, ⑤소흥문과 이명아·주요주의 같은 날 혼인, ⑥3부인의 화목" 순이다. 소흥문·임성아의 결연은 양가의 축복 속에서 이상적으로 이루어진다. 소흥문·이명아 결연의 경우, 장인인 이현의 적극적인 청혼과 소흥문의 허혼으로 순탄하게 정혼이 이루어지는 단계, 이현의 별세 이후 계실 곽부인에 의해 이명아에게 가해지는 결연 장애의 단계를 거친다. 소흥문·주요주 결연을 보면, 장인인 주복은 딸이 부실이 되는 것을 전혀 개의치 않고 소문에 청혼하고, 소문에서도 주복과 친분이 있던 터여서 흔쾌히 허혼하는 모습을 보여준다. 그 과정에서 이명아에게 가해지는 결연 장애는 이명아와 주요주가 친분을 맺는 계기가 되고, 이것이 새로이 소흥문·주요주가 결연하는 계기가 된다.

---

4   김미선, 앞의 논문, 20쪽.

이상, 두 가지로 중복하여 형상화되는 일부삼처혼은 가부장, 결연 당사자들의 친분과 화목을 수반한다. 이는 〈임화정연〉에서 임규와 화빙아·정연양·연영아가 맺는 일부삼처혼과 견줄 만하다. 〈임화정연〉에서는 주동적 일부삼처혼과 적대적 일부삼처혼이 대립하는 과정을 통해 주동적 일부삼처혼이 강조되는 것과 달리,[5] 〈화정선행록〉에서는 주동적 일부삼처혼의 중복을 통해 그 혼맥이 강화되는 양상을 보여준다.

3. 복합적인 혼맥 형성의 지연

이런 두 가문 사이의 겹혼인, 세 가문 사이의 삼각혼, 네 가문 사이의 일부삼처혼의 혼맥은 동일 세대에 걸쳐서 중첩적이고 복합적으로 얽히는 복합형 혼맥을 이룬다. 임·충·소 3문을 중심으로 겹혼인과 삼각혼이 중첩적으로 설정되고, 그 위에 여타의 가문과의 통혼으로 확대되는 두 가지의 일부삼처혼이 설정되는 것이다. 이런 복합형 혼맥은 그중에 어떤 결혼도 깨지지 않고 끝까지 지속된다.

다만 이 복합형 혼맥은 적대인물에 의해 지연되는 양상을 보여준다.

> ① 김성광이 충효혜 겁탈을 시도. 충효혜가 투신자살을 시도. (→용왕이 구조, 이허진인이 가르침).
>
> ② 채원중이 허월아 겁탈을 시도. 허월아가 투신자살을 시도. (→임창연의 구

---

5   조광국, 앞의 논문, 516~521쪽.

조, 황릉묘에서 거주).

③ 김성광 · 채원중이 의기투합. 황릉묘에 머무는 허월아 겁탈을 시도. (→충

효혜 도움, 위기 모면).

④ 곽부인이 장설영 · 장섭 부자에게 이명아 매매. 시비 계섬이 이명아 행

세, 이명아는 이운경 행세.

⑤ 양귀비 · 호부인 · 김성광 · 채원중 · 능운자의 결탁, 화순궁 섬멸 공모.

⑥ 악류들이 충효혜, 허월아 위해 공모. 가(假)이명아(진(眞)계섬)의 밀고로 허

월아가 위기 모면.

⑦ 객점에서 벽랑의 음욕과 가(假)이운경(진(眞)이명아)의 피신. 이명아의 봉

적. 주문으로 피신.

⑧ 이지강이 주요주에게 혼인 강요. (→주요주 · 가(假)이운경의 혼약 · 피신→이

명아 · 주요주 동생동사 결약).

⑨ 이명아 · 주요주 일행이 능운자의 석함에 갇힘. (→충효혜의 부적으로 포

증 · 소홍문에 의해 구출).

⑩ 김성광, 가(假)여원홍(진(眞)채원중)의 급제. 양귀비 · 능운자의 태후 · 태자를

참소. 임창연 · 소홍문 · 화순공주 · 충효혜 · 포증 무고. 간당의 득세.

⑪ 충효혜의 계교대로 매홍 · 장섭의 능운자 포박. 악류의 죄상 폭로 · 처벌.

(→김성광 · 채원중의 회과).

⑫ 황실, 임문, 충문, 소문의 안정과 번창.

대표적인 적대인물은 김성광, 채원중, 곽부인, 이지강이다. 김성광은
성품이 좋지 않아서 일찍 세상을 뜬 부친의 친구였던 충방으로부터 성리
지도(性理之道)를 갖추라는 경계의 말을 듣곤 했다. 그는 누이 김부인을 만

난다는 핑계로 충문을 드나들며 충효혜를 취하고자 누이와 공모하여 방화하기에 이르고, 그로 인해 충효혜가 연못물에 몸을 던지는 상황이 벌어지고 만다. 채원중은 부친을 일찍 잃고 조부의 슬하에서 자란 인물로서, 흠모하던 이종사촌인 허월아를 차지하려다가 허월아를 강물에 투신하게 한다. 이를 꾸짖는 할아버지를 발로 짓누르고 재물을 탈취해 달아남으로써 가국지란(家國之亂)을 일으킨 죄인으로 지목된다. 김성광과 채원중은 후에 한패가 되어 악행을 일삼던 중, 황릉묘에 피신한 허월아를 취하려다가, 충효혜의 지시를 받은 시비 매홍·매섬에게 사로잡히고 만다.

곽부인은 형부시랑 이현의 계실로서 은악양선(隱惡揚善)하는 인물이다. 전실의 딸인 이명아가 소흥문과 정혼한 것을 질투하고, 친딸 이혜아를 소흥문과 혼인시키기 위해, 취월을 사주하여 소흥문을 유혹하게 했다. 남편이 병사한 후에는 이명아를 구타하는가 하면, 물 긷기나 화분 옮기기 등의 천역을 시키다가 거금을 받고 대고(大賈) 장설영에게 팔아넘겼다. 이로써 이명아·소흥문의 결연이 지체된다. 그리고 이지강은 부모가 구몰한 사대부 집안의 방종한 인물로, 절도사인 외삼촌 위공의 위세를 빌어 주문에 청혼한다. 이를 피하기 위해 주천·주회 형제가 여동생 주요주를 가(假)이운경(진(眞)이명아)과 정혼시키자, 이지강은 무뢰배를 동원하여 훼방하고, 급기야 서동 운재를 가(假)이운경으로 오인하여 살해하기도 한다.

이들 적대인물의 악행은 여성 주역군(主役群)인 충효혜·허월아와 이명아·주요주에게 결연 장애의 요체가 된다. 충효혜·허월아가 겪는 결연 장애를 제시하면 다음과 같다.

　　　　　　　　　　　　한국 대소설의 혼맥婚脈

[충효혜가 겪는 결연 장애]

㉠충효혜 · 임창연의 약혼행빙(約婚行聘), 황제의 임창연 · 화순공주 사혼. ㉡충효혜의 수절, 김성광의 충효혜 탈취 시도 및 방화. ㉢충효혜와 시비 매홍 · 매섬의 동반 투신. ㉣용왕에 의한 구조, 이허진인에게서의 수학. ㉤요도 진탁에 의해 위기에 처한 임창연 구출, 사천 반란의 진압에 기여. ㉥황제의 화정공주 직첩 하사, 임창연과의 성혼. ㉦김성광 · 채원중 · 양귀비 · 능운자의 공모. ㉧악류 징치.

[허월아가 겪는 결연 장애]

ⓐ부친의 유배, 채원중에 의한 겁박의 위기, 유모 황파와 동반 투신. ⓑ소죽헌 · 임창연에게 구출되어 소죽헌의 양녀가 되고 황릉묘로 피신. ⓒ김성광 · 채원중에 의한 위기, 월청도사의 구조, 화순궁을 거쳐 소문에 도달. ⓓ허정유의 사면, 화정 · 화순공주의 개입으로 허정유의 여부인 용서, 임창연 · 허월아의 성혼. ⓔ채원중 김성광의 상경, 채원중에 의한 허월아의 위기. ⓕ김성광, 채원중, 양귀비, 능운자의 공모 및 간당의 득세 및 파멸. ⓖ김성광 · 채원중 · 양귀비 · 능운자의 공모. ⓗ악류 징치.

충효혜 · 허월화 두 여성이 겪는 결연 장애는 '임창연-충효혜 · 허월아 · 화순공주'가 맺는 일부삼처혼을 방해하고 지연하는 기능을 한다. 마찬가지로 이명아 · 주요주가 겪는 결연 장애는 '소흥문-이명아 · 주요주 · 임성아'의 일부삼처혼이 형성되는 것을 방해하고 지연하는 기능을 한다.

그리고 충효혜가 겪는 결연 장애는 임 · 충 · 소 3문이 맺는 삼각혼을 방해하고 지연하는 기능을 한다. 하지만 적대인물은 종국에는 징치되고 남녀 주동인물이 맺는 혼사는 성사되기에 이른다. 요컨대 적대인물에 의한 결연 장애는 결과적으로 복합형 혼맥을 견고하게 하는 기능을 한다고 할 것이다.

4. 복합형 혼맥의 형태미와 내적 원리

남녀 다섯 쌍을 일부일처로 조합할 경우 몇 가문이 필요할까? 남성이 다섯 명이고 여성이 다섯 명이니, 최대 열 가문이 필요하다. 남녀 이야기는 가문들의 이야기까지 합치면 장황해질 게 뻔하다. 남녀 다섯 쌍을 조합할 때 겹혼인과 삼각혼을 활용하면, 두 가문, 삼각혼에 세 가문, 이렇게 다섯 가문을 설정하면 충분하다. 열 가문에서 다섯 가문으로 가문의 수가 반으로 줄어든다. 더 간소화할 수 없을까?

겹혼인과 삼각혼을 한데 합쳐놓으면 된다. 〈화정선행록〉에서는 삼각혼과 겹혼인을 맞물리게 하는 방식을 택하여 임·충·소 3문 사이에 삼각혼을 설정하고 그중에 임·소 2문 사이에 겹혼인을 설정함으로써, 그 혼맥에 동원되는 가문의 수를 세 가문으로 최소화했다.

그리고 두 개의 일부삼처혼을 더 보탰다. 임·충·소 3문의 삼각혼을 중심에 두고 임문과 소문이 각각 세 며느리를 들이는 방식으로 두 개의 일부삼처혼을 맞물리게 한 것이다.

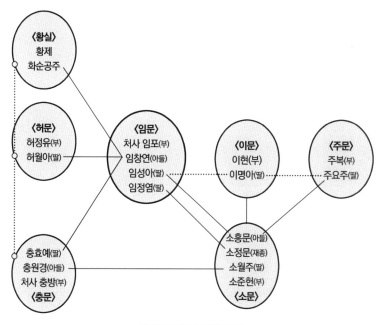

〈화정선행록〉의 복합형 혼맥

　위에서 보듯 겹혼인, 삼각혼 그리고 두 개의 일부삼처혼으로 어우러지는 복합형 혼맥은 응집력 있는 형태미를 갖춘다. 그 복협형 혼맥에서 두드러지는 것은, 이해·배려·인내·덕성과 화락(和樂)이다. 시부모는 신부를 매우 흡족히 여기고, 장인 장모는 신랑을 매우 흡족하게 여기며, 하객을 비롯한 주변 인물들은 축복과 찬탄을 쏟아낸다. 어떤 부부든지 그런 모습을 보여준다.

　대표적으로 임창연·화순공주의 혼례 과정은 권2에서 20면의 분량을 차지하고, 소흥문·임명아의 혼인 과정은 권2 뒷부분에서 권3 앞부분까지 약 32면에 걸쳐 상세하게 나오는데, 그 상세함에 상응하여 혼인을 둘러싼 인물들의 흡족, 축복, 찬탄, 화락, 이해·배려·인내·덕성 등이 강조된다.

다음은 화순공주가 배현고구(拜見姑舅)할 때 시부모와 하객이 바라본 공주의 모습을 기술한 대목이다.

존당구괴 밧비 눈을 들미 공쥬 광염이 찬란ᄒ야 오치 녕녕ᄒ니 서이히 비컨디 일뉸홍일이 부상의 걸녀시며 텬궁명월이 옥난의 비이ᄂ 듯 미우팔치ᄂ 셩쟈긔믹이로 셩면운빈은 텬디의 졍긔ᄅ 아샤시니 츄월ᄀᄐ 니마ᄂ 칠뵈 어른기고 부용냥협은 고은 ᄌᄐ 무ᄅ녹아 션원의 일만화신이 향긔ᄅ 쑴으며 츄파ᄬᄋ은 효셩이 무광ᄒ고 옥셜긔뷔 션연뇨라ᄒ야 진퇴녜비 규구의 맛가쟈 춤치ᄒ며 ᄌ유법도ᄒ니 봉익초요의 표연ᄒ 신치 왕뫼 샹예긔 반도ᄅ 헌ᄒᄂ 듯 월궁 쇼이 계면의 ᄂ리ᄂ 듯ᄒ니 빅티쳔광이 츌어범뉴ᄒ야 가슴 가온디 빅일이 비최고 텬디ᄅ 젹게 너기ᄂ 녁냥이 이시니 의의히 녀듕군지라 놉고 조ᄒ미 농죵닌지로 샹녜 나모의 여롬이 아니라(권2)

그에 곁들여 적대인물의 악행은 여성 주동인물의 이해 · 배려 · 인내 · 덕성을 배가하는 계기가 된다. 충효혜는 김성광에 의해 시련을 겪지만, 그게 계기가 되어 허월아를 만나 친분을 맺게 되고, 마침내 화순공주까지 포함하여 세 여성은 남편 임창연과 함께 화목한 일부삼처혼을 이룬다. 그리고 이명아는 곽부인과 장설영 · 장섭 부자에 의해 시련을 겪었지만, 그게 계기가 되어 위기에 처한 주요주를 구해내어 생사를 함께하는 사이가 되고, 주요주 · 임성아 · 이명아 세 부인이 서로 친한 사이가 되고, 세 부인은 소흥문과 함께 화목한 일부삼처 관계를 형성한다.

요컨대 주동인물의 이해 · 배려 · 인내 · 덕성은 복합형 혼맥의 내적 원리로 자리 잡는다고 할 것이다.

한국 대소설의 혼맥婚脈

5. 복합형 혼맥의 지향점

5.1. '산림가문-권문세가-황실'의 가문연대

〈화정선행록〉에 나오는 통혼은 ①산림가문끼리의 통혼, ②산림가문과 권문세가의 통혼, ③산림가문과 황실의 통혼, 그밖에 ④벌열끼리의 통혼으로 대별된다.

① 산림가문끼리의 통혼의 경우 삼각혼의 한 축인 임문과 충문의 통혼이 중심이 된다. 두 가문의 가부장이 모두 처사(處士)로 제시된다. 임문의 경우, 가부장 임포는 자는 군복이며 서호처사로 불렸다.[6] 그는 누대청한(累代淸閑)한 가문의 사람으로서 세상번극(世上繁隙)을 사폐(辭廢)하고 피세(避世)한 들늙은이[野老]의 삶을 영위하는 인물로 제시된다. 장남의 배필을 구할 때에도 부귀영화를 중시하지 않고 산야(山野)에서 한가한 벗을 얻고자 하는 뜻을 보이고 그에 부합하는 태허선생 충방의 딸을 며느리로 삼았다. 충문도 임문만큼이나 처사적 성향을 지닌다. 가부장 충방은 궁향벽지의 명망 있는 처사로서 상대방의 고명(高名)을 듣기만 했던 사이였지만 만나자마자 서로 뜻이 통하게 되고, 즉석에서 자식들의 혼인을 약속한다. 자식 세대인 임창연과 충효혜의 혼인은 산림처사 가문 사이의 연대 강화라는 의미를 지닌다.

그밖에 임문과 통혼하는 단문도 그런 성향을 드러낸다. 단문의 가부장

---

6   실존인물 임포(967~1028)는 전당 사람으로 자는 군복(君復)이며, 서호처사(西湖處士)로 불렸으며, 시호는 화정선생(和靖先生)이다. 평생을 불구자로 살면서 부귀와 공명을 추구하지 않고 서호의 고산에 은거하며 살았다. (장효현, 앞의 논문, 112쪽; 김미선, 앞의 논문, 22쪽)

인 단화는 임포와 죽마고우로서 출사(出仕)를 뜬구름처럼 여기며 옥소동 좌면 운리촌에서 복거(卜居)하면서 임포의 세 아들을 가르치는 스승으로 제시된다. 훗날 임포의 셋째 아들인 임성연과 단경요의 정혼, 임성연의 장원급제, 성연의 금문직사 제수, 임성연·단경요의 성혼과 부부화락 등 일련의 과정을 통하여 두 가문 사이의 통혼관계는 강한 유대관계로 이어진다. 그리고 임포의 아내(진부인)는 처사인 진단(희이선생)의 딸이기도 하다.

부연하자면, 임문, 충문, 단문, 진문은 가부장이 처사(處士)인 가문이며, 이들 가문은 임·충 2문을 중심으로 직·간접적인 통혼관계를 형성한다. 가부장들인 임포·충방·진단은 "송대 은사(隱士)로 처사적인 삶을 살았던"[7] 인물들인데, 네 가문의 통혼권은 산림처사 가문 사이의 세력 형성이라는 의미를 지닌다.

② 산림가문과 권문세가의 통혼에서 핵심적인 결연가문은 임문과 소문이다. 소문은 "승상(소경화)-진왕(소백달)-추밀(소죽헌)"에 이르는 직계에서 왕을 포함하여 3대째 고위 관료를 배출하고, 방계(소죽헌과 4촌)에서는 예부상서를 배출한 가문, 즉 부모숙당이 천총(天寵)을 입은 권문세가이다.

> 소듁헌이니 즈는 즈문이라 승상 경화의 손이오 평닫왕 빅달의 즈니 승상 문헌의 외손라 됴년 등양ᄒᆞᄆᆡ 쟉위 병부 대ᄉᆞ마의 니르고 … 입됴 슈십지의 텬춍이 날노 익익ᄒᆞ니 부모슉당이 텬춍의 늉늉ᄒᆞᄆᆞᆯ 두리오ᄆᆡ 여좌침샹ᄒᆞ더라 … 하놀이 소문을 흥케 ᄒᆞ고 방실을 굉쥬ᄒᆞ니 형부인이 구산의 긔도ᄒᆞ

---

7   김미선, 앞의 논문, 74쪽.

미 업시 … 싱ᄌᄒ니 … 댱셩ᄒᄆ 온량공검ᄒ고 겸공ᄒᄉᄒᄆ 대유의 ᄌ리

룰 밟아 셩문의 입실ᄒᆯ지라(권1)

그뿐 아니다. 소문은 대유(大儒)를 따르는 가문으로 명성이 높다. 그에
걸맞게 4대째 재종형제들인 소흥문은 동창후에, 소경문은 도평후에 올
랐다.

앞에서 언급했듯이 소흥문과 소경문 재종형제가 임문의 두 딸과 각기
결혼함으로써, 임문과 소문 사이의 광의의 겹혼인을 이루고, 수양딸까지
합쳐 삼겹혼인을 맺었다. 그러한 삼겹혼인은 산림가문과 권문세가 사이
의 강한 유대관계를 의미한다. 그에 더하여 임문, 소문, 충문이 이루는 연
쇄적 삼각혼 또한 산림가문과 권문세가의 연대 강화를 의미한다. 이 삼
각혼은 산림 두 가문(임문과 충문)과 권문세가 한 가문(소문) 사이의 유대관
계를 형성하는바, 그 유대관계는 "당시의 임소충 삼문같이 번성 호화함
이 대할 이 없다"(권15)라는 서술로 집약된다.

③ 산림가문과 황실의 통혼은 일부삼처혼에서 한 축을 형성하는, 임
창연 · 화순공주의 결혼으로 형성된다. 임창연과 소흥문 두 명이 장원급
제하는데, 황제는 산림가문의 임창연을 부마로 삼는다.[8] 그 과정에서 임
포 · 임창연 부자가 충효혜와 정혼 사실을 들어 거듭 사혼을 거절하지만,
황제는 산림가문과 통혼관계를 맺으려는 자신의 주장을 굽히지 않았다.

황제는 일찍이 처사인 임포 · 충반 · 단화를 태사 · 국사로 초빙하여 산

---

8 황실이 권문세가와의 연대를 소홀히 한 것은 아니다. 증조 · 조 · 부 · 자 4대째 왕을 포함
  하여 고급관료를 배출한 권문세가인 소문을 신임했다. 다만 직접적인 통혼관계를 맺지는
  않았다.

림가문과의 연대를 추진했는데, 황제의 그런 모습은 산림가문을 귀하게 여기는 평소 생각에서 나온 것이었다. 그런 황제의 태도는 공주가 결혼한 후에도 변함없이 유지된다. 황제는 화순공주에게 시아버지 임포를 산림군자(山林君子)로 높이면서 행동거지를 조심하라고 당부했고,[9] 임창연·충효혜의 정혼 사실을 알고 파혼 명령을 내렸다가 충효혜를 부실로 들이라는 아량을 베풀었다.

그 과정에서 황제의 사혼과 그로 인해 발생하는 충효혜의 결연 장애는 황실과 또 하나의 산림가문인 충문이 강한 유대관계를 맺는 계기가 된다. 황제에 의해 임창연의 정실 자리에서 밀려난 충효혜는 도술과 병법을 익혀 임창연을 구해내고 승전함으로써 황실의 안정에 큰 도움을 준다. 이에 황제는 충효혜를 양녀로 삼아 충문과 유대관계를 형성하고, 나아가 양녀 충효혜를 임창연의 배필이 되게 한다. 이로써 임문·충문과 황실 즉 두 개의 산림가문이 황실과 강한 가문연대를 형성하기에 이른다.

황실과 산림가문의 연대는 황제가 임문에 내린 사연(賜宴)에서 극치를 보여준다. 임문에서 베풀어진 사연은 총 29면의 분량으로 장황하게 기술되었을 정도다. 그 과정은 임·소 양문에 황제의 사연 명령, 헌작 관원인 구경린과 장섭경의 헌작(獻酌), 임포에게 '화정선생 현의공'이라는 칭호 하사, 이튿날 임포의 황제에 대한 사은(賜恩)으로 이어진다.

④ 벌열 가문끼리의 통혼은 일부삼처혼에서 한 축을 형성하는, 소흥문·이명아의 결혼으로 이루어진다. 이문은 소문에 비견할 만큼 대대로

---

9 황가의 교긍흐믈 나토지 말고 조심공근흐야 슉야 무위긍소흐고 너의 구괴 산림의 놉흐믈 췌흐여 부귀롤 헌 신 굿티 보논지라 뜻을 낫쵸와 군조의 눈의 췌졸을 뵈지 말나(권2)

명문이었다. 그런데 소문과 달리 이문은 가부장 이현의 부재와 계실의 악행으로 가문의 존립이 위험해지는 상황을 맞는다. 즉 재취로 들어온 곽부인이 친딸 이혜아를 낳은 후에 남편 이현이 일찍 세상을 뜨자, 전실 자식 이명아의 혼사를 방해하고 이명아를 팔아넘기는 등 자중지란을 일으켰다. 이러저러한 우여곡절을 겪다가 소흥문·이명아의 혼인을 통해, 이문은 권문세가인 소문과 통혼함으로써 가격(家格)을 회복하게 된다.

앞에서 ① 산림가문끼리의 통혼, ② 산림가문과 권문세가의 통혼, ③ 산림가문과 황실의 통혼, ④ 벌열끼리의 통혼에 대해 살펴보았는데, 이런 통혼은 '산림가문-권문세가-황실'의 복합적 혼맥으로 초점화되는 양상을 띤다.

5.2. 가문연대의 총체적인 위기

'산림가문-권문세가-황실'의 혼맥은 이들 가문 사이의 연대를 뒷받침하는데, 그 가문연대는 총체적인 위기를 극복함으로써 더욱 공고해지는 양상을 보여준다. 그 위기의 발단은 적대인물들, 즉 양귀비·김성광·채원중·능운자가 종적, 횡적으로 결합하는 데에 있다.

양귀비는 황제의 총애를 받던 여성으로서 정궁을 차지하려는 욕망을 성취하고자 하여 황실갈등을 일으키는 중심인물이다. 양귀비와 관련된 황실 사건은 다음과 같다.

　　㉠ 인목황후 곽씨가 태자를 얻지 못하자, 신종이 양귀비에게 침닉함.
　　㉡ 곽후가 양귀비를 투기하여 괴롭히다가 양귀비의 참소를 당해 폐위됨.

ⓒ 소귀인이 황후로 봉해지자, 양귀비가 소후에게 요사무고(妖邪誣告)를 행함.

ⓔ 소후 · 태자 모자, 화순공주의 간청으로 곽후가 복위되고, 곽후 · 소후가
　　화목하게 됨.

ⓜ 화순공주가 정성으로 모친 곽후가 회과하고 황제와 화목하게 됨.

ⓗ 양귀비는 친딸 화선공주가 시가에서 득죄하여 죽자 이에 불만을 품음.

　양귀비와 김성광 · 채원중 무리가 합세하고 요도 능운자가 가세하면서
황실갈등은 국가적 차원으로 확대되기에 이른다. 양귀비는 화순공주 ·
임창연 · 충효혜의 활약으로 양씨가문의 위세가 위축되고, 임창연에 의
해 양씨가문이 소인지문(小人之門)으로 폄하된 것에 분노하고, 능운자의
도움을 받아 도봉잠을 탄 음식을 먹여 황제의 판단력을 흐리게 하고, 요
예지물 사건을 일으켜 소후 · 태자 모자를 참소했다. 그녀와 결탁한 능운
자는 황제의 꿈에 선관으로 현몽하여 임창연과 소흥문을 참소하고 그 병
권을 빼앗아 김성광과 가(假)여원홍(진(眞)채원중)에게 넘겨주라고 일러주
고, 소흥문으로 둔갑하여 소흥문을 역적으로 몰았다.

　이들 악류들과 양국구 형제와 동류 간당에 의해 '충효혜-임창연-소흥
문-포증-소백달-소죽헌'은 제위찬탈의 역모죄에 걸려들고 만다. 이로
인해 임 · 충 · 소 3문을 중심으로 맺어지는 겹혼인, 삼각혼 그리고 황실
과 다른 가문으로 확대되는 일부삼처혼 등 복합적 혼맥은 한꺼번에 무너
져내릴 총체적 위기에 처한다.

　하지만 이러한 복합적 혼맥의 와해 위기는 적대인물끼리 서로 숨기거

나 속이는 자중지란[10]과 주동인물들의 적극적인 대응을 통하여 극복되기에 이른다. 예컨대 충효혜는 악류들의 행동거지를 훤하게 헤아리면서 시비 매홍에게 지시를 내려 악류들의 도술과 병법을 물리치게 하고 결국 그들의 죄상을 밝혀내기에 이른다. 이에 능운자는 죽임을 당하고, 양귀비는 치죄를 당하는 중에 병사하고, 김성광과 채원중은 귀양을 가게 된다.[11]

이로써 〈화정선행록〉은 초기 복합적 혼맥의 형성 국면, 적대인물에 의한 복합적 혼맥의 파탄 위기 국면, 복합적 혼맥의 재정립 국면을 거쳐 '산림가문-권문세가-황실'의 가문연대가 공고해지는 결과를 낳는다.

5.3. 가문연대의 중심축으로서의 산림가문

지금까지 산림가문과 권문세가, 황실 3문이 가문연대의 주요 가문으로 자리 잡음을 알아보았는데, 다음으로 3문에서 '변화를 수반하며 우세한(dominant) 기능을 하는 중심가문은 어떤 가문인가 그리고 그 의미는

---

10 [김성광과 채원중의 경우] 김성광은 계섬을 이명아로 오인하고 혼약할 때 자신의 정혼자가 이명아라는 점을 숨긴다. 이는 김성광이 이명와와 혼약하기 이전에 채원중이 이명아를 취하려 했었음을 이미 알고 있었기 때문이다. 즉 김성광은 이명아를 가로채는 것이 되어서 함구했다.
[양귀비와 능운자의 경우] 요도 능운자는 처음에는 양귀비의 하수인으로서 황실갈등과 국가적 문제를 일으키지만, 그 후 양귀비를 배반하여 양귀비를 없앤 후 양귀로 둔갑하여 황제의 총애를 받으려고 한다.

11 장효현과 김미선이 밝혔듯이, 제명이 "화정선행록"으로 된 것은 처사적 인물인 화정선생 임포의 활약 그리고 그의 영향을 받은 며느리 충효혜(화정공주)의 다각적인 활약과 밀접한 관련이 있다. 특히 복합적인 혼맥이 형성되는 데 있어서 충효혜의 예지가 큰 도움을 준다.

무엇인가를 살펴보기로 한다.

복합형 혼맥에서 중심가문인 임·충·소 3문 중에서 권문세가가 하나이고, 산림가문이 둘로 설정된다. 산림가문이 작품적 비중이 크다고 할 것이다. 또한, 황실, 권문세가, 산림가문 중에서 가문 유지와 발전의 측면에서 현상을 유지하는 쪽은 황실과 소문인 반면, 가문의 대내외적인 변화를 보이는 쪽은 산림가문이거니와, 이야기의 초점이 산림가문의 변화에 놓여 있다고 할 것이다.

다음으로 산림가문이 어떤 성향을 띠는지 알아볼 차례다. 먼저 산림가문의 성향은 처사로 대변된다. 서호처사 임포는 은거하는 처사형 군자였다.

> 션싱의 놉흔 졀개 송듁 긋타여 종시 쳥현화직을 물니치고 고현쳐소로 몰셰ᄒ믈 ᄎ탄ᄒ야 이에 그 ᄉ젹을 일워닐시 셔긔 ᄯᅩᄒᆫ 이 공쥬의 아름다오미 황영의 지미 업손고로 셔로 일ᄏᆞᄅᆞ 의논ᄒ고 젼을 일워 슈졔 화명션힝이라 ᄒᆞᆫ 션싱의 도혹대졀을 본ᄒᆞ미니 후인이 엇지 좀 공명문달을 탐ᄒ야 화명 션싱 현의고졀쳥심을 효측지 아냠 죽ᄒ리오 일노조ᄎ 션싱의 셩덕이 ᄒᆡ외의 진동ᄒ고 위왕 챵연이 효힝튱심이 텬하의 훤쟈ᄒᆞ더니 ᄎᄎ 즈녀의 긔이ᄒᆞᆫ 셜홰 무슈ᄒᆞ디 임의 쇼셜 별젼의 잇ᄂᆞᆫ고로 초초히 긔록ᄒ야 션싱의 고의룰 표ᄒ노라(권15)

임포는 황제로부터 출사하기를 요청받았지만, 그 요청을 거절한 고매한 처사였다.[12]

그리고 충방은 처사형 인물로서 황태사로 부름을 받고 그에 응한 인물이었다. 또한, 단화는 황제의 요청을 너덧 번이나 거절하다가, 처사 임포, 태사 충방 그리고 부마 임창연 등의 권유를 받아들여 국사(國師)가 되고 겸하여 식록 천여 석을 받은 바 있다. 이렇듯 임포·충방·단화는 태사 혹은 국사의 자리에 걸맞은 자들로서 몰락 양반과는 구별되는 산림처사로 그려진다.

이들 가부장은 자신들의 산림처사적 삶의 방식을 자식들에게 강요하지 않고 오히려 자식의 출사를 권장했다. 임포는 세 아들에게 과거 응시와 출사(出仕)를 권장하고, 장자가 부마로 간선된 것을 천의(天意)로 받아들였다. 진단은 딸을 임포에게 출가시켰지만, 아들이 출사하는 것을 반대하지 않고 상경하여 벼슬아치가 된 아들과 함께 거처했다. 충방은 세 아들의 출사를 반대하지 않았으며, 임창연을 사위로 정할 때, "준일(俊逸)한 풍포가 임하(林下)에 매몰치 않아 타일 황각(黃閣)에 근시(近侍)함에 이 음양(理陰陽) 순사시(順四時)하여 덕망과 재예(才藝)가 한상(漢相) 병길의 아래가 아닐 것"을 예견했다. 단화는 임포의 세 아들이 한나라 때 '순씨 팔룡' 못지않게 똑똑함을 일컬으면서, 특히 셋째 아들 임성연이 "타일 조사(朝仕)에 나아가매 족히 임씨 청덕이 빛이 있고 형의 고체지심(固滯之心)을

---

12 공의 스룸되오미 개셰군쥬로디 뜻이 낙낙ᄒ여 쳘마 들네믈 비쳑ᄒ고 산슈간의 쇼유ᄒ야 공명을 헌신 갓치 너겨 심산벽쳐의 은거ᄒ야 운학을 돌오고 미록을 벗ᄒ야 미산의 고소리롤 키고 주지가롤 읇허 평싱을 보닐시 텬지 다솟 번 안거스마로 명ᄒ시디 응치 아니ᄒ고 깁히 은거ᄒ니(권1)

개(開)하여 이현부모(以顯父母)할 것”을 예견하고, 그를 외동딸의 배필로 삼았다.

이로 보건대 부친의 처사 지향적 삶의 방식과 아들의 환로 지향적 삶의 방식이 대립·상충하지 않고 양립한다고 할 수 있다.[13] 산림가문의 가부장은 처사의 삶을 선호했지만, 한편으로 그 가부장은 자신의 출사를 부정적으로 보지 않았으며 아들의 출사·현달을 적극적으로 권장했다.

여기에서 주의해야 할 것은, 그런 산림(山林)의 모습이 “은거형 처사=몰락 양반”과 “출사형 상층인사=권세가” 사이에서 어느 한쪽으로 쏠리지 않는다는 것이다. 처사 지향적인 산림이지만 그 가문은 온전한 가문의 모습을 지니며 출사의 길을 적극적으로 수용하고 모색하는 모습을 띤다. 그런 처사형 가부장을 지닌 산림(山林)을 향해, 권문세가 소문과 황실이 적극적으로 혼맥을 형성하려고 했거니와, 그 산림가문은 애초에 처사 지향적 상층가문으로서 높은 명성을 지니고 있었다고 할 수 있다.[14] 그런

---

13 장효현은 부친(임포)의 ‘처사로서의 삶’과 ‘출장입상을 거듭하고 두 공주를 포함한 세 부인을 거느려 부귀영화를 극진히 누리는’ 아들(임창연)의 삶은 ‘다소 부조화한 모습으로 공존’한다고 했다. (장효현, 앞의 논문, 113~121쪽) 김미선은 임포가 처사적인 삶을 추구하지만, 가문의 번영을 구가하는 가부장의 모습을 보여주는 것을 두고 가문 위상확립의 중요성을 보여준다고 했다. (김미선, 앞의 논문, 30쪽) 나는 두 견해를 비판적으로 수용하되 임문이 벌열 산림인 점을 고려하여, 부친의 삶과 아들의 삶이 자연스럽게 양립한다고 본다.

14 조선 후기에 은진송씨 순년계(송시열, 송능상, 송환기, 송치규, 송달수), 파평윤씨 돈계(윤선거·윤순거·윤원거→윤증→윤추→윤동수·윤동원)는 “벌열”에 속하는 “산림가문”이다. (차장섭, 『조선 후기 벌열 연구』, 일조각, 1997, 192~195쪽) 17세기 이래 조선사상계와 정계에서 의리주인(義理主人)으로 세도지임(世道之任)을 담당해 왔던 산림세력이 영조 이후에는 척족이 되기도 했으며, 이는 기존의 벌열 세력을 강화하는 계기가 되기도 했다. (유봉학, 「노론학계와 산림」, 『조선 후기 학계와 지식인』, 신구문화사, 1998, 55쪽)

산림가문은 벌열 산림이라 부를 수 있다.

그 모습을 잘 보여주는 인물이 임창연과 충효혜다. 둘 다 양가 부친의 산림처사적인 삶의 방식을 체득한 인물로서 훗날 임창연은 부마로서의 삶, 충효혜는 황제의 양녀(화정공주)로서의 삶을 향유하며, 그에 걸맞게 임문과 충문은 벌열 산림으로서의 면모를 확립하게 된다. 그런데 임창연은 고위 관료의 삶을 적극적으로 지향하는 반면, 충효혜는 황실의 풍요로운 삶에 안주하지 않고 담박한 처사적 삶을 지향한다. 즉 이들은 벌열 산림가문의 부부로 존재하면서, 남편은 벌열 지향적인 삶을 지향하고, 아내는 산림처사적 삶을 지향하는 상대적인 차이를 보여주는 것이다. 이는 벌열 산림의 가문 내에서 상호보완성을 확보하되, 그 배후가 되는 산림가문의 모습을 초점화해낸 것으로 볼 수 있다.

6. 마무리

〈화정선행록〉은 겹혼인, 삼각혼, 일부삼처혼을 담고 있는데, 이러한 복합형 혼맥은 〈창란호연록〉의 겹혼인, 〈청백운〉의 삼각혼 그리고 〈임화정연〉의 일부삼처혼을 합쳐놓은 모습을 보여준다. 〈화정선행록〉은 각 작품에 흩어져 있던 정형형 혼맥을 한곳에 모아 복합형 혼맥을 형성함으로써 참신성을 획득했다. 이런 복합형 혼맥은 질서 있는 형태미와 이해 · 배려 · 인내 · 덕성의 내적 원리를 지닌다.

복합형 혼맥은 산림가문끼리의 통혼, 산림가문과 권문세가의 통혼, 산림가문과 황실의 통혼, 그밖에 벌열끼리의 통혼으로 나뉘는데, 이들 통혼은 '산림가문-권문세가-황실'의 가문연대를 지향한다. 이런 가문연대는 적대인물의 공모와 악행에 의해 깨질 위기에 처하지만 극복되기에 이른다.

한편 '산림가문-권문세가-황실'의 가문연대에서 핵심축은 산림가문이다.[15] 그 산림가문은 한문(寒門)으로 전락한 가문과는 확연히 구별되는 벌열 산림을 부를 수 있거니와, 처사 지향적 상층가문으로서 높은 명성을 지닌다. 남녀주인공의 결연은 남편의 벌열 지향적인 삶과 아내의 산림처사적 삶의 상호보완성을 확보하면서 그 배후가 되는 산림가문의 모습을 초점화해낸 것이라 할 수 있다.

〈임화정연〉에서 '처사형 한문-환로형 가문-권문세가'의 가문연대가 형성되고 그 중심축으로 환로형 가문이 설정되며, 권문세가는 부정적인 면과 긍정적인 면을 두루 지니다가 가문연대 과정을 거치면서 부정적인 면이 소거되기에 이른다. 그와 달리 〈화정선행록〉에서는 가문연대의 중심축이 산림(山林)으로 되어 있으며, 그 산림이 처사적 성향을 띠지만, 한문(寒門)이 아니라 벌열 산림의 성향을 띠며, 권문세가인 소문은 처음부터 긍정적으로 그려진다.

---

15 겹혼인 혼맥, 삼각혼 혼맥, 일부삼처혼 혼맥이 각각 개별 작품에서 먼저 자리를 잡고, 그 후에 이들 혼맥이 '복합화'한 작품이 나왔을 것으로 보이며, 그에 따라 '복합형 혼맥'은 19세기에 본격적으로 형성되었을 것으로 추정된다. 참고로 장효현은, 『한국서지』, 가람본 『언문칙목녹』, 『조선어문학명저해제』에서 〈화정선행록〉이 언급된 점, 18세기 후반의 서울대본 〈옥원재합기연〉에 필사된 소설목록과 19세기 전반의 『제일기언』(홍희복) 서문에 〈화정선행록〉의 서목이 들어있지 않은 점을 들어, 이 작품이 19세기에 들어서 이루어졌을 것으로 추정한 바 있다. (장효현, 앞의 논문, 94~95쪽)

한국 대소설의 혼맥婚脈

겹혼인 · 일부삼처혼 · 사각혼의 복합형 혼맥

〈옥수기〉의 지기 · 의리 · 풍류

1. 문제 제기

〈옥수기〉는 19세기 초엽 심능숙(1782~1840)에 의해 한문으로 지어졌고 그 후 남윤원에 의해 한글로 번역된 대소설이다.

〈옥수기〉 연구에서 선편을 잡은 김종철은 이 작품이 상층 사대부의 세계와 그에 부합하는 의식을 드러내고 있다고 보았고, 그 후 〈옥수기〉, 〈옥루몽〉, 〈육미당기〉를 논의하는 자리에서 이들 작가가 19세기 중반기 벌열층의 문인 그룹의 일원이라고 밝히고 이들 작품이 "벌열 가문의 영속"을 바라는 작품이라 하였다.[1] 〈옥수기〉의 벌열적 특성을 지적한 김종철의 논의는 적극적으로 수용할 만한데, 그것에 관해 보다 체계적인 논

---

* 「〈옥수기〉의 벌열적 성향-작품세계 · 향유층을 중심으로」(『한국문화』 30, 서울대 한국문화연구소, 2002, 85~113쪽)의 제목과 일부 내용을 이 책의 체제에 맞게 수정했음.

1 김종철, 「〈옥수기〉 연구」, 서울대학교 대학원 국문학연구회, 1985, 41~50쪽; 김종철, 「19C 중반기 장편 영웅소설의 한 양상-옥수기, 옥루몽, 육미당기를 중심으로」, 『한국학보』 40, 1985년 가을호. (이수봉 외 공저, 『한국가문소설연구논총』, 경인문화사, 1992, 73~94쪽에 재수록; 이 책에서는 재수록된 것의 쪽수를 따름)

의가 요청된다.

17세기에 조선 후기의 양반 사회는 벌열과 한문(寒門)으로 분화되었다.[2] 17~18세기는 정치, 경제, 사회, 문화 여러 방면에서 벌열의 위상은 높고 그 비중은 커서 벌열의 시대라 불릴 만했다.[3] 19세기 세도정치기를 벌열기 말기로 보기도 하는데,[4] 〈옥수기〉가 구현한 벌열의 세계는 당대 현실을 일정하게 수용했을 것으로 보인다. 이러한 시각에서 다음 사항에 초점을 두고 논의하고자 한다.

첫째, 〈옥수기〉는 단순히 특정 개인의 일대기를 넘어서 가문 이야기를 다루며, 그 가문 이야기는 한 가문이 아니라 많은 가문 이야기를 엇비슷하게 펼쳐낸다. 그 과정에서 다채롭게 펼쳐지는 남녀결연은 지기의 차원, 의리의 차원, 풍류의 차원으로 형상화되는데 그렇게 형상화되는 남녀결연은 가문과 가문 사이의 혼맥 형성의 차원으로 수용되는 모습을 보여준다. 나아가 그 혼맥을 바탕으로 가문연대가 형성되고, 그렇게 형성된 가문연대 세력은 벌열 세력으로 부상하기에 이른다.

둘째, 위의 특징은 〈옥수기〉가 대소설 시기 말엽에 출현한 작품이라는 것과 관련되는데, 그 점에 유의하여 작품의 소설사적 위상을 점검하고자 한다. 세부적으로 17세기 후반에 출현한 대소설 〈소현성록〉(〈소씨삼대록〉)과 같이 〈옥수기〉는 중심가문이 3대를 거쳐 벌열 가문으로 정착하는 모습을 보이며, 18~19세기에 출현한 것으로 추정되는 〈임화정연〉과 같

---

2 이우성은 인조반정과 경신대출척(숙종조)의 양대 정변을 계기로 사대부 계층이 특수집권층인 '벌열'과 실권층인 '사(士)'의 두 계층으로 분화되어 갔다고 보았다. (이우성, 「실학연구 서설」, 『한국의 역사상』, 창작과비평사, 1982)

3 차장섭, 『조선 후기 벌열 연구』, 일조각, 1997, 186~200쪽.

4 위의 책, 7쪽.

한국 대소설의 혼맥婚脈

이 가문연대의 원리를 수용하고 있는 것과 관련하여 〈옥수기〉의 혼맥의 양상을 살펴보고자 한다.

2. 지기 · 의리 · 풍류 성향을 띠는 결혼의 양상

〈옥수기〉의 혼맥은 지기(知己), 의리(義理), 풍류(風流)의 성향을 띠는 결혼으로 형성되는데, 그렇게 형성된 혼맥은 정치적 모순과 국가존립 위기의 해소하기 위한 가문들의 연대라는 의미를 지닌다. 혼맥을 형성하는 가문과 그 세대별 구성원은 다음과 같다.

	화문	가문	경문	왕문	진문	임문	두문
1대	화경춘	가운	경구주	왕지장	진호	임운	두섬
2대	화의실	가남	경맹임	왕여란 왕신	진월아 진규	임소저 임언	두흡 두소저
3대	화원 화혼 화여소	가유진 가유승 가유겸 가유함					

2.1. 지기 성향의 결혼

각 가문의 가부장은 이미 지기관계를 맺은 사이로 설정된다. 1대에 해당하는 남경분사어사 화경춘, 선거현 처사 가운, 전상서 경구주는 교분이 두터웠던 사이였다. 이들 중에서 가운과 경구주의 지기관계는 두 집안 사이의 혼인, 즉 2대 가남·경맹임의 결혼으로 이어진다. 또한 1대의 지기관계에 이어 2대의 지기관계를 바탕으로 3대 가유진·화여소의 혼인이 성사된다.

그리고 가문은 진문과 혼맥을 형성하는데 그 혼맥은 가남이 처사 진호의 인물됨을 알아보고 서로 지기관계를 맺은 뒤, 통혼함으로써 이루어진다. 그 혼맥은 겹혼인의 모습을 띤다. 즉 3대 가남·진월아의 결혼과 가단영·진규의 결혼으로 두 집안에서 남매를 주고받는 방식의 겹사돈을 맺는다.

이러한 지기관계는 서로의 학식과 인품을 높이 사는 것을 지향한다. 작품 여러 곳에 이런 내용이 서술된다.

> 초셜 시〃의 경상셔 구쥬라 ᄒᆞᄂᆞᆫ 지상이 잇스니 쳥졀과 직힝으로 소흥 짜의 퇴거ᄒᆞ야시니 퇴죠 공신 쟝흥부 병문의 후예러라 화지부로 더부러 본니 통가지의가 잇더니 마참 부즁의 지니다가 션거현 가쳐ᄉᆞ의 어지단 말을 듯고 ᄎᆞ즈가 한번 보미 마음을 허ᄒᆞ야 빈삭히 왕닉홀시 (권1)

각 가문의 가부장이 현직에 있든, 퇴임했든, 처사이든, 가부장들은 각각의 처지를 초월하여 서로 지기관계를 맺는다.

한편 지기관계에서 흥미로운 것은, 그 지기관계가 장인과 사위 사이에 형성된다는 것이다. 상서 왕지장은 딸 왕여란과 가유진을 혼인시키기 위해 황후의 친척인 점을 이용하여 황제로부터 사혼을 끌어냈다. 그때 가유진이 사혼을 거절하지만, 왕지장은 이를 불쾌하게 여기지 않고 오히려 가유진이 '광명정대'하다고 칭찬하자, 두 사람의 마음이 서로 통하여 "옹서 간 지기"가 된다. 이러한 옹서 간 지기관계는 다시 가혜영 · 왕신의 혼인으로 이어져, 왕문과 가문 사이의 겹혼인을 낳기도 한다.

이처럼 지기관계와 통혼관계는 밀접하게 연관되면서 가문 사이의 긍정적인 혼맥을 형성하는 밑바탕이 된다.

2.2. 의리 성향의 결혼

왕문의 왕신은 남자로 변복한 임소저의 정체를 알아차리고 그녀와 결혼하게 되는데, 여기에서 부모와 자식 사이의 의리가 높이 평가된다. 임소저는 부친 임운이 양방의 참소에 의해 귀양을 가서 죽은 것으로 알고, 남자로 변복하고 양방을 살해하여 원수를 갚았는데, 왕신은 그런 임소저의 의리를 높이 사서 임소저를 둘째 부인으로 맞이했다.

임언 · 두소저의 결혼과 두흡 · 가소저의 결혼은 스승에게 의리를 행하는 차원에서 이루어진다. 두섬은 스승 임운이 억울하게 귀양 가게 되자 유배지까지 따라와 스승을 지키다가 절사(節死)했다. 임운은 보답으로 훗날 해배되어 황제에게 받은 황금 3천 냥을 제자 두섬의 집에 보내고, 두섬의 딸 두소저를 며느리로 맞이했다. 또한, 가유진은 두섬이 스승에게 행했던 의리를 귀하게 여기고 그의 아들 두흡을 사위로 맞이했다.

한편 정혼한 여성이 상대 남성을 향한 의리를 지키기 위해 결혼하는 경우도 있다. 가유진 · 화여소의 결혼은 양가 부친인 가남과 화의실 사이의 지기관계로 맺어졌지만, 양쪽 부친이 정치적인 문제로 둘 다 귀양을 가게 되자, 화여소의 모친 육부인은 파혼하고자 했다. 육부인은 세리(勢利)를 좇는 인물이었던지라, 가세가 기울어진 가유진과의 혼사를 파기하고 그 대신에 동궁시강 나춘(나웅의 아들)을 사위로 맞이하려고 한 것이다.[5] 그러나 화여소는 이를 받아들이지 않고 가출했다가 힘든 고난을 극복하고 끝내 가유진과 결혼한다.

그리고 그 결혼은 양가 부친 사이에 형성된 의리를 딸 화여소가 이어받아 이행하는 양상을 보여준다. 화여소의 가출과 고난이 작지 않은 비중을 차지하는데, 이는 의리의 성향을 띠는 결혼이 중요함을 의미한다. 이처럼 가유진·화여소의 결혼은 부친 세대의 지기관계와 의리관계가 자식 세대의 의리관계로 이어지고, 거기에 부모와 자식 사이의 의리가 겹쳐지는 형국을 보여준다. 여타의 대소설에서도 이런 결연 장애가 설정되어 있는데 〈옥수기〉에서는 그 점을 보다 부각시켰다고 할 것이다.

2.3. 풍류 성향의 결혼

편의상 풍류 성향의 결혼을 도표로 제시하면 다음과 같다.

가남(2대)	경맹임(정실)
장남 가유진(3대)	두홍앵(부실), 설강운(기녀), 홍교(첩)
삼남 가유겸(3대)	파릉공주(정실), 백룡공주·연연공주 자매(북노의 공주)
사남 가유함(3대)	녹엽(백룡공주의 시비)

---

5 소져의 모부인 류시는 셰리를 심히 ᄉ랑ᄒ시ᄂ니 젼일의 뵈오라 가온즉 가랑의 가셰빈한ᄒ믈 깁히 근심ᄒ야 마음이 번뇌ᄒ신지라 이졔 만금으로써 그 마음을 시험ᄒ고 ᄯ 시강공ᄌ의 형셰를 ᄌ랑ᄒ오며(권1)

한국 대소설의 혼맥婚脈

풍류 성향의 결혼은 작품의 앞부분에 나오는 가남 · 경맹임의 결혼에서부터 나온다. 가운(1대)이 친구인 경구주에게 아들 가남의 거문고 연주 실력을 자랑하고, 그에 부응하여 아들 가남(2대)은 거문고의 6현 중 문현, 방현, 대현에 맞는 악장을 지었다. 경구주가 딸 맹임에게 가남이 지은 악장을 가져다주자, 경맹임이 가남에 이어 상현, 하현, 무현에 어울리는 악장을 지었다. 가남과 경맹임의 풍류는 속된 풍류가 아니라 '성음지학'과 '고금악률'에 바탕을 둔 풍류로 치켜세워지는데, 이러한 풍류를 바탕으로 가남과 경맹임의 결연이 이루어진다.

이러한 풍류 성향의 결혼은 가남의 장남과 4남의 결연으로 확대된다. 장남 가유진(3대)은 외조부 회갑연을 맞아 상경 길에서 두사인의 수양딸 두홍생을 부실로 맞이하고 이어 서루미인 설강운을 취한다. 서루미인 설강운은 명기였는데 주변에 몰려드는 많은 남성들을 거들떠보지도 않고 시재와 문재가 있는 남성을 찾고 있었다. 그즈음 가유진이 악부 서주곡(西州曲)을 지어 설강운을 유혹하자, 설강운은 그 서주곡을 조자건 · 이태백 · 백낙천 · 이귀년을 합해 놓은 것이라고 극찬하고, 그 곡을 지은 가유진을 남편감으로 생각했다. 이들 결혼은 가유진의 유혹과 설강운의 안목[6]에 이어 두 남녀의 속임과 되속임이 곁들여지면서 "방중풍류미사(房中風流美事)"로 일컬어진다.

4남 가유함(3대)과 녹엽(백룡공주의 시비)의 결연도 그런 양상을 보여준다. 가유함과 녹엽은 서로 사랑하게 되는데, 시를 주고받으면서 서로의 정감을 확인해간다. 여기에 가유겸과 백룡공주의 개입으로 흥미가 더해

---

6 스람이 이긋튼 지죠가 잇고 엇지 공명을 못홀시 근심하며 쏘흔 그량이 이러흐미 반다시 큰 포부가 잇슬찌라 옛놀 비도가 모양이 눌니지 못흐되 몸이 쟝샹의 겸흐야시미라(권2)

진다. 이러한 서사적 전개는 남녀의 애정이 풍류와 동떨어져 있는 게 아님을 잘 보여준다.

이상, ⓐ가남(2대) · 경맹임의 결혼, ⓑ가유진(3대) · 두홍앵 · 설강운의 결연, ⓒ가유함(3대) · 녹엽의 결연에서 보듯 부모 세대와 자식 세대에 걸쳐, 남녀의 결연은 풍류가 어우러지는 애정을 수반한다. 특히 그 애정은 음악 · 작시의 풍류를 통해 서로의 내면세계를 깊이 이해하는 과정을 거친다는 점에서 남녀지기(男女知己)의 성향을 띠기도 한다. 앞에서 다룬 지기의 성향을 띠는 남녀결연은 부친들의 지기관계에서 비롯된 것이라면, 이들 ⓐ, ⓑ, ⓒ의 결연은 당사자인 남녀의 지기관계에서 이루어지는 양상을 보여준다.

그런 풍류와 애정이 어우러지는 남녀결연은 장인을 비롯하여 정실, 다른 여성들 등 주변 인물들에 의해 남성의 풍류 애정이 적극적으로 수용되는 양상을 보여준다. 1남 가유진이 두홍앵과 설강운을 취하는 것을 두고, 두사인은 "소경의 풍류가 이 같으니 어찌 일녀자만 지키리요"(권2)라고 하여, 가유진을 풍류남아로 일컬었다. 셋째 부인 왕여란은 나중에 남편이 두홍앵과 설강운을 들이는 것에 대해 어떤 반감도 표출하지 않았다.

4남 가유함은 강남 포정사 시절에 평강 기녀 동유조와 양유 교녀 장요랑과 즐겼으며 임기를 마치고 돌아온 후에도 여러 기생과 행락을 멈추지 않았다. 이를 용납하지 않으려던 성소저는 다른 여성들에 의해 제지당하고 마침내는 설득당하고 말았다.

3남 가유겸(3대)은 황제의 딸 파릉공주를 맞이하여 부마가 되어서 궁중을 드나들면서 기녀를 대동하는 기악 풍류를 누렸다. 파릉공주는 그의 풍류를 자연스럽게 받아들였고, 황제를 설득하여 남편이 북로(北虜)의 백룡 · 연연공주 자매와 결혼하게 했다. 그뿐 아니라, 자진하여 홍교를 가유진의 첩으로 들이는 데 적극적으로 개입했다. (남녀결연에서 남편의 풍류 성향을 적극적으로 인정하는 것이 부덕(婦德)으로 미화되는데, 이는 남성 중심적 가부장제의 모습을 보여준다.)

3. 겹혼인 · 일부삼처혼 · 사각혼의 복합형 혼맥과 정치문제 해결 및 국가 위기 해소

〈옥수기〉에서 결혼은 지기 · 의리 · 풍류 성향의 혼인이 조화롭게 어우러지면서 그런 친연성이 당사자를 넘어서서 부모 세대와 자식 세대로 확대된다. 가남 · 경맹임의 결혼과 가유겸 · 파릉공주의 결혼은 가문 사이의 혼맥 형성에서 중요한 위치를 차지하는데, 그 양상을 도식으로 표시하면 다음과 같이, 겹혼인 · 일부삼처혼 · 사각혼의 복합형 혼맥을 이룬다. (삼남 가유겸 · 파릉공주 부부가 있는데 도식에서는 생략했다.)

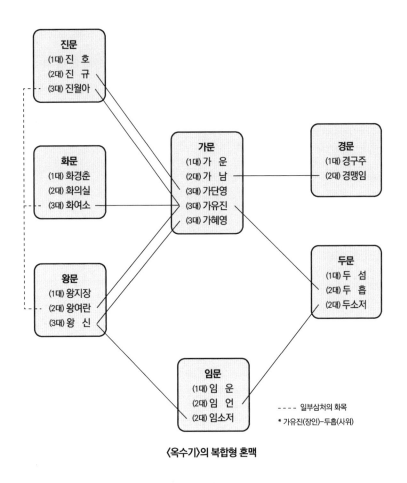

〈옥수기〉의 복합형 혼맥

한편 지기 · 의리 · 풍류의 인간관계를 바탕으로 혼맥을 형성하는 주동 세력과 대립하는 적대세력이 있다. 양방, 요승 계효, 나옹 · 나춘 부자, 문생 강회의 무리는 재물과 권력을 추구하는 자들로 부정적 적대세력을 형성한다.

나옹이 그 ᄋ들 츈이더러 일너 왈 지금 권귀주졔드리 비록 목불식졍이나

모다 고방의 춤녜ᄒ고 부ᄌ 스람과 장ᄉ ᄋ히드리 입의 글ᄊ를 익지 아니
ᄒ고 모다 사계ᄒ야시니 이ᄂᆞᆫ 다름이 아니라 견혀 ᄌᆡ물을 ᄊᆞᄂᆞᆫ 연고라 니
이졔 양공으로 더부러 교분이 둣터오미 엇지 이ᄶᆡ를 타셔 공명을 도모ᄒᆞ지
아니리오 츈이 ᄀᆞᄋᄃᆡ 금셰의 엇지 놉흔 글과 큰 ᄎᆡᆨ문을 ᄊᆞ며 ᄯᅩ 엇지 슉덕
잇ᄂᆞᆫ 늙은이롤 ᄊᆞ리오 황금으로 가히 동파의 문장을 화홀 ᄶᆡ시오 빅은으로
거의 김나에 기리물 어들 거시라 ᄒ고 드듸여 만금 ᄌᆡ물을 가지고 양방등
과 의논ᄒᆞ더니 슈월이 못되야 만조가 다 나츈의 ᄌᆡ죠를 일컷드니 … 곳 동
궁시강 벼슬의 이르니 (권1, 30쪽)

적대세력은 간당(奸黨)의 세력 확장을 배경으로 실력 없는 권귀자제(權
貴子弟)가 벼슬했고, 부상(富商)은 아들을 위해 매관매직을 거리끼지 않았
다. 예컨대 회상 지방의 부자 나웅은 아들의 벼슬자리를 얻기 위해서 문
생 강회를 통해 양방에게 뇌물을 바쳤고, 양방은 나춘이 실력이 없음을
잘 알면서도 그를 황제에게 천거했으며 그 때문에 나춘은 태자의 동궁시
강이 될 수 있었다.

적대세력은 자신들의 먹이사슬인 뇌물 수수와 매관매직에 걸림돌이
되는 주동세력을 제거하기 위해 수단과 방법을 가리지 않았다. 이를 정
리하면 다음과 같다.

㉮ 화의실 · 가남이 요승 계효를 상소하다가 유배당함.
㉯ 남주부자(南州夫子) 임운이 상소하여 강회가 정배되나 양방의 뒤이은 참
  소로 강회는 해배되고 임운이 유배당함.
㉰ 나춘이 금품을 제공하여 가유진 · 화여소의 혼사를 깨고 화여소를 며느

리로 삼으려 함. 이로 인한 화여소의 고난이 펼쳐짐. 혼인 금품을 갚다가 화씨 가문은 재산을 탕진함.

㉱ 이오의 반란이 일어났을 때 화경춘이 가남을 천거하자 양방·나춘이 반대 상소를 올려 화경춘이 삭탈관직을 당하게 함.

㉲ 가유진이 장원급제하면서 가남이 해배되고 이오의 반란을 진압하는데, 양방·나춘이 가남·가유진 부자를 불러들이라 함.

㉳ 가유진이 북로(北虜) 엄답의 침입을 격퇴했는데, 양방·나춘은 가유진이 북호의 두 공주로부터 뇌물을 받았다고 참소함. 가유진이 하옥됨.

㉴ 운남 숭명지부의 심임지부인 강회가 임운과 그의 문생 두섬·설의를 궁지에 몰아넣음. 두섬이 고통을 이기지 못하고 자결함.

적대세력의 폐단을 상소한 충신들은 유배를 당하고 만다. 여기에서 충신들 또한 적대세력에 대항할 만한 세력을 형성하고 있었다는 것, 그 점을 간과해서는 안 된다. 화의실과 가남은 요승 계효 문제를 상소했다가 유배당했으며(㉮), 임운 역시 이들을 옹호하고 양방의 무리에 동참하지 않았다가 유배당했는데(㉯), 화의실, 가남, 임운은 주동세력으로서 하나의 세력권을 형성하고 있었다. 임운이 학자로서 문생 800명을 거느렸다는 것도 그 점을 말해준다.

이렇듯 〈옥수기〉에 구현되는 대립은 개인과 개인의 대립이 아니라 정치적 세력 사이의 대립 양상을 띤다. 양방 쪽에서 보면 이들 화의실·가남·임운의 세력도 반드시 물리쳐야 할 적대세력에 해당한다. 이러한 인식은 양방의 일원인 강회의 발언에서 구체적으로 드러난다.

한국 대소설의 혼맥婚脈

티쉬 크게 말ᄒ야 골오디 양시어ᄂ 당금 졔일 인물이오 ᄯᅩ흔 누의 은혜 씨
친 쥬인이라 근일의 가화 양 권신의 무함흔 비 되야 오리 폐치ᄒ얏더니 이
졔 다시 용ᄉᄒ야 젼일 나시강이 이믜 양이ᄒ고 디장군이 옥의 미야시며
ᄯᅩ 이졔 간신 임운의 싱ᄉ를 탐지ᄒ라 ᄒ시니 필연 조상으로 죄를 더ᄒ시
고ᄌ ᄒ미라 앗갑도다 임운이 만일 죽지 아니ᄒ던들 이ᄡᅥ를 미쳐 타살ᄒ고
그 공을 보ᄒ량이면 상급이 불소ᄒ리로다(권9)

위 인용문은 서사 전개상 위의 ㉬단락에서 나온 발언이다. 강회는 양
방을 당시 제일의 인물이며 자기에게 '은혜를 끼친 주인'으로 인식했다.
반면에 그는 양방이 '가화 양권신' 즉 가남과 화의실 두 권신으로부터 모
함을 입은 것으로 알았고, 자신의 죄를 상소했던 임운을 간신으로 인식
했다.

그 후 적대세력은 악행을 일삼았다. 가남과 화의실이 귀양을 가게 되
어 두 가부장이 집안을 비우게 되자, 나춘은 화여소를 빼앗기 위해 화여
소의 모친인 육부인에게 뇌물을 주었다. 딸 화여소는 나춘과의 혼인을
피하여 가출했다가 나춘의 추격에 몰려 수적에게 재물을 빼앗기고 위기
에 처했다. 화여소의 남동생 화혼은 나춘의 매파를 때려눕히고 도망했
다가 도적으로 전락하고 말았다. 뒤늦게 깨달은 육부인은 나춘에게 받은
돈을 되돌려주다가 재산을 탕진하고 말았다. 임운은 유배지에 갔다가 양
방 무리의 끊임없는 모해를 받으며 심지어 강회의 악행으로 죽을 위기까
지 처했으며 급기야 자신을 따르던 문생 두섬의 자결을 목도하지 않을
수 없었다.

적대세력에 의해 이들 인물이 당하는 고통은 개인에 그치지 않고 가문

의 존폐로 확대된다. 어느 한 가문만이 아니라 화 · 가 · 임 3문 모두 가문 존폐의 상황에 내몰리는 양상을 보여준다.

그 후 서사 전개는 충신의 무리가 간신배를 몰아내고 재집권한다는 쪽으로 흐르는데, 그 과정에서 설정되는 것은 ①가문 구성원의 과거 급제, ②새로운 가문과 통혼, ③기존 가문과 통혼, ④국내적 반란과 외적의 침입 진압 등이다. ①②③④는 순차적으로 이루어지지 않고 서로 복잡하게 섞이면서 펼쳐진다. 이를 통해 도달하는 지점은 가문창달의 지점인데, 그 지점은 가문의 명성과 위상이 이전보다 격상된 모습을 보여준다.

가문의 경우 가유진(3대)이 장원급제하고 두 동생이 급제한다. 이에 황제는 가남을 해배하고, 마침 이오의 반란이 발생하자 가남을 정서대원수로 삼고 그 아들들을 출정시켜 난을 진압하게 했다. 가문은 아들들의 과거 급제와 반란의 진압을 통해 가문창달의 길로 나아가게 된다. 화문의 경우 화의실(2대)이 해배되지 않았지만 화경춘(1대)이 요동선위사로 나가고 화훈(3대)이 이오의 난에 참여함으로써 화문 창달의 전기를 맞는다.

그리고 가 · 화 두 가문의 부흥과 맞물리는 것은 통혼권(通婚圈)의 확대다. 그중 왕문과의 통혼은 가 · 화 두 가문이 부흥하게 되는 요소가 된다. 왕문의 가부장은 상서 왕지장인데 그는 황후의 외고로서 황제의 신임을 받던 태학사였거니와,[7] 왕문은 황실의 외척이자 권문세가였다. 왕지장은 양방 쪽과 대결 국면에서 벗어나 있던 인물이었는데, 나중에 황제와 의견을 나누며 가유진이 장원으로 급제하고 가유승 · 유겸 형제가 급제하는 데에 도움을 주었다. 그리고 가유진 형제의 급제로 가남은 해배되기

---

7 퇴학수 왕지장이 고관이 되얏더니 왕학수는 본니 무거온 셩망이 잇고 또혼 황후의 외구로써 상이 미드스 맛기신 비니 셩셰 혁 〃 ᄒ더니 (권3)

한국 대소설의 혼맥婚脈

에 이르고, 가남의 해배는 다시 가남 부자의 출전과 승전으로 이어진다. 또한, 왕지장은 화문의 가부장 화경춘을 요동선위사로 천거한 자로서 화문 부흥의 계기를 제공한 장본인이었다. 난을 진압한 후 가유진은 왕여란을 아내로 맞이하고 왕신이 가혜영과 혼인함으로써 가 · 왕 두 집안은 겹혼인을 맺는다. 이 겹혼인은 벌열을 지향하는 집안과 권문세가 사이의 강한 연대를 의미한다.

한편 이오의 난을 제압하는 도중에 가남은 처사 진호와 지기관계를 맺고 그로 인해 진호의 딸 진월아의 십이음양진을 배워 가유진은 승전하게 된다. 이후에 가 · 진 두 가문이 겹혼인을 맺었다. 그 겹혼인은 벌열을 지향하는 집안과 처사형 집안 사이의 강한 연대를 수반한다.

그리고 가유진 · 화여소의 혼인, 가유겸 · 파릉공주의 혼인, 왕신 · 임소저의 혼인이 이어진다. 이로써 가 · 화 · 왕 · 진 · 임 다섯 가문에 설문, 두문, 성문, 구문 등이 가세하여 통혼권이 보다 확대되기에 이른다. 그중에서 화문, 가문, 왕문, 진문, 임문 등의 가문 사이에 맺어지는 혼맥이 부각된다. (여러 곳에서 작중 인물들의 진술을 통해 드러난다.)

ⓐ 그 수연의 밋츠려 조셔와 죵당이 일졔이 모도히미 상셔를 디호야 우어왈 상공이 미양 쳡으로써 구가를 피혼다 호시더니 이졔 봉후혼 ㅇ조가 잇고 쏘 봉황혼 소회가 잇소오니 구가 문호를 흥닙호온 조는 쳡인가 호느이다 혼디 상셰 디소호시더라(권6)

ⓑ 당금 황후 낭〃의 외삼촌 왕상셔 지방이 묽근 일홈이며 후혼 덕이 스회의 들니느니 디장군 북평왕은 곳 그 소회요 학소는 그 ㅇ조라 문장과 지식이 당죠의 일홈을 움죽이느니 임어소의 녀ㅇ 임소져를 소혼호소 곳 그

ⓐ는 화씨 가문의 육부인이 수연(壽宴)을 맞이하여 창달한 가문에 대해 언급하는 대목이며, ⓑ는 왕씨 가문에 대해 언급한 대목이다. 그 요체는 여러 혼맥을 통해 형성된 가문들이 벌열 세력으로 성장하게 되었다는 것이다.

그 점은 일찍이 황제·황후는 남녀결연에 깊이 개입하는 것과 깊은 관련을 맺는다. 황제는 왕여란·가유진의 사혼 명령을 내렸고 그 혼인에서 황제는 가유진의 주혼이 되고 황후는 왕여란의 주혼이 되었다. 그리고 황제는 가유진의 처첩들인 화여소(정위부인), 진월아(좌부인), 왕여란(우부인), 운아(숙인)의 윤서(倫序)를 정해주었다. 황제는 왕신·임소저의 혼사에서 가유진으로 임소저의 주혼(主婚)이 되게 하고, 임소저를 우부인으로 정했다. 그뿐 아니라 황제는 가유함과 녹엽의 애정사에 개입했을 정도다. 이러한 황제와 황실의 개입은 통혼관계를 형성하는 가문들이 벌열 가문으로 발돋움해 가는 것을 시사한다.

이상, 지기·의리·풍류의 성향을 띠는 결혼은 가문 간 혼맥을 형성하며 그렇게 형성된 통혼망을 바탕으로 하는 가문연대세력은 이오의 반란, 북로의 침입을 진압하고 소인배 양방 무리를 징치하는, 사회와 국가의 중심세력인 벌열군(閥閱群) 혹은 권문세가군(權門勢家群)으로 자리를 잡는다.

4. 여타의 소설과의 대비

17세기 말엽 대소설 〈소현성록〉은 가문 내의 부부 문제를 중심축으로 삼되, 대를 이어 반복해내면서 윤서 훼손 문제, 국혼 문제, 여성의 애욕 문제, 문객 · 시비의 악행 문제 등 다양한 문젯거리를 담아냈다. 물론 출가한 딸의 부부 문제를 통해 부부 문제를 다른 가문으로 확대하기도 했지만, 그 딸들의 문제는 '소문 출신'의 딸 이야기로 수렴된다. 〈소현성록〉은 시종일관 소문을 중심에 놓고 소문이 벌열의 위상을 확립하는 이야기를 펼쳐냈다.[8]

18세기 즈음 대소설 〈소문록〉 또한 특정 가문인 소문이 벌열의 위상을 확고히 하는 이야기를 펼쳐냈다. 소문의 내적 문제로 가장 · 정실 · 부실의 삼각갈등을 중심에 놓고 일부일처제의 문제, 남성의 풍류 행각의 문제, 다처제 · 축첩제와 관련한 남성의 책임 문제, 부인들의 윤서(倫序) 문제 등 여러 문제를 담아냈다. 그 문제 해결의 중심인물이 며느리 윤혜영인데 그녀가 한문(寒門) 출신의 여성임을 고려하면 작품의 중심 이야기는 한문 출신의 여성이 벌열 가문인 소문에서 정착하고 그 며느리로 인해 소문이 지니는 벌열의 위상이 격상된다는 이야기라 할 수 있다.[9]

〈소현성록〉(〈소씨삼대록〉), 〈소문록〉과 비교해볼 때, 〈옥수기〉에서 가문 내적 갈등은 거의 발생하지 않는다. 지기 · 의리 · 풍류의 성향을 띠는 남녀결연을 바탕으로, 여성들은 대부분 다처제와 축첩제 그리고 남성의 풍

---

8   조광국, 「〈소현성록〉의 벌열 성향에 관한 고찰」, 『온지논총』 7, 온지학회, 2001.
9   〈소문록〉의 주제는 '한문 출신의 여성의 벌열 정착 및 벌열 성장에의 기여'이다. (조광국, 「작품구조 및 향유층의 측면에서 본 〈소문록〉의 벌열적 성향」, 『국문학연구』 6, 국문학회, 2001)

류를 불만 없이 적극적으로 수용하며, 정실과 부실의 윤서(倫序)에 순응하거니와, 부부관계는 시종 화해와 순응으로 일관하는 양상을 보여준다.

물론 작품 말미에서 가유함의 정실 성소저의 투기와 악행이 형상화되어 있다.[10] 그녀의 투기와 악행은 남편의 애첩인 녹엽에게 한정되지 않고 동서까지 확대되며 그녀의 불평은 축첩을 권장한 황제를 향하기도 한다.[11] 그런데 성소저의 투기는 〈소현성록〉과 〈소문록〉에 비하면 가문을 존폐 위기에 빠뜨릴 정도는 아니며, 다른 여성이 다처·축첩제를 받아들이고 남성의 풍류를 수용하는 지점으로 용해되고 만다.

이러한 화해와 순응의 원리는 남녀결연을 넘어 가문 간 혼맥을 바탕으로 하는 가문연대의 근간이 된다. 화·왕·가·진·임 등 다섯 가문으로 대변되는 긍정적 가문은 혼맥을 통해 가문연대를 형성하게 되어 신흥벌열군(新興閥閱群)으로 성장하는 것이다.

그와 관련하여 견주어볼 대소설로 〈임화정연〉이 있다. 이 작품에서 가문의 형태를 갖춘 것으로 임·화·정·연 네 가문을 비롯하여 열네 가문이 있는데, 많은 가문의 수에 걸맞게 가문의 처지가 처사형 가문, 환로형 가문, 권문세가 등으로 세분되고 이들 가문이 양대 대립세력 사이에 혼맥으로 연대하는 양상을 보여준다. 그중 진문이 각각 두 대립세력의 분

---

10 ①만언사 이고에게 부적을 얻어 궁중에 묻음, ②백룡·연연 자매(가유함과 결연), 녹엽(가유승과 결연) 3인이 병에 듦, ③가유진이 요도사를 불러오나 퇴치하지 못함, ④진부인이 양씨와 함께 구궁진을 만들어 주문을 외워 부적과 요사스런 물건을 찾아냄, ⑤병자들이 회복됨, ⑥진부인이 성부인을 타일러 투기를 일깨워줌, ⑦성부인이 회심하고 5남 1녀를 낳고 화목하게 지냄.

11 침방의 도라와 쑤지져 왈 쳐조도 다스ㅎ야 인신쳡을 다 쥬미ㅎ니 이곳튼 쳔조는 고금의 업는 비라 ㅎ고 몸을 상우희 더지며(권9)

기점을 보여주는 가문으로 설정되며 그에 상응하여 대립세력 간의 반목이 첨예하게 펼쳐진다. 긍정적 가문연대세력은 적대세력을 대체하는 정치세력으로 부상하기에 이르고, 국가와 사회의 질서를 수호하는 신흥벌열군(新興閥閱群)을 형성하기에 이른다.

이로 보건대 〈옥수기〉는 〈임화정연〉과 같은 가문연대와 신흥벌열군의 출현을 그려낸 작품이라 할 수 있다. 물론 〈옥수기〉의 적대세력의 경우 〈임화정연〉의 적대세력이 형성한 가문연대적 성향은 상대적으로 느슨하다. 단적으로 〈옥수기〉에서 적대세력은 뇌물 수수 등 이해관계를 중심으로 연대하는 모습을 보여줄 뿐이다. 즉 〈임화정연〉의 적대세력처럼 혼인을 통한 연대의 모습을 보여주는 데까지는 미치지 않는다. 그럼에도 적대세력의 가문연대가 차지하는 작품적 비중은 작지 않다.

한편 〈옥수기〉의 남녀결연에서 화해와 순응의 모습은 풍류와 밀접한 관련을 맺거니와 그런 것은 〈구운몽〉의 영향을 받았다고 할 수 있다.[12] 먼저 〈구운몽〉에서 가(歌)·악(樂)·색(色)·주(酒)·시(詩)를 두루 겸비하는 양소유의 풍류적인 면모가 도드라지는데, 〈옥수기〉는 그런 풍류가 제시되며, 풍류랑이 남성 한 명에 그치지 않고 가남, 가유진, 가유승, 가유함, 왕신 등 다섯 남성으로 확대되는 양상을 보여준다.

그리고 〈구운몽〉에서 양소유의 풍류는 여성과의 지기관계(知己關係)를 지향하며, 시와 음악을 통하여 여성과 지적 유희를 나누며 예술적으로 교감하는 그런 풍류다. 그러한 양소유의 풍류는 여성에게 주입되는 것이

---

12 〈옥수기〉는 〈구운몽〉의 영향을 받아 '애정의 성취와 기교'의 양상을 띤다. (김종철, 서울대 석사논문, 67~69쪽)

아니라 여성들이 자발적으로 서로 추천하는 방식으로 펼쳐진다.[13] 〈옥수기〉에서 두홍앵은 서루미인 설강운을 가유진에게 천거했는데, 이러한 것은 〈구운몽〉에서 계섬월이 적경홍을 천거하는 것과 비슷하다. 또한, 서루미인 설강운의 모습은, 〈구운몽〉에서 천한 기녀로서 마음에 드는 선비를 만나 진실한 삶을 살아보겠다는 계섬월과 마음에 드는 인물을 선택하기 위해 기녀의 길을 선택한 적경홍의 모습을 합해 놓은 것이다. 〈구운몽〉에서 양소유가 정경패·가춘운 즉 주노(主奴)를 취한 것과 같이, 〈옥수기〉에서도 가유진은 화여소와 두 시비 운아·홍교를 취했다. 또한 〈옥수기〉에서 가유진과 두홍앵·설강운의 결연 과정에서 속이고 되속이기 방식이 풍류로 제시되는데, 〈구운몽〉의 양소유와 정경패·가춘운 사이에서 그런 모습이 보인다.

그밖에 풍정 속에서 이루어지는 남녀결연이 주변 인물에 의해서 긍정적으로 수용되는 것도 비슷하다. 〈구운몽〉에서 정경패의 부모가 양소유에 대해 풍류랑이라고 했던 것처럼 〈옥수기〉에서는 황제가 개입하여 많은 남녀결연을 두고 풍류라고 일컬었다. 〈구운몽〉에서 여성들이 모의 군진(軍陣) 대결을 펼쳤는데 그 점이 〈옥수기〉에서도 확인된다.

요컨대 〈옥수기〉는 〈소현성록〉과 〈소문록〉의 부부갈등에서 방향을 틀어 부부관계를 화해와 순응으로 풀어냈으며 〈임화정연〉에서 선보였던 가문연대의 서사를 중심축에 세웠다고 할 수 있다. 그리고 〈옥수기〉의 화해와 순응의 모습은 풍류로 연계되거니와 그런 모습은 〈구운몽〉의 영향을 받았다고 할 수 있다.

---

13 〈구운몽〉의 풍류 양상에 대해서는 조광국, 『기녀담 기녀 등장소설 연구』, 월인, 2000, 188~211쪽.

5. 마무리

지금까지 〈옥수기〉의 겹혼인 · 일부삼처혼 · 사각혼의 복합형 혼맥에 대해 살펴보았다. 그 특징은 다음과 같다.

첫째, 남녀결연과 가문연대의 중심 문제로 설정된다. 남녀결연은 지기 · 의리 · 풍류의 성향을 띠며, 이러한 남녀결연은 가문 사이의 혼맥을 통해 가문연대로 수렴된다. 이들 연대가문은 눈앞의 이해관계를 따지는 적대세력과 반목하다가 적대세력에 의해 고난을 겪게 되지만, 연대가문은 그 고난들을 극복하고 동시에 국내외적 전란을 진압하면서 마침내 사회와 국가 질서를 지탱하는 신흥 벌열 세력으로 성장한다.

둘째, 19세기에 출현한 〈옥수기〉는 소설사적으로 대소설의 시기로는 말엽에 출현한 작품으로 다음과 같은 소설사적 위치를 가늠할 수 있다. 17세기 후반의 〈소현성록〉, 18세기의 〈소문록〉은 각각 벌열의 문제를 가문 내에 설정했다면, 〈옥수기〉는 가문 내적 문제를 비교적 가볍게 다루고 그 대신에 가문 외적 세계에 초점을 맞추어 혼맥을 통해 가문연대가 형성되는 지점에 초점을 맞추었다. 이런 가문연대는 〈임화정연〉에서 영향을 받은 것이다. 한편 〈옥수기〉는 화해와 순응의 원리를 바탕으로 남녀결연이 이루어지며, 그런 남녀결연은 풍류의 세계로 수렴되는데, 이는 〈구운몽〉의 영향을 받은 것으로 보인다.

요컨대 〈옥수기〉는 선행하는 작품들을 수용하여 화해와 순응의 원리, 풍류 지향, 가문연대 등을 교직하여 상층가문의 집단적 욕망을 펼쳐낸 19세기 대소설이라 할 것이다.

겹혼인·삼각혼·겹삼각혼의
복합형 혼맥
〈유이양문록〉의 애정 애욕에 의한
혼맥 파탄의 위기 극복

1. 문제 제기

〈유이양문록〉은 총 77권으로 된 장편 분량의 대소설이다. 그간 김기동
이 작품의 개요를 제시한 이래, 이수봉이 주제, 인물, 배경, 문체와 양문
록형 구성의 특징을 밝힌 이후, 차충환이 유씨가문에서 환생을 통해 가
문의 안정을 꾀한 점, 장씨가문에서 〈이현경전〉을 수용한 점, 금강산 공
간을 형상화한 점, 이렇게 서로 다른 세 가지 특징들을 병렬적으로 제시
하는 정도에 그치고 있다.[1] 이들 선행연구는 보다 체계화되고 심화되어
야 할 시점에 있다.

이에 본 연구는 서사구조와 결연 장애를 중심으로 작품세계를 밝히는
것을 목적으로 한다. 세부적으로는 여타 대소설들의 일반적인 성향과 비교

---

1 김기동, 「화산선계록과 유이양문록」, 『현평효 박사 화갑 기념논총』, 형설출판사, 1980,
  91~101쪽; 이수봉, 「유이양문록연구」, 『개신어문연구』 4, 개신어문연구회, 1985.12,
  7~175쪽; 차충환, 「유이양문록의 구성적 성격 연구」, 『어문연구』 139, 한국어문교육연
  구회, 2008.9, 107~128쪽.

하면서 이 작품의 차별성을 밝히는 쪽으로 논의의 가닥을 잡고자 한다.

그와 관련하여 여러 작품을 대상으로 하는 많은 선행연구에서 삼대록 구조, 양문록 구조, 결연구조 등의 용어를 도출하면서 작품들의 특성을 밝히는 성과를 냈다.[2] 그런데 그간의 논의가 연구자의 편의에 따라 어느 한쪽에 치우쳐 있어서, 이제 세 구조를 아우르는 총괄적인 논의가 요청된다.

다행히 이 작품은 양문록 구조, 삼대록 구조, 결연구조를 모두 갖추고 있어서 논의하기가 한결 수월하다. 특히 이 작품은 양문록 구조에서 삼문록 구조로의 지향, 단수 가문의 삼대록 구조에서 복수 가문의 삼대록 구조로의 전환, 겹혼인과 삼각혼의 확대 그리고 겹삼각혼의 창출 등을 특성으로 하는데, 이런 특성들은 이 작품이 지니는 독특한 모습으로 보인다.

한편 대소설은 삼대록 구조, 양문록 구조, 결연구조 등의 거시적 서사구조에 여러 쌍의 남녀결연담을 담아내는데, 〈유이양문록〉도 예외는 아니어서 그런 서사구조를 통해 비중 있는 12쌍의 남녀결연담을 그려냈다는 점에서 주목을 끈다. 물론 대소설은 장르 차원에서 부부의 결연담을 비슷하게 보여주면서도 개별 작품별로 나름의 변화를 꾀한다. 하지만 이

---

2 이수봉, 『한국가문소설연구』, 경인문화사, 1992; 김현숙, 「〈유씨삼대록〉 연구–삼대기 구성을 중심으로」, 이화여대 석사논문, 1989; 임치균, 『조선조 대장편소설 연구』, 태학사, 1996; 조용호, 『삼대록 소설 연구』, 계명문화사, 1996; 차충환, 「〈문장풍류 삼대록〉 연구」, 『고전문학연구』 29, 한국고전문학회, 2006; 최길용, 『조선조 연작소설 연구』, 아세아문화사, 1992; 조광국, 「〈화정선행록〉에 나타난 다중결연의 복합 구조」, 『한국문학논총』 45, 한국문학회, 2007; 조광국, 「다중결연구조의 양상과 의미」, 『국어교육』 121, 한국어교육학회, 2006.

작품에서 흥미로운 것은, 12쌍의 결연담이 모두 '적대인물에 의한 결연 장애'를 지니며, 그 다수의 적대인물이 공히 '애정 애욕의 성향'을 보여준다는 점이다.

또한, 그 적대인물이 주로 여성들로 설정되고 그 여성 적대인물들에 의한 결연 장애가 네 가지로 반복·변이되거니와, 그런 점은 타 작품과 비교할 때 도드라지는 것이라 할 수 있다. 나아가 여성의 애정 애욕 문제가 계후와 종통 문제, 효도 문제 등 여러 문제와 어우러지면서 다소 희석되는 여타의 대소설에 비해서,[3] 이 작품은 여성의 애정 애욕의 문제를 예각화함으로써 차별성을 확보하는 것으로 보인다.

2. 삼문록·삼대록 구조

2.1. 삼문록 지향

〈유이양문록〉은 유문과 이문①을 비롯하여 장문, 이문②, 최문, 황실, 양문, 범문, 화문 그리고 조문, 한문, 윤문 그리고 여문에 걸쳐 비교적 비중이 있는 열세 가문을 설정했다. 그 이야기는 크게 가문의 정치적 부침과 가문 간 통혼이라는 두 개의 축을 중심으로 전개된다.

정치적 부침이 두드러지는 곳은 작품의 서두 부분인 〈권1〉, 〈권2〉 부분 그리고 〈권32〉를 전후로 하는 부분, 두 곳이다. 앞쪽에서는 영락제 이

---

3   장시광, 『조선시대 대하소설의 여성반동인물』, 한국학술정보, 2006 참조.

한국 대소설의 혼맥婚脈

후 한왕의 제위찬탈 기도, 뒤쪽에서는 경종의 퇴위와 영종의 복위 등의 역사적 사실을 수용하고, 거기에 허구적 인물의 활약과 가문의 정치적 부침을 조밀하게 펼쳐냈다.

이 두 곳을 제외하면 대부분이 가문 사이의 통혼 이야기로 채워진다. 그 혼맥은 유문·이문①의 혼맥, 유문·최문의 혼맥, 이문①·황실의 혼맥, 이문①·장문의 혼맥, 유문·장문의 혼맥 등 크게 다섯 가지로 설정된다. 혼맥 형성 과정에서 부부갈등, 처첩갈등, 가문갈등 등이 복잡하게 얽히다가, 종국에는 모든 해소되는 것으로 마무리된다.

그중에서 중심가문은 '유이양문록'이라는 제명에서 시사하듯 유문·이문 두 가문으로 설정되며, 그에 상응하여 서사구조는 양문록 구조를 지닌다. 그런데 상세히 살펴보면 장문이 두 가문 못지않게 큰 비중을 지니는바, 제3의 중심가문으로 볼 여지가 충분하다. 〈유이양문록〉의 작품 세계는 유·이·장 삼문 중심으로 펼쳐지는 것이다.

그런 점은 작중인물의 발언에서도 확인할 수 있다. 단적으로 유문 소속의 박태부인이 유언을 남기는 대목을 보자.

> 댱샹셔 부인 몽혜롤 나아오라 ᄒ여 칭찬 왈 손녀ᄂᆞᆫ 어미와 노뫼 블급앙망(不及仰望)이라 … 뉴니댱 삼문(三門)이 너의 덕음(德蔭)을 힘닙어 ᄌᆞᄌᆞ손손이 빅디의 보젼ᄒᆞ리니 니 이졔 구원(九原)의 도라가 후일을 근심티 아니믄 너룰 미더미라(권69)

장상서 부인 이몽혜의 부모는 이연기와 유필염이고, 유필염의 부모는 유잠과 박태부인이니, 박태부인은 이몽혜의 외할머니다. 그 박태부인이 유언을 남기는데, 그 유언의 요체는 이몽혜의 덕음을 힘입어 유 · 이 · 장 삼문이 창달하리라는 것이다.

작품세계에서 이몽혜가 시가 장문에서 펼친 활약상은 다른 여성들 못 지않게 큰 비중을 차지하며, 장문 소속의 남성 또한 그 활약상이 유문과 이문의 남성 못지않게 큰 비중을 차지한다. 이에 〈유이양문록〉은 양문록 구조를 넘어서서 유문 · 이문① · 장문 중심의 삼문록 구조를 지닌다고 할 수 있다. 그런데 유문과 이문의 경우에는 1대, 2대, 3대의 세대별 이야 기가 고루 다루어짐에 비해, 장문의 경우에는 2대와 3대 이야기 위주로 되어 있다. 그래서 작품명을 '삼문록'으로 하지 않고 '양문록'으로 한 것 으로 보인다. 요컨대 이 작품은 삼문록을 지향하는 양문록의 서사구조를 지닌다고 할 수 있다.

2.2. 복수 가문의 삼대록 정착

각 가문은 3대 이야기를 지향하는데, 그런 양상은 중심가문으로 설정 된 유 · 이① · 장 3문에서 도드라진다.

유문의 경우 1대와 2대인 유잠 · 준 · 춘 3부자가 한왕에 의해 정치적 인 위기에 처했다가 6자 3녀 중 유진 · 유필염 남매를 제외한 2대 인물들 이 몰살당하는 과정이 긴장감 있게 펼쳐지고, 그 후 살아남은 유진 · 유 필염 남매와 그 자손인 3대 인물들에 의해 가문이 회복 · 창달되는 모습 이 다채롭게 그려진다.[4] "유잠(1대)-준 · 춘 · 진 · 필염(2대)-세행 · 세윤 ·

4　1대에서 일찍 세상을 뜬 이부인 모자가 있다. 그리고 1대에 앞선 부모들의 이야기는 선대 (先代)로 처리했다. 1대는 조(祖), 2대는 부(父), 3대는 손(孫)을 지칭한다.

세경 · 세창 · 세환 · 세필 · 옥희 · 옥주 · 옥영 · 옥화(3대)"로 이어지는 삼대록을 형성하는 것이다.

이문①의 경우 1대 이윤수를 비롯한 4형제의 이야기가 비록 요약적이긴 하나 비교적 상세하게 언급되고, 그중에 이윤수 자손을 중심으로 2대, 3대 이야기가 균형 있게 그리고 비중 있게 다루어진다. "이윤수(1대)-연기 · 연필 · 초염 · 차염(2대)-창원 · 창희 · 몽난 · 몽혜(3대)"로 이어지는 삼대록을 형성하는 것이다.

대	〈유문〉	〈이문①〉	〈장문〉
1대	유잠	이윤수	장연
1대	박부인	정부인	이부인
2대	유준 / 유춘 / 유진 / 女유필염	이연기 / 이연필 / 女이초염 / 女이차염	장문현 / 장월주
2대	남부부인 / 윤부부인 / 이부인 / 이초염 / 이연기	유필염 / 연부인 / 한소저 / 양소저 / 유진문 / 설영문	석부인 / 유세창
3대	1 유세행 / 2 유세윤 / 3 유세경 / 5 유세환 / 女유옥희 / 女유옥주 / 4 유세필 / 6 유세영 / 女유옥영 / 女유옥화	1 이창원 / 女이몽난 / 女이몽혜 / 2 이창희	1 장계성 / 2 장계원 / 女장빙염
3대	최일벽 / 윤부인 / 최차벽 / 소부인 / 소부인 / 화원량 / 양후백 / 장월주 / 한현빙 / 화원성 / 장생	위군주 / 보옥화 / 연왕 / 장계성 / 장빙염 / 영릉공주	이몽혜 / 범부인 / 양부인 / 3 유옥화 / 이창희

장문의 경우에도 "장연(1대)-문현 · 월주 남매(2대)-계성 · 계원 · 계
량 · 빙염(3대)"의 삼대록을 형성한다. 다만 2대 장월주와 3대 장계성 · 빙
염 이야기가 중심 이야기로 자리를 잡고, 1대 장연과 2대 장문현 이야기
는 소략하게 제시되는 정도여서, 장문의 삼대록은 유문 · 이문①에 비해
상대적으로 빈약한 편이다. 부연하면, 양문록 구조를 바탕으로 하되 삼
문록 구조를 지향한다고 할 것이다.

　한편 적대 가문인 조문의 경우에도 "조완(1대)-조황후 · 훈 · 경 · 영(2
대)-백명(3대)"의 삼대로 제시된다. 국구(國舅) 조완(1대)이 이문을 멸문시
키려 하고, 조황후(2대)가 친정의 권력을 대변하는 가운데, 숙질간인 조
영(2대) · 백명(3대)이 유문의 며느리인 최일벽 · 차벽 자매를 겁박하며 유
문 · 최문의 통혼을 훼방한다. 이렇게 1대, 2대, 3대, 각 세대의 인물은 공
히 중심가문인 이문①의 창달을 가로막고 유문이 다른 가문과 맺는 혼맥
을 깨뜨리는 적대인물로 그려진다.

　이처럼 중심가문과 적대 가문은 3대에 걸치는 이야기를 보여준다. (2대
이야기로 한정되는 경우도 있다. 양문, 범문, 한문이 그에 해당한다.) 긍정적인 가
문인 이문②은 "이진후(1대)-2녀(2대)-최씨 외손녀 · 유씨 외손자(3대)"의
삼대록을 형성하는데, 2대에서는 친정의 결속력이, 3대에서는 외가의 혈
통이 강조된다. 중심가문으로 설정되는 유 · 이① · 장 3문은 각각 3대 이
야기를 다채롭게 펼쳐냄은 물론이다.

　이 점은 〈소현성록〉(〈소씨삼대록〉), 〈유씨삼대록〉, 〈조씨삼대록〉, 〈임씨
삼대록〉, 〈문장풍류삼대록〉 등 삼대록 계열과 견줄 만하다. 이 작품들은
하나의 중심가문을 설정하고 그 가문 이야기를 3대로 확장시켜 나가는
방식을 취한다. 그리고 다른 가문의 이야기는 중심가문 소속의 인물이

적극적으로 개입하는 방식으로 부수적으로 다루어진다.

〈소현성록〉(〈소씨삼대록〉)은 "소현성-소운성 · 운명-소세명"의 3대가 주축이고, 〈유씨삼대록〉은 "유우성-유세기 · 세형-유관"의 3대가 주축이다. 물론 중심가문과 통혼관계에 놓이는 여타의 가문이 설정되긴 하지만 그 가문의 이야기는 방계적이거나 요약적으로 부가되는 정도이다.[5] 그리고 〈임씨삼대록〉은 삼대록 구조가 한 가문에 한정되지 않고 여러 가문으로 확대되는 양상을 보이며,[6] 한편으로 양문록 성향을 보여준다.[7] 〈유이양문록〉의 경우에는 그 편폭이 확대되어 삼대록 구조가 단수 가문 중심에서 탈피하여 복수 가문으로 확대되는 양상을 보여준다.

한편 〈부장양문열효록〉, 〈하진양문록〉과 비교해 볼 때 〈유이양문록〉은 양문록 계열의 분화 과정을 담아냄을 알 수 있다. 앞의 두 작품은 가문의 이야기가 2대까지 한정되는 이대록 구조를 지닌다. 제명이 '○○양문록'으로 된 대소설이 양문록 및 이대록 서사구조를 지니는 앞의 두 작품 그리고 삼문록을 지향하고 삼대록의 서사구조를 지니는 〈유이양문록〉으로 분화되었음을 알 수 있다. 한편 〈임화정연〉은 '사성기봉'이라는 부제에 걸맞게 임 · 화 · 정 · 연 4문의 혼맥을 중심으로 이야기를 펼쳐내되, 각 가문의 주된 활약상을 2대까지로 한정하는 이대록 구조를 지니는데,[8] 이런 구조는 〈부장양문열효록〉, 〈하진양문록〉의 이문록 · 이대록의 연장

---

5 〈소현성록〉(〈소씨삼대록〉)에서 며느리의 친정 이야기, 소문의 딸인 소월영 · 수빙 · 수아의 시가 이야기가 나오지만, 이들 이야기는 방계적으로 다루어진다.

6 임치균, 앞의 책, 234쪽.

7 조용호, 앞의 책, 190~198쪽.

8 〈임화정연〉 · 〈쌍성봉효록〉 연작은 삼대록을 형성한다. (조광국, 「〈임화정연〉에 나타난 가문 연대의 양상과 의미」, 『고전문학연구』 22, 한국고전문학회, 2002, 184쪽)

선에서 2문의 통혼관계를 4문의 통혼관계로 확대한 것으로 볼 수 있다.[9] 그리고 〈유이양문록〉의 삼문록 지향 및 삼대록의 서사구조는 〈윤하정삼문취록〉의 삼문록·삼대록의 서사구조[10]와 비슷하다.

3. 겹혼인 · 삼각혼 · 겹삼각혼의 복합형 혼맥

3.1. 겹혼인의 확대

이미 맺어진 부부를 제외하고 결연이 새롭게 이루어지는 긍정적인 부부로 대략 18쌍이 나온다. 그중에 유문과 이문, 장문과 이문, 유문과 최문 사이에 6쌍의 부부가 3개 형태의 겹혼인을 이룬다. 한쪽 가문 구성원의 촌수가 3촌 혹은 4촌이 되는 경우까지 포함하면, 유문과 장문, 유문과 화문, 이문과 황실 사이에 6쌍의 부부가 이루는 광의의 겹혼인이 3개 더 나온다. 후자까지 포함하면 부부 12쌍에 걸쳐 6개의 겹혼인이 나오는 셈이다.

---

9   위의 논문, 167쪽.

10   〈윤하정삼문취록〉은 〈명주보월빙〉의 속편으로 1대~5대를 다루지만, 주된 이야기는 3대, 4대, 5대의 삼대록 구조를 지닌다. (정영신, 「〈윤하정삼문취록〉의 혼사담 연구」, 한국외대 박사논문, 2008, 23~25쪽, 284쪽)

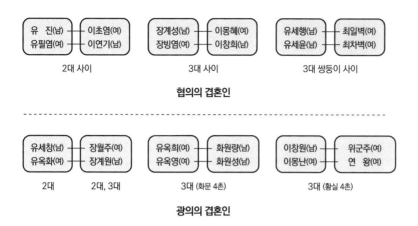

협의의 겹혼인

| 유 진(남) ─ 이초염(여) |
| 유필염(여) ─ 이연기(남) |
2대 사이

| 장계성(남) ─ 이몽혜(여) |
| 장빙염(여) ─ 이창희(남) |
3대 사이

| 유세행(남) ─ 최일벽(여) |
| 유세윤(남) ─ 최차벽(여) |
3대 쌍둥이 사이

광의의 겹혼인

| 유세창(남) ─ 장월주(여) |
| 유옥화(여) ─ 장계원(남) |
2대   2대, 3대

| 유옥희(여) ─ 화원량(남) |
| 유옥영(여) ─ 화원성(남) |
3대 (화문 4촌)

| 이창원(남) ─ 위군주(여) |
| 이몽난(여) ─ 연 왕(여) |
3대 (황실 4촌)

〈부장양문열효록〉과 〈창란호연록〉의 경우 겹혼인이 두 중심가문 사이에 설정된다. 앞 작품에서는 부문의 남매(부계·부월혜)가 장문의 남매(장원홍·장수정금)와 겹혼인을 맺고, 뒤 작품에서는 장문의 남매(장희·장난희)와 한문의 남매(한창영·한현희)가 겹혼인을 맺는다. 대소설에서 이런 겹혼인 결연이 가문연대의 강화를 꾀하는 것과 관련되는데, 〈유이양문록〉도 예외는 아니다. 〈유이양문록〉에서는 이러한 겹혼인 결연방식을 수용하되, 중심가문을 셋으로 늘리고 부수적인 가문도 늘려서 겹혼인을 여섯 겹혼인으로 확대하여 가문연대를 여덟 가문으로 넓히는 양상을 보여준다.

3.2. 삼각혼의 확대, 겹삼각혼의 창출

또한 〈유이양문록〉에는 삼각혼이 세 번이나 나온다. 그림에서 보듯 '유문-양문-장문'의 삼각혼, '이문-장문-범문'의 삼각혼, '유문-이문-장문'의 삼각혼이 한 번씩 나온다. 물론 삼각혼은 겹혼인의 형태를 포함하기도 하고, 삼각혼끼리 서로 한쪽 변을 공유하기도 한다.

삼각혼을 혼맥으로 하는 작품으로 〈청백운〉이 있다. 거기에서는 아들과 딸을 하나씩 둔 세 가문이 연쇄적으로 혼인을 맺고, 그런 삼각혼을 통한 3문의 연대가 맺어진다. 또한 〈창란호연록〉에서 광의의 삼각혼을 지향하기도 한다.[11] 그런데 〈청백운〉과 〈창란호연록〉에서는 삼각혼이 한 차례로 그침에 비해, 〈유이양문록〉에서는 삼각혼을 3개로 확대하면서 5개 가문 사이의 강한 통혼관계를 형성한다.

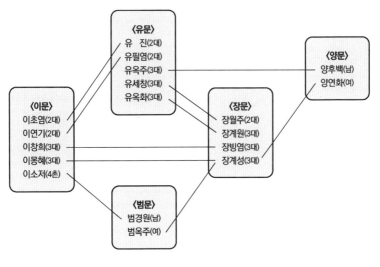

〈유이양문록〉의 복합형 혼맥

또한 〈유이양문록〉은 단순히 겹혼인의 확대(6회), 삼각혼의 확대(3회)에 그치지 않고 두 가지가 합쳐지는 겹삼각혼이라는 새로운 혼맥을 창출했다. '유문-이문-장문'의 삼각혼이 두 겹의 형태를 띠는 것이다. 겹삼각혼 혼맥은 유문·이문·장문의 견고한 가문연대를 지향하는바, 복수 가

---

11   조광국, 앞의 논문, 2006, 504~505쪽, 509~511쪽, 524쪽.

문의 삼대록 구조 및 삼문록 지향의 구조와 호응한다. 이는 겹혼인(《창란 호연록》), 삼각혼(《청백운》), 일부삼처혼(《임화정연》) 그리고 이 세 가지가 복합적으로 어우러진 복합형 혼맥(《화정선행록》)[12]과는 차별성을 지닌다. 거기에 유문·이문·황실·화문의 사각혼까지 더해진다.(아래 도표)

4. 결연 장애의 양상

그 복합형 혼맥은 여러 가지 결연 장애로 깨뜨려질 상황에 놓인다. 대략 18쌍의 결연담이 나오는데, 그중에 12쌍의 결연담에서 결연 장애의 발생과 극복 과정을 담아낼 정도로 결연 장애는 큰 비중을 차지한다. 공통적으로 적대인물의 개입으로 결연 장애가 확대·심화되는 양상을 보여준다.

12　조광국, 앞의 논문, 2007, 100~101쪽.

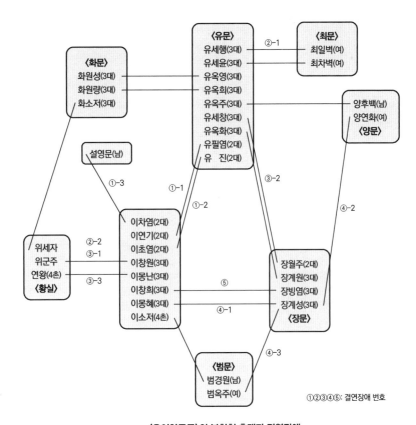

〈유이양문록〉의 복합형 혼맥과 결연장애

4.1. 남성 적대인물에 의한 결연 장애

조문 소속의 인물에 의한 결연 장애는 두 차례에 걸쳐 발생한다(②-1, ②-2). 유세행·세윤과 최일벽·최차벽 사이의 겹혼인(②-1)은, 양쪽이 쌍둥이 형제와 쌍둥이 자매이며, 억울하게 죽은 부부가 이생에서 환생하여 맺어진 혼맥이라는 점에서 흥미롭다. 즉 제위찬탈을 꾀하는 한왕에 의해 억울하게 죽은 유준·유춘 형제(2대)가 동생 유진의 아들 쌍둥이로 환생

한국 대소설의 혼맥婚脈

하고, 그 부인들인 남부인·윤부인이 유진의 처형의 딸 쌍둥이로 환생하여, 이생에서 재결합하는 것이다.

흥미롭게도 겹혼인이 지체되는 과정이 두 차례로 설정된다. 먼저 이들 부부가 이종사촌 간이어서 혼인이 지체되는 과정을 겪는다. 하지만 두 쌍의 겹혼인이 천정연(天定緣)으로 받아들여짐으로써 이들의 일차적인 결연 장애는 극복된다.

그 후 숙질 사이인 조영(2대)·조백명(3대)이 최일벽·최차벽 쌍둥이 자매의 미모를 탐하면서 결연 장애(②-1)가 본격화된다. 이들은 재물을 써서 쌍둥이 자매의 모친을 사로잡았고, 가부장 조완(1대)과 조황후(2대) 부녀를 통해 사혼 조서를 얻어냈으며, 뜻대로 되지 않자 술사 금강탑과 공모하여 딸 쌍둥이 납치를 꾀했다. 그 과정에서 조영·조백명은 매파에게 속아 재물을 허비하고, 조백명은 여장 차림으로 쌍둥이에게 접근했다가 남자임이 탄로 나서 도망치다가 똥물을 뒤집어쓴 인물로 희화화되고,[13] 마침내 두 인물은 쌍둥이 자매로 변장한 시비 초영·취영에게 속아 그들과 혼인하고 만다.

---

13 감히 긔여날 의스룰 못ᄒ고 인ᄒ여 분슈(糞水)룰 쓰고 업듸여시니 최부 창뒤 두로 어드되 굴형은 드리미러 볼 줄 모로고 흐터지거눌 비쇼쇼 잡히물 면ᄒ고 다힝ᄒ여 분슈의 더럽고 괴로오믈 모로고 긔여 니러나 다리룰 쓰일고 겨유 거러 시니의 분슈룰 삣고 우희 입은 녀복을 버셔 바리고 다만 단삼 니의만 입고 천신만고ᄒ여 부즁을 ᄎᄌ 문의 니르러 눈 날이 발셔 시비 되어 비로소 문을 여다가 빅명이 왼몸의 믈을 흘고 문 열물 다힝ᄒ여 급히 드러가려 ᄒ니 문딕이 디경ᄒ여 미러니며 꾸지져 왈 시벽 문을 쳐음으로 열거눌 네 엇진 밋친 거시완디 바로 돌입ᄒ려 ᄒ나뇨 아니 가면 잡아 미리라 … 빅명 이 즐왈 너희 일졍 블만이 굴기룰 줄ᄒ랴 어두온들 눈망울이 업서 날을 몰나 보며 귀됴츠 멋 엇 관딕 니 소리룰 몰나 듯고 듀군의 셩명을 외와 바치라 ᄒ눈다 졔인이 놀나 즉시 블을 켜 비최여 보니 졔 집 디공지 머리와 온 몸을 더레여 물을 흘녓고 왼편 다리룰 졀며 분취(糞臭) 낭ᄌᄒ여 아니쏘은 니 ᄎ마 마지 못ᄒ너라(권19)

한편 가부장인 조완(1대)에 의해 이창원·위군주의 결연 장애(②-2)가 발생한다. 국구 조완은 아들·손자의 하수인인 금강탑을 사주하여 사행(使行) 중인 위왕·이연기·최욱 일행을 물에 빠뜨려 죽게 하고, 위왕·최욱이 생환하자 역모죄를 씌워 귀양보낸다. 또한, 금강탑은 범으로 둔갑하여 위군주를 취하고자 했다. 그때 위군주는 시녀 소옥을 자신의 모습으로 변장시켜 금강탑과 혼인하게 한 후, 금강탑을 개과천선하게 한다. 그 후로 금강탑은 위왕, 영종, 유진 사이를 왕래하며 영종의 복위(復位)와 이창원·위군주의 성혼에 기여한다.

이상, 조문 소속의 인물은 1대, 2대, 3대에 걸쳐 유문·최문의 겹혼인과 이문·황실의 겹혼인을 훼방하는 적대인물의 역할을 맡지만, 모두 실패하고 만다.

4.2. 여성 적대인물에 의한 결연 장애

(1) 한소주에 의한 결연 장애(①-1, ①-2)

한소주는 이연기·유필염의 결연 장애(①-1)를 일으킨다. 그녀는 이미 유필염과 결혼한 이연기에게 반하여 사혼을 얻어낸 후 악행을 저질렀다. 유필염이 정부인과 한소주를 저주한 것으로 일을 꾸몄고, 시아버지가 자신을 친정으로 축출하자 부친을 내세워 시부를 출정케 하고, 자신은 시가로 복귀하여 온갖 악행을 저질렀다. 남편에게 회심단을 먹여 유필염을 향한 사랑을 자신을 향한 사랑으로 바꿔 놓았고, 시모와 시누이를 끌어들여 유필염을 박대하다가, 유필염의 간부가 소동을 피우는 사건을 꾸며 유필염을 살해하고자 했다. 심지어 시가의 큰댁 가부장이 거슬리자 그를 독살하기도 했다. 결국, 악행이 밝혀져 한소주는 액살당하고, 이연기 · 유필염 부부는 화목을 되찾는다.

한소주에 의한 이연기 · 유필염의 결연 장애(①-1)는 유진 · 이초염의 결연 장애(①-2)로 이어진다. 유필염이 억울하게 살해되어 버려졌을 때 오라비 유진에 의해 구조되어, 그 후 친정에서 보살핌을 받았는데 그 일로 두 가문 사이에 갈등이 벌어진다. 유문의 박부인은 딸이 박해당한 것을 억울해하여 며느리 이초염을 꾸짖자, 그 후로 이문에서 이연기가 물러서지 않고 항변하고, 다시 유문에서 유진이 여동생 유필염을 돌려보내지 않으면 이초염을 찢어 죽일 것이라며 험담하는 등 두 가문 사이의 갈등의 골은 깊어지게 된다.

양쪽 가문 사이의 갈등은 겹혼인 혼맥과 맞물리면서 확대된다. 그 과정에서 유문의 시어머니인 정부인의 이중적인 태도가 드러난다. 예컨대 정부인은 유진과 유필염 남매를 대할 때 사위인 유진은 환대하는 반면, 며느리인 유필염에게는 정을 주지 않고 박대했으며, 딸 이초염으로부터 유필염에게 잘해주라는 권면의 말을 듣고 정부인은 유문의 며느리가 된 딸의 처지를 생각하고 그 말을 따르기도 한다. 양 가문에서 며느리를 박해하는 상황이 점입가경을 이룬다.

> 쇼 니시롤 칙왈 … 그딕는 가히 인즈효슌흔 녀지어니와 그딕 집 쳐시 한심 츠악흐여 흔 번 드르미 넉시 비월흐니 곳 인즈의 홀 비 아니라 쇠호사갈지심이라 쇼뷔 오날부터 니가 싱각지 말나 만일 친졍을 싱각거든 금일노브터 노모롤 삿고 삿지 아니려든 싱닉의 연통치 말나 녀이 신인의 도으물 입어 죽엄이 회싱흐엿다 흐니 조금 이후로 닉 면젼의 드리고 잇다가 닉 죽으면

ㅇ지 족히 편히 거스릴 거시오 복즁의 남녀간 제 ᄉ후를 의지ᄒ리니 니기

ᄇ리나 못ᄉᆯ냐(권7)

시가에서 며느리를 박해하는 것은, 친정 쪽에서 보면 딸이 박해를 당

하는 것에 해당한다. 유필염이 시가에서 박대를 당하자, 유문에서는 며

느리 이초염을 꾸짖으며 친정과 인연을 끊으라고 했다. 서로가 처남이면

서도 매부가 되는 유진과 이연기는 출가한 자기 여동생 편을 들고 각자

상대방 누이(자기 아내)에게는 분풀이하는 방식으로, 두 사람 사이에 갈등

의 골은 더욱 깊어진다. (겹사돈을 맺은 두 가문이 각각 출가한 딸의 편에 서서

가문갈등을 벌이는 것으로 되어 있거니와 이 점이 여타 대소설과 구별되는 〈유이양

문록〉의 특징이다.)[14]

이상, 한소주는 이연기 · 유필염 사이에 끼어들어 직접 결연 장애(①-1)

를 일으키고, 나아가 간접적으로 유진 · 이초염의 결연 장애(①-2)가 벌어

지게 함으로써,[15] 결국은 이문 · 유문의 겹혼인을 훼방하는 역할을 맡는

다. 한소주의 죄상이 밝혀지고 이연기 · 유필염 부부가 화목을 이루면서

이런 가문갈등은 해소된다.

---

14 출가한 딸이 시가에서 고난을 겪더라도 친정에서 개입하지 않고, 딸의 고난이 해소될 때
    까지 기다리는 게 여타의 대소설의 일반적인 양상이다. 물론 〈유씨삼대록〉에서 유세
    필 · 박부인이 부부갈등을 일으키자, 친정아버지가 딸을 시가에서 데리고 나가는 경우
    도 있다. (조광국,「고전소설의 부부 캐릭터 조합과 흥미-〈유씨삼대록〉의 경우-」,『개신어문연구』
    26, 개신어문학회, 2007, 74~77쪽)

15 한소주는 간접적으로 이차염 · 설영문의 결연 장애(①-3)를 일으키기도 했다.

(2) 윤운빙에 의한 결연 장애(③-1, ③-2)

윤운빙에 의해 이창원·위군주의 결연 장애(③-1)가 발생하기 전에 일찍이 조문 소속의 인물에 의한 결연 장애의 일환으로 금강탑에 의한 결연 장애(②-2)가 발생하는데, 이몽혜의 재치로 극복하게 되고, 그 결과 이창원·위군주가 혼약하게 된다. 이후 윤황후의 이복동생인 윤운빙이 이창원과 사혼한 후 여러 악행을 서슴지 않음으로써 결연 장애(③-1)를 일으켰던 것이다. 윤운빙은 시가를 헐뜯는 서신을 윤황후에게 보냈고, 위군주가 윤황후에게 올리는 답서를 위조하여 위군주가 황제의 진노를 사서 친정으로 내쫓김을 당하게 했다. 남편에게 보옥화라는 첩이 있다는 말을 듣고 남편의 머리를 북문에 달겠다며 악담했고, 시집 식구들 앞에서 아직 부부관계를 맺지 못했다며 발악해댔다. 또한, 친정어머니와 공모하여 시부모를 독살하기 위해 독약을 구하기도 했다.

윤운빙은 이어서 유세창·장월주의 결연 장애(③-2)를 일으킨다. 윤운빙은 남편로부터 사랑을 받지 못하자, 그 사랑은 다른 남자를 향했다. 그녀는 유세창을 보자마자 첫눈에 반하여 자신의 신분을 녹운동 여자로 바꾸고 개명한 뒤, 유세창을 미혹하여 정을 통했다. 그 과정에서 하수인인 호미랑의 요술로 유세창과 혼인한 장월주를 추녀로 만들어 유세창·장월주의 결연을 훼방했다. 이에 유세창이 장월주에게 개가하라며 소리치는 등 부부갈등이 심화되고, 그 갈등은 장연·유세창의 옹서갈등으로 이어진다.

윤운빙에 의해 연왕·이몽난의 결연 장애(③-3)가 한 차례 더 발생한다. 남편을 향한 증오심으로 이문을 망하게 하기 위한 일환으로, 호미랑과 공모하여 회심단을 태자에게 먹여 태자비 이몽난을 박대하게 했고,

황제에게 현몽하여 이문에서 영종황제를 죽게 해달라고 했다는 저주사건을 일으킨 것으로 꾸몄다. 또한, 신녀로 변장하여 호미랑과 함께 이연기 부자를 해치고자 모의하는데, 호미랑이 황제에게 술을 먹여 쓰러지게 한 뒤 이 일을 이몽난에게 덮어씌우고, 이연기로 둔갑한 하수인이 황제를 해치려 한 것으로 꾸밈으로써, 이문을 위기에 빠지게 했다. 결국, 회과한 금강탑이 사건 전모를 밝힘으로써 이창원·위군주·보옥화 부부와 유세창·장월주 부부가 가내 화목을 이룬다.

윤운빙에 의한 결연 장애를 정리하면 다음과 같다. 첫째, 윤운빙에 의해 이문·황실의 갈등이 심해져서 겹혼인이 깨질 위기에 처한다(③-1, ③-3). 둘째, 그 연장선에서 유문·장문의 가문갈등이 발생하여 혼맥이 깨질 위기에 처한다(③-2). 셋째, 전대에 형성된 이문·유문의 겹혼인이 한소주에 의해 깨질 상황에 처하는데(①-1, ①-2), 한소주가 윤운빙의 전신임을 고려하면, 윤운빙이 전생에서 이문·유문의 겹혼인을 방해했다고 할 수 있다. 요컨대 윤운빙은 이문·유문·장문의 삼각혼 혼맥을 깨뜨리는 요부로 형상화된 것이다.

(3) 여경요·양연화에 의한 결연 장애(④-1, ④-2)

장계성·이몽혜의 결연 장애(④-1)가 먼저 일어난다. 장계성이 이몽혜가 정혼했음을 알면서도 이몽혜에게 연애편지를 보내고 예비장인 이연기에게 딸을 얻기까지 물러서지 않겠다는 내용의 편지를 보냈다가,[16] 이

---

16 쇼싱 댱계셩은 지비ᄒ고 당돌ᄒ나 결박ᄒᆫ 졍소ᄅᆞᆯ 초국공 디인긔 고ᄒᆞᄂᆞ니 쇼싱이 슈블초박덕이나 텬연이 미이여시면 명공의 퇵셔ᄒ시ᄂᆞᆫ 마음이 고산 갓투시나 시러금 능히 물니치지 못ᄒ시리니 … 외람ᄒᆫ 졍셩이 명공의 동샹 ᄰᅵ시ᄂᆞᆫ 디 모쳠홀가 듀야 영딕ᄒᆞ되

한국 대소설의 혼맥婚脈

연기의 분노를 사고, 부친에게 질책을 당하지만, 결국 황제의 사혼을 끌어내 정혼하게 된다. 그 과정에서 여경요가 술수를 부려 장계성과 혼인함으로써 여경요에 의한 결연 장애가 발생한다. 장계성이 지방으로 출타한 틈을 타서, 여경요는 두 소실을 내쫓고, 무녀 경소랑과 공모하여 이몽혜를 해코지했다. 이에 이문에서는 이몽혜가 죽었다는 거짓 소문을 내는 미봉책을 쓰지 않을 수 없었다.

한편 지방으로 내려간 장계성이 범옥주와 정혼한 뒤, 양연화와 혼인하고, 양연화의 시비인 부용과 육체적인 관계를 맺는 등 세 여성과 결혼하는 과정에서 장계성 · 이몽혜의 결연 장애(④-1), 장계성 · 양연화의 결연 장애(④-2), 장계성 · 범옥주의 결연 장애(④-3) 그리고 그밖에 장계성 · 3소실의 결연 장애 등이 발생하는데, 그 결연 장애가 복잡하게 얽히는 양상을 보여준다.

먼저 여경요와 양연화가 대립하는데, 아들을 먼저 낳는 자를 원비로 정할 것이라고 시부가 발언하자, 여경요가 무옥 · 경소랑과 공모하여 부용의 아들을 도둑질하여 원비가 됨으로써 기선을 잡았다. 그 후 양연화와 여경요가 암투를 벌이던 중, 여경요는 양연화를 향한 무고, 이몽혜를 향한 무고, 두 소실을 향한 위해 등 그간 악행들이 밝혀짐으로써 축출당하고 만다. 그 과정에서 양연화는 범옥주와 부용을 살해하려고까지 했다. 그리고 여경요는 자신이 양연화에게 살해당한 것으로 꾸몄다가 남편

명공의 평일 관홍호신 쳐시 도금호야 박졀호미 심호야 녕녀롤 공규의 늘게 호시고 동시 허홀 쓰지 업스니 이닯고 노홉지 아니리잇고 브라건딕 명공은 일죽 싱각호샤 화명혼 쳐소롤 힝호야 명명언슌이 길녜롤 슈히 일오게 호쇼셔 조용이 소회롤 알외여 블명호시면 댱계셩이 형댱삼츠 극변원찬을 감심홀지언명 미친 거조롤 그치지 못호리로소이다 (권45)

장계성을 귀양 가게 했고, 예운암에 피신해 있던 2소실과 부용을 죽이려고 했고, 악소년, 배원토, 영일 등을 사주하여 장계성과 양연화를 살해하고자 했다.

장계성은 유배지에서 학문을 닦으며 정인군자(正人君子)로 변한 후, 초토사로 출정하여 대원수 유세창 군대와 합세하여 토번을 물리치고 귀경하여, 이몽혜·범옥주와 결혼했다. 그 과정에서 양연화가 범옥주에게 가해하고 요예지물 사건을 덮어씌우고, 부용의 아들을 독살하려고 하는 등 악행을 일삼다가 죄상이 밝혀져 하옥되었는데, 부용의 지극한 정성으로 회과하게 되어 가내 화목이 이루어진다. 한편 여경요는 자진하여 궁녀가 되어 조왕을 미혹하여 왕비 화씨를 멀리하게 했고, 유문과 이문을 멸문시키고자 조왕을 충동질하여 반역을 일으키게 했는데, 그 과정에서 사실을 은폐하고자 시비 무옥을 독살했다가, 무옥의 혼령에 의해 죄상이 밝혀짐으로써 능지처참을 당했다.

이렇듯 여경요·양연화에 의한 결연 장애는 여성 적대인물이 두 명으로 확대되고 다시 그 두 여성이 서로 적대적으로 대하는 등[17] 복잡다단한 모습을 보여준다. 그 과정에서 두 차례에 걸쳐 '이문-장문-범문'의 삼각혼과 '유문-장문-범문'의 삼각혼 나아가 '유문-이문-장문'의 겹삼각혼이 깨질 위기에 처한다. 양연화는 도중에 회과하고 여경요는 죽임을 당함으로써 그 혼맥 파탄의 위기는 극복되기에 이른다.

---

17 대부분의 대소설에서는 여성 적대인물이 여러 명일 경우 서로 협력하여 여성 주동인물에게 해코지를 가한다. 〈유이양문록〉에서는 적대인물인 양연화와 여경요가 서로 치열한 암투와 갈등을 벌이는 지점을 세밀하게 펼쳐냈다.

(4) 영릉공주에 의한 결연 장애(⑤)

영릉공주에 의해 이창희·장빙염의 결연 장애가 발생하는데, 그에 앞서서 이창희와 장빙염 사이에 심각한 갈등이 일어난다. 성질이 급한 남편과 여사 지향형 아내의 기질 차이로 갈등이 발생하고, 성폭력을 행사하는 남편 때문에 부부 사이의 반목이 깊어진다.

남편이 엄정한 태도를 취하는 아내를 제압하려고 아내 앞에서 두 기생을 데리고 놀며 아내를 희롱하자, 아내는 부도(婦道)를 지키지 않기로 결심했다. 남편이 폭력적 성관계를 맺기에 이르고, 이에 아내는 화롯불에 몸이 데여도 꼼짝도 하지 않은 채, 추운 겨울날 얇은 옷을 입은 채 밤새 우는 등 묵묵부답의 자세로 대응함으로써, 남편의 넌더리를 샀다. 그러다가 남편은 아내의 품에서 칼을 발견하자 그 칼로 자살 소동을 벌이고, 아내가 이를 말리다가 칼에 베이는 등 둘 사이에 반목은 깊어진다. 마침 남편의 지방 출장을 틈타 주변 인물들이 아내의 거짓 죽음을 내세워 사태를 진정시킨다.

그 과정에서 영릉공주의 개입으로 이들 부부의 갈등은 결연 장애의 위기를 맞을 만큼 심각한 상황에 도달한다. 영릉공주는 이창희에게 상사병이 걸려 마침내 사혼을 얻어내지만, 남편에게 박대를 당한다. 그런 중에 장빙염이 죽지 않았음이 알려지게 되고, 이창희는 속은 것이 분하여 장빙염에게 화풀이를 해댄다. 그때 영릉공주·정첩여·영귀비 일당이 장빙염을 무고하여 액궁에 갇히게 하고, 장빙염 모자를 죽이려 했고, 남편에게 미혼주를 먹여 정신을 혼미케 했다. 심지어 공주는 미소년 영강과 육체적 관계를 맺으며 탐닉했다. 마침내 공주의 죄상이 밝혀져 귀양 가게 되고, 이창희·장빙염이 화목을 이룬다.

이상, 영릉공주는 장문·이문의 겹혼인을 막고 궁극적으로는 유문·이문·장문의 겹삼각혼을 훼방하는 역할을 하지만, 영릉공주의 축출로 겹혼인과 겹삼각혼의 혼맥은 견고하게 유지된다.

5. 결연 장애의 요체: 여성 적대인물의 애욕

대소설에서 남녀결연을 훼방하는 적대인물은, 성(性)에 따라 약간 차이가 나지만, 대체로 사기 결혼을 당하거나 징치 당하거나 회과(悔過)하는 것으로 마무리된다. 〈유이양문록〉은 그러한 경향을 따르면서도, 앞에서 살펴보았듯이 남성 적대인물을 삼촌과 조카 두 명으로 설정하여 그들이 쌍둥이 겹혼인을 훼방하게 하는 것으로 변화를 주었다. 특히 여성 적대인물에 의한 결연 장애의 일반적인 틀을 수용하되, ①, ③, ④, ⑤의 네 가지로 반복 설정함으로써, 서사 구조상 차별성을 획득했다. 그 일반적인 틀은 "⑴남녀결연-⑵여성 적대인물의 개입·혼인-⑶여성 적대인물의 악행-⑷결연 장애의 확대·심화-⑷여성 적대인물의 징치-⑸부부 화목"의 양상을 띤다.

주목할 것은, 악인형 여성으로 설정되는 상층여성이 모두 애정 애욕형 여성으로 설정된다는 것이다. (다른 대소설과 견주어볼 때 〈유이양문록〉은 여성 적대인물의 속성을 애정 애욕에 초점을 맞추었다고 할 수 있다.) 이들 여성은 처음 본 남성에게 반하여 상사병에 걸리기도 하고,[18] 사혼을 얻거나(한

---

18 [윤운빙의 상사병] 소후의 달갓튼 얼골과 옥셩이 이목의 암암ᄒᆞ며 안즁명이 되엿고 밤의 줌이 업고 음식을 만난즉 긔운이 경비ᄒᆞ여 먹지 못ᄒᆞ니 십여 일의 밋쳐ᄂᆞᆫ 샹요의 침

한국 대소설의 혼맥婚脈

소주, 윤운빙, 영릉공주의 경우) 꿈 이야기를 꾸며내고(양연화의 경우), 마침내 마음에 품은 정인과 혼인하기에 이른다.

그 과정에서 이들 여성은 자기 마음에 드는 남성과 혼인하고자 하는 의사를 적극적으로 표출한다. 예컨대 영릉공주는 황제의 사혼에 따라 남편으로 정해진 남성을 따르지 않고 도망친 후에 신분을 속이고 이창희와 정분을 맺고 그의 첩이 되었다가, 훗날 죄상이 드러나게 되는데, 그때 황제에게 다음과 같이 아뢰었다.

> 위연이 명됴진하(正朝陳賀) 귀경ᄒ옵다가 니한님 챵희와 눈이 마조텨 얼골 보오므로브터 눈의 박히고 ᄆ음의 얽혀 병이 되오니 녀지 되여 외간남ᄌ룰 무단이 샹ᄉᄒᄂᆫ ᄆ음으로써 타문의 츌가홀 뜻을 두리잇고 이 ᄯᅩ 블가ᄒ고 샹ᄉ홈도 블가ᄒ디 능히 썰티디 못ᄒ니 ᄎᄂᆫ 텬의와 신명이 유의ᄒ시미 반 ᄃᆺᄒ온디라 밍셰ᄒ야 니가의 가디 못ᄒ오면 단연이 죽어 망부셕이 되옵고 져 ᄒ옵거눌 폐히 믄득 셜가와 명혼ᄒ시니 쟝챳 면홀 길히 업서 드듸여 젼근 일운을 ᄃ리고 도망ᄒ와(권72)

황제가 일찍이 정해준 정혼자가 있는 상황에서 공주는 그를 버리고 다른 남자를 따라간 잘못을 용서해달라고 빌지 않았다. 오히려 공주는 이창희를 향한 사랑의 열정 때문에 황제의 결정에 따를 수 없었음을 솔직하게 털어놓고, 끝내 이창희의 아내가 되고야 말았다. 이렇듯 공주를 비롯하여 적대인물들은 공통적으로 사랑의 열정을 주체하지 못하는 인물

면ᄒ니(권33); [여경요의 상사병] 댱계셩의 화풍셩안이 시시로 눈의 영쪄 ᄉ렴ᄒᄂᆫ 졍이 미칠 듯ᄒ야 음식을 긋고 병이 졈졈 듕ᄒ니(권47)

로 제시된다.

한편 윤운빙, 여경요, 영릉공주의 욕망은 애정을 넘어 애욕·음욕 쪽으로 심화되는 양상을 보여준다. 윤운빙은 남편 이창희의 사랑을 받지 못하자 이내 다른 남자 유세창에게 반하여,[19] 자신의 신분을 속이고 그와 육체관계를 맺고 그의 사랑을 붙잡아 두려고 했다. 여경요는 시가인 장문에서 축출된 후, 다른 남자를 택하고자 하던 중에 조왕의 미희가 되어 밤마다 환락을 일삼았다. 영릉공주는 일찍이 음란한 궁녀였다가 첩여가 된 어미의 소생이었고, 어려서부터 창녀 출신인 유모·보모·궁녀의 무리로부터 음양의 이치를 배워 음욕이 가득한 여성이었거니와, 영강과 육체관계를 맺으면서 관능을 탐하는 모습을 드러냈다. 이렇듯 애정 애욕을 성취하려는 여성들이 일으키는 행태는 결연 장애의 4회 반복·변이 그리고 그 틀 안에서 한 명의 여성이 두 남성 사이에서 양다리를 걸치는 사랑놀이 3회 반복(윤운빙, 여경요, 영릉공주)의 구성으로 뒷받침된다.

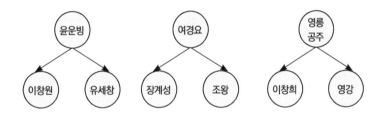

---

19 그윽이 샹냥ᄒ되 니 창원을 흠션ᄒ여 조ᄎ문 그 견혀 풍모지화롤 혹ᄒ미러니 구ᄎ히 구러 이의 니르런지 히 지나되 운우지낙은커니와 면목 어더보기도 어려오니 십오 쳥츈이 속졀업시 늙으미 우웁지 아니랴 뉴셰창의 풍뉴문댱이 창원의게 지지 아니ᄒ고 창원 미몰혼 뉘 아니라 호화혼 긔샹이 미인의 두졍댱뷔니 진짓 나의 비필이어마는 니 그릇 창원 졕ᄌ의 긔물이 되여(권36)

한국 대소설의 혼맥婚脈

이들 세 여성은 투기심을 일으키며 처첩갈등을 벌이는 것에 그치지 않고 남편과 시가를 해코지하고 외간 남자와 정을 통하는 지점까지 나아갔다. 그 일련의 행위는 그들이 남편으로부터 냉대를 받았기 때문이기도 하지만, 근본적으로는 이들 여성이 애정 애욕의 성향을 지닌 인물이었기 때문이다.

여성 적대인물의 애정 애욕이 극대화되었다고 할 것인데, 그와 관련하여 여성 적대인물들의 애정 애욕·음욕은 장계성의 두 소실(월앵·옥선) 그리고 이창희의 두 소실의 수절과 대비된다. 두 소실은 모두 창녀 출신들로서 장계성과 이창희의 풍류·향락의 대상에 불과했음에도 불만을 품지 않았으며 결연을 훼방하지도 않고 다른 남자와 음욕적인 행동을 일삼지도 않았다. 기녀에게는 정조를 묻지 않던 것이 풍속일진데, 그런 기녀들이 한 남성과 육체적 관계를 맺었다 하여 그 남성에게 수절한 것은, 더욱이 상대 남성이 첩으로 들인다는 약속을 하지 않았는데도 수절한 것은, 이 작품이 남성 중심의 가부장제적 이데올로기와 밀접한 관련이 있음을 여실히 보여준다.

기녀들이 그랬다면, 상층여성은 더 말할 나위도 없으며, 설령 남편에게 다른 처첩이 있을지라도 수절하며 부덕(婦德)을 실행해야만 했다. 하지만 이들 여성에게서 전혀 그런 모습을 찾아볼 수 없다. 그들은 첫눈에 반한 사랑의 열정에 사로잡힌 나머지, 상대 남성이 싫어할지라도 임금을 내세워 상대 남자가 마지못해 결혼을 승낙하게 했다. 그리고 자신의 애정이 남편에게 받아들여지지 않자, 남편에게 원한을 품었고, 심지어 다른 남자를 택하여 정분을 맺고 남편의 가문마저 멸문시키고자 했다. 그런 비극적 종말은 남성 중심의 가부장제 이데올로기를 역설적으로 보여준다.

그럼에도 이들 여성이 소망하는 것은, 자신이 사랑하는 남자를 선택하고, 그 남성과 사랑을 주고받는 것이었다. 그런 애정 애욕은 당대의 상층여성들 사이에 자리 잡고 있던 것인바, 작품세계에서 형상화되지 않을 수 없었을 것이다. 결과적으로 그런 애정 애욕은 가부장제적 이데올로기에 배치되는 것이어서 여성의 일방적인 사랑 그리고 여성의 음욕으로 펼쳐지지 않을 수 없었고 그 종말이 비극적일 수밖에 없었다. 그럼에도 여성의 애정 애욕을 철저히 응징하는 쪽으로만 끌고 갈 수 없었는지, 양연화에게는 회과(悔過)하는 길을 열어 놓았고, 영릉공주에게는 육체적 사랑을 나눈 상대인 영강과 가정을 꾸리는 것을 허용하는 틈새를 열어 놓았다.[20]

이상, 여성의 주도적인 애정 애욕은 결연 장애의 반복·변이를 형성하는 핵심 요소이자, 가문 간 통혼의 견고한 틀인 겹삼각혼을 깨뜨리는 근간 요소로 자리를 잡는다. 요컨대 이 작품은 이야기를 남녀 결연담 위주로 풀어가되 그 과정에서 결연 장애의 반복·변이를 초점화해냄으로써 그리고 그 결연 장애들을 펼쳐내는 과정에서 또다시 상층여성의 애정 애욕 문제를 초점화해냄으로써, 여타 작품과의 차별성을 확보했다고 할 것이다.[21]

20　대소설에서 성욕적인 여성은 여러 남성의 품을 전전하다가 죽는 것으로 처리된다. (장시광, 앞의 책, 264쪽) 〈유이양문록〉의 영릉공주는 그렇지 않다.

21　장시광에 따르면 〈소씨삼대록〉, 〈쌍천기봉〉, 〈명주보월빙〉, 〈화산선계록〉 등에서 여성 적대인물들의 악행은 애정, 성(애욕), 종통, 가권, 재물, 권력 등을 추구하는 다양한 욕망에서 비롯된다. 그중에 〈쌍천기봉〉은 여타의 작품에 비해 여성 적대인물의 악행은 애정에서 비롯되는데, 그에 해당하는 여성 적대인물은 조제염, 옥란, 공씨, 월섬, 여씨 등이

6. 마무리

이상, 〈유이양문록〉의 서사구조와 결연 장애에 대해 논의했는데, 요약하면 다음과 같다.

먼저 〈유이양문록〉은 유문 · 이문 중심의 양문록 구조를 바탕으로 하되 이를 넘어서서 유문 · 이문 · 장문의 삼문록 구조를 지향하며, 중심이 되는 3문 이외의 여러 가문이 각각 3대 이야기를 펼쳐냈다. 이는 〈소현성록〉(〈소씨삼대록〉), 〈유씨삼대록〉, 〈조씨삼대록〉, 〈임씨삼대록〉, 〈문장풍류삼대록〉 등 삼대록 제명을 지닌 소설이 중심가문을 특정의 한 가문으로 한정하고 그 가문 이야기를 3대로 확장해 나가는 구조를 지니는 것에서 한 걸음 더 나아간 것에 해당한다. 또한 〈유이양문록〉은, 〈부장양문열효록〉과 〈하진양문록〉의 양문록 · 이대록의 서사구조와 〈윤하정삼문취록〉의 삼문록 · 삼대록의 서사구조 사이에서, 양문록 제명을 표방하면서도 내용으로는 삼문록 지향의 이야기를 확보한 것에 해당한다. (참고로 〈부장양문열효록〉, 〈하진양문록〉의 이대록 구조를 수용하되 양문록 구조를 4문록 구조로 확대하면, 4문록 · 이대록의 서사구조가 되는바, 이런 서사구조는 '사성기봉'이란 부제를 단 〈임화정연〉으로 이어진다.)

또한 〈유이양문록〉은 단순히 겹혼인의 확대(6회)와 삼각혼의 확대(3회)에 그치지 않고 이 둘을 합한 겹삼각혼이라는 새로운 혼맥을 창출했다. 이런 겹삼각혼 혼맥은 유문 · 이문 · 장문의 견고한 가문연대를 지향하는바, 그 구조는 복수 가문의 삼대록 구조 및 삼문록 지향의 구조와 호응한

다. (장시광, 앞의 책, 86~10쪽) 그런데 〈쌍천기봉〉에서 적극적으로 애정을 성취하는 상층 여성은 조제염 한 명에 한정된다.

다. 이런 겹삼각혼의 혼맥은, 겹혼인(《창란호연록》), 삼각혼(《청백운》), 일부삼처혼(《임화정연》) 그리고 이 세 가지가 어우러지는 복합형 혼맥(《화정선행록》)과는 차별성을 지닌다.

다음으로 미시적 서사구조에 대해서다. 〈유이양문록〉은 적대인물의 활약에 따라 다섯 가지의 결연 장애의 반복·변이를 담아내며, 그런 중에 여성에 의한 것을 네 가지로 설정했다. 여성 적대인물에 의한 결연 장애는 여성들의 애정 애욕에서 비롯되는바, 그들은 자신이 사랑하는 남성 그리고 자신의 사랑을 알아주는 남성을 택하고자 했는데, 이런 사랑은 가부장제적 이데올로기에 정면 배치되는 것으로 격하되고 만다. 여성의 주도적인 애정 애욕은 결연 장애의 반복·변이를 형성하는 요체요, 가문 간 통혼의 견고한 틀인 겹삼각혼을 흔들어 놓는 핵심 요소로 자리를 잡는다.

이상, 〈유이양문록〉이 거시적으로는 겹혼인과 삼각혼의 반복과 겹삼각혼의 창출을 통해 강력한 가문연대를 지향하는 서사구조를 지니지만, 미시적으로는 상층여성의 애정 애욕을 초점화하는 서사구조를 보여준다. 이는 상층여성의 애정 애욕의 힘이 가문연대의 힘에 팽팽하게 대립할 정도의 양상을 보이는 것과 표리관계를 이룬다. 비록 강한 가문연대의 힘이 상층여성의 애정 애욕의 힘을 통어하는 쪽으로 귀결되지만.

Ⅴ 극대화된 복합형 혼맥

〈명주보월빙〉 연작과 방계작

1. 전편 〈명주보월빙〉: 겹혼인 · 삼각혼의 복합형 혼맥

〈명주보월빙〉 · 〈윤하정삼문취록〉 연작의 경우를 보자. 전편 〈명주보월빙〉의 혼맥은 2대에서 두 개의 겹혼인과 한 개의 삼각혼이 맞물리는 복합형 혼맥의 형태를 보여준다.

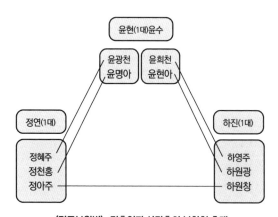

〈명주보월빙〉: 겹혼인과 삼각혼의 복합형 혼맥

윤문의 상황이 흥미롭다. 1대는 형 윤현과 아우 윤수는 이복형제인데 아우 윤수는 딸(윤현아)만 있고 아들이 없어서, 형의 두 아들 광천·희천 중에 둘째 희천을 입양하여 가계를 이었다. 그렇게 해서 2대 광천·희천 형제는 명분상 4촌이 된다.

가문의 종통은 종법에 따라 윤수에서 윤광천으로 이어졌는데, 그때 방계(傍系)인 윤수의 모친(선대계실: 위부인)은 자기의 며느리(윤수의 아내: 유부인) 그리고 큰딸(윤경아) 등과 합세하여 전실의 자식인 윤현 쪽('윤현–윤광천')의 종통을 빼앗아 친아들(윤수)에게 넘겨주기 위해 온갖 모략을 일삼았다.[1] 방계 윤수에게는 친아들이 없어서 이복형이자 종장인 윤현의 차남인 윤희천을 입양한 상태였는데, 이들 세 여성은 입양아 윤희천이 윤현의 핏줄이라는 이유로 그마저 제거하고 자신들의 마음에 드는 자를 새로 입양하여 윤문의 종통을 잇고자 했다. 그 과정에서 종손 윤광천·정혜주(2대) 쌍과 윤희천·하영주 쌍이 심각한 고난을 겪지만, 이들 두 쌍의 지극한 효우로 윤문의 종통은 지켜지는 것으로 마무리된다.

윤·하·정 3문의 혼맥은 그런 윤문과 정문이 겹혼인을 맺고 윤문과 하문이 겹혼인을 맺는 형태를 띤다. 즉 2대 윤광천·정혜주 결혼에 이어 윤명아·정천흥(1남) 결혼이 맺어지고, 2대 윤희천·하영주 결혼에 이어 윤현아·하원광 결혼이 성사된다.

윤·하·정 3문의 혼맥에서 눈길을 끄는 것은 그 혼맥이 세 집안의 종통 확립과 깊은 관련이 있다는 것이다. 먼저 윤·하·정 3문의 통혼관계에서 중간에 있는 윤문의 핵심 사안이 적장 중심의 종통 확립이었는데,

---

1　장시광, 「대하소설의 여성과 법」, 『한국고전여성문학연구』 19, 한국고전여성문학회, 2009, 127~178쪽.

하문의 경우에도 마찬가지로 그게 중요한 문제로 대두된다. 하문의 장남, 차남, 삼남이 간신의 참소로 처형을 당함으로써, 하문의 명맥은 가까스로 4남 하원광에 의해 유지된다. 그때 장남부터 3남까지 자식을 낳지 못한 채 참변을 당했기에 하원광(4남)이 가문의 종통을 잇게 되는데, 하원광은 참변을 당한 집안의 아들이라는 게 대외적으로 큰 약점으로 부각됨으로써 적장자의 신변에 어려움이 닥치게 된다.

그 과정에서 하문의 종통 확립에 윤문이 깊이 관련된다. 하원광은 윤현아와 정혼한 상태였기에 윤현아는 하문의 맏며느리나 다름이 없었다. 그런데 윤문의 방계(傍系)인 윤수의 모친(위부인)과 아내(유부인)는 윤현아(윤수 2녀)를 파혼시키고 혼처를 상층 벌열 집안에서 구하고자 했다. 하지만 윤현아의 거절과 피신 그리고 윤희천의 도움으로 그 결혼은 예정대로 이루어진다. 그 일련의 과정은 윤현아를 하문의 총부로 세우는 과정이요, 하문의 종손 부부인 하원광·윤현아를 보호하는 과정에 해당한다.[2] 덧붙여 정문의 정천흥은 정문의 적장자인데, 그의 배필은 윤명아였다. 요컨대 윤·하·정 3문의 혼맥은 각 가문의 적장자와 맏며느리 부부를 옹립하는 특성을 보여준다고 할 것이다.

한편 적장자 옹립에서 방향을 틀어 애정 애욕의 문제가 설정되기도 한다. 예컨대 하원창(6남)·정아주 부부를 훼방하는 성난화가 있다. 애초에 성난화는 정아주의 남형제인 정세흥에게 첫눈에 반해 결혼하여 정세흥의 3처(양씨·성난화·소염란) 중 둘째 부인이 되지만, 시기 질투심이 강해 온갖 악행을 저지르다가 쫓겨나고 말았다. 그 후 성난화는 설빈군주가

---

2 그 후로 4남 하원광의 동생들인 5남, 6남, 7남이 태어났다. 장남, 차남, 삼남이 환생한 것으로 설정된다.

되어 하원창의 정실로 들어가, 하원창의 둘째 부인인 정아주에게 악행을 일삼았다.[3] 하지만 설빈군주의 정체가 성난화임이 밝혀지고 하원창·정아주의 부부관계는 회복된다. 이처럼 하·정 두 가문 사이의 혼맥은 욕정적인 외부 여성의 악행과 비행을 극복하는 양상을 띤다.

이렇듯 〈명주보월빙〉의 혼맥은 윤·하·정 3문 사이에 두 개의 겹혼인과 삼각혼이 맞물리는 복합형 혼맥을 근간으로 한다.[4] 윤·하·정 3문이 각기 다른 가문과 다양한 혼맥을 맺음으로써 그 복합형 혼맥은 확대되는 양상을 띰은 물론이다.

2. 후편 〈윤하정삼문취록〉: 극대화된 복합형 혼맥

후편 〈윤하정삼문취록〉에서는 윤·하·정 3문의 3대와 4대를 중심으로 다양한 혼사담이 펼쳐지는데, 전체적으로 보면 무려 124쌍의 혼사담이 설정된다.[5] 여러 가문 사이에 겹혼인, 삼각혼, 겹삼각혼[6] 등이 어우러져 형성하는 복합형 혼맥을 보여준다. 세부적으로 그 혼맥의 복합적 형

---

3   장시광, 「〈명주보월빙〉의 여성 수난담과 서술자의식」, 『한국고전여성문학연구』 17, 한국
     고전여성문학회, 2008, 318쪽.
4   유인선이 제시한 윤부 가계도, 하부 가계도, 정부 가계도를 바탕으로 분석한 것이다. (유
     인선, 「〈명주보월빙〉 연작 연구」, 서울대 대학원, 박사논문, 2021)
5   정영신, 「〈윤하정삼문취록〉의 혼사담 연구」, 한국외대 박사논문, 2008, 38쪽.
6   유인선은 〈명주보월빙〉·〈윤하정삼문취록〉 연작에서 앞에서 다룬 다섯 쌍과 3대 하몽
     성·정월염이 서사 전개에서 비중이 큰 부부임을 제시하고 그 여섯 쌍의 부부로 이루어
     지는, 겹삼각혼의 형태가 혼맥의 근간임을 짚어냈다. 그리고 그 겹삼각혼을 통해 옹서갈
     등이 다채롭게 펼쳐졌음을 제시했다. (유인선, 앞의 논문, 187쪽)

태는 앞선 작품들에서 찾아보기 힘들 정도로 대폭 확대되는 양상을 보여준다.

먼저 겹혼인을 보자. 윤문과 하문은 삼겹혼(3대 두 쌍, 4대 한 쌍)을 맺고, 윤문과 정문은 3대에 7겹 혼인을 맺으며, 하문과 정문은 3대 하몽성 · 정월염 부부를 비롯하여 무려 16겹 혼인을 맺는다. 그렇게 해서 〈명주보월빙〉 · 〈윤하정삼문취록〉 연작에서 윤 · 하 · 정 3문의 혼맥은 2대부터 4대까지 무려 5겹 삼각혼을 형성하기에 이른다.

그리고 〈윤하정삼문취록〉에서 윤 · 하 · 정 3문이 각각 다른 가문과 맺는 통혼의 범위가 확대된다.[7] 이들 3문이 각각 다른 가문과 맺는 겹혼인이 빈번하게 설정되며, 삼각혼도 마찬가지다.

그중에 눈길을 끄는 것은, 윤 · 하 · 정 3문 중 두 가문이 다른 가문과 맺는 삼각혼이 다채롭게 설정된다는 것이다. 윤문 · 하문이 중심이 되는 삼각혼으로 '윤문 · 하문-등문'의 혼맥, '윤문 · 하문-설문'의 혼맥, '윤문 · 하문-소문'의 혼맥, '윤문 · 하문-임문'의 혼맥, '윤문 · 하문-황실'의 혼맥 등이 있다. 그리고 하문 · 정문이 중심이 되는 삼각혼으로 '하문 · 정문-곽문'의 혼맥, '하문 · 정문-석문'의 혼맥, '하문 · 정문-조문'의 혼맥, '하문 · 정문-한문'의 혼맥 등이 있다. 정문 · 윤문이 중심이 되는 것으로 '정문 · 윤문-이문'의 삼각혼이 있다.

이들 가문 사이에 겹혼인과 그 이상의 중층적 혼인이 들어있음은 물론이다. 예컨대 '윤문 · 하문-황실'의 삼각혼을 보면, 유문에서는 '윤홍린(윤희천 4남)-옥선공주(황제 · 정궁 3녀)'의 결혼과 '윤기화(윤청문 · 정혜주 딸)-태

---

7 이하 혼맥에 대한 것은 정영신이 제시한 124쌍의 "가문 간 결연 내용"에 관한 표(정영신, 앞의 논문, 39~43쪽)를 참고하여, 내가 추출해본 것이다.

자'의 결혼으로 황실과 혼맥을 형성하며 하문에서는 '하몽린(하원광 2남)-혜선공주(황제·정궁 2녀)'의 결혼으로 황실과 혼맥을 형성한다. 유문과 하문 사이에 겹혼인이 있는 것은 물론이고, 윤기화의 외가가 정문임을 고려하면, 윤·하·정 3문의 통혼망(通婚網)은 황실을 포함하기에 이른다. (이는 윤·하·정 3문이 국정과 사회 운영에서 중심을 차지하는 연대가문으로 부상했음을 보여준다.)

또한, 윤·하·정 3문에 다른 한 가문이 합세하여 네 가문이 모두 서로 얽히면서 혼맥을 형성하기도 한다. 먼저 윤·하·정 3문에 엄문이 가담하여 네 가문이 혼맥을 형성한 경우를 제시하면 다음과 같다.

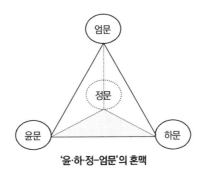

'윤·하·정-엄문'의 혼맥

윤·하·정 3문과 엄문, 네 가문 사이에 맺는 혼맥은 윤·하·정 삼각혼을 비롯하여 윤·하·엄 삼각혼, 정·하·엄 삼각혼, 정·윤·엄 삼각혼 등 네 개의 삼각혼이 한데 어우러지는 정사면체인 삼각뿔 형태를 이룬다. 그 삼각뿔 혼맥은 일부삼처혼 혼맥과 차별성을 확보할 뿐 아니라, 네 가문이 꼬리에 꼬리를 무는 연쇄적 사각혼 혼맥과도 차별성을 획득한다. 이는 〈윤하정삼문취록〉에서 새롭게 선보인 혼맥의 형태에 해당한다.

물론 다른 대소설에서 네 개의 삼각혼이 응집된 삼각뿔 형태의 혼맥이

한국 대소설의 혼맥婚脈

있을 수 있겠다. (모든 대소설의 혼맥을 조사해 보면 그런 혼맥이 있을 수 있겠다.) 그런데 다음에서 보듯 그런 삼각뿔 형태의 혼맥은 윤·하·정 3문에 엄문이 가세한 경우([도표 1])를 비롯하여 주문이 가세한 경우([도표 2]), 구문이 가세한 경우([도표 3]), 화문이 가세한 경우([도표 4]) 등 네 가지나 설정되어 있다.

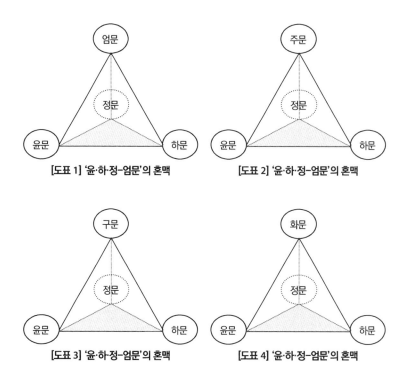

[도표 1] '윤·하·정-엄문'의 혼맥   [도표 2] '윤·하·정-엄문'의 혼맥

[도표 3] '윤·하·정-엄문'의 혼맥   [도표 4] '윤·하·정-엄문'의 혼맥

흥미롭게도 위의 네 경우를 모두 합쳐놓으면 윤·하·정 3문의 삼각혼을 둘러싸고 엄문, 주문, 구문, 화문 등 네 가문이 가세함으로써, 그 입체적인 형태는 더욱 확대되는 형태를 보여준다. 그런 형태는 〈윤하정삼문취록〉에서 설정된 혼맥의 특징적 형태로 보아도 무리가 없다.

이렇듯 〈윤하정삼문취록〉의 복합형 혼맥은 겹혼인의 경우 겹혼인을 비롯하여 삼겹혼인, 7겹 혼인, 16겹 혼인을 설정했으며, 삼각혼의 경우 윤·하·정 삼문 중에서 두 가문과 다른 가문이 맺는 삼각혼을 다채롭게 펼쳐냈고, 거기에 더해 윤하정 삼문과 다른 한 가문이 한데 어우러져서 삼각뿔을 이루는 형태의 혼맥을 다채롭게 설정했다.[8] 일일이 제시하지 못한 여러 가지의 혼맥이 합쳐져 있거니와 그 복합형 혼맥은 극대화되는 양상을 보여준다고 할 것이다.

물론 혼사담 중에서 여성 쪽에 문제가 있어서 부부관계가 화목하지 못한 채 유지되는 경우가 있다. 예컨대 하몽성·연희벽 부부와 정현기·연수벽 부부의 경우 사촌 자매인 연희벽(연세휴의 딸)과 연수벽(연세운의 딸)은 둘다 남성에게 첫눈에 반했다가 결혼하게 되는 모습을 보여주지만, 나중에는 부부가 불화하는 쪽으로 이야기가 흐른다. 그중 연희벽은 병들어 죽는다.

그런 부부불화의 상태를 넘어서 여성이 심각한 문제를 일으킴으로써 혼맥이 끊어지기도 한다. 윤·여·소 3문 사이에 맺어진 삼각혼을 보자.

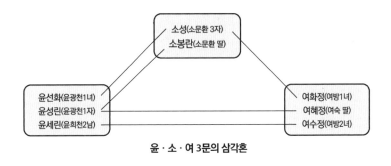

윤·소·여 3문의 삼각혼

---

8   삼각뿔 혼맥을 이루는 경우에도 그 혼맥은 그 자체로 복잡한 형태를 보여준다. (단적인 사
    례로 이 책 246쪽의 [도표 1-1] 참조)

윤·여·소 3문의 삼각혼에서 여문 쪽의 여화정·여수정·여혜정 자매(사촌 자매 포함)는 모두 애욕적인 성향이 강한 여성으로 제시된다. 세 여성은 모두 첫눈에 반한 남편과 결혼하지만, 남편의 사랑을 받지 못하자 투기 질투하며 악행을 일삼았고, 그중에 여수정과 여혜정은 욕정을 참지 못하고 불륜을 저질렀다. 이들 세 여성은 모두 쫓겨난 후에 죽게 되는바, 윤·여·소 3문이 형성한 삼각혼은 깨지고 만다.

그뿐 아니다. 세 여성의 부친 세대인 여방과 여숙은 형제였는데 두 형제는 일신상의 이익과 영달을 위해 비리와 악행을 일삼았다. 여문은 부친과 딸이 모두 음란, 비리, 악행을 일삼는 부정적인 가문의 모습을 보여준다. 삼각혼의 파탄은 예고되어 있었다고 할 것이다. (윤문과 소문 사이의 결혼인은 견고하게 유지된다.)

이상, 〈윤하정삼문취록〉의 혼맥은 가문연대의 바탕이 되거니와, 그중 부정적인 가문과의 혼맥은 깨지게 되고, 긍정적인 가문은 혼맥에 의해 가문연대가 더욱 공고해지는 양상을 보여준다. 어쨌든 〈윤하정삼문취록〉의 복합형 혼맥은 "무려 124쌍에 달하는 혼사담을 담아내되 그중에 38쌍의 서사담을 비중 있게 펼쳐낸"[9] 서사구조로 자리를 잡는다고 할 수 있다.

---

9   정영신, 앞의 논문, 72~205쪽.

3. 방계작 〈엄씨효문청행록〉: 4겹 혼인의 확대 방사형 혼맥

주지하다시피 〈엄씨효문청행록〉은 〈명주보월빙〉·〈윤하정삼문취록〉 연작의 방계작인데, 그중에서도 후편과 밀접한 관련이 있다. 먼저 〈윤하정삼문취록〉에 설정된 혼맥 중에서 엄문이 포함된 혼맥을 보자.

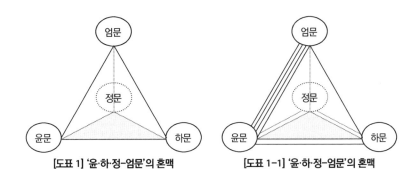

[도표 1] '윤·하·정-엄문'의 혼맥　　[도표 1-1] '윤·하·정-엄문'의 혼맥

위 [도표 1]은 앞에서 언급한 것인데, 그 혼맥을 상세히 제시하면 [도표 1-1]과 같다. 엄문은 윤문과 4겹 혼인을 형성하고 하문과도 한 차례 혼맥을 형성하고 정문과도 한 차례 혼맥을 형성한다. 그리고 그 혼맥의 중심은 윤·하·정 삼문에 있는바, 이들 세 가문의 혼맥은 [도표 1-1]에서 보듯 겹삼각혼이다. 〈윤하정삼문취록〉은 윤·하·정 3문의 겹삼각혼 혼맥을 통해 형성되는 가문연대를 중심축에 놓고, 그런 가문연대가 다른 가문으로 확대되는 양상을 보여준다고 할 것이다. 그 다른 가문 중의 하나가 엄문인 것이다.

그런데 〈엄씨효문청행록〉의 혼맥은 엄문 중심으로 바뀌고 그 형태는 엄문이 여러 가문과 통혼관계를 형성하는 방사형 혼맥의 형태로 바뀐다.

[1대] 일찍이 세상을 떴다.

[2대] 엄백진을 비롯한 삼형제는 각각 최부인, 범부인, 장부인을 맞이했다.

[3대] 윤문, 진문, 한문, 문문, 양문, 호문에서 며느리를 들였고, 여문, 화문, 석문, 조문, 윤문에서 사위를 들였다.

〈엄씨효문록〉의 혼맥에서 의외인 것은, 〈윤하정삼문취록〉에서 형성되었던 엄문과 하문 · 정문 두 가문 사이의 혼맥이 빠졌다는 것이다. 물론 〈윤하정삼문취록〉에서 설정한 윤문과 엄문의 4겹 혼인은 그대로 가져왔다. 하지만 4겹 혼인마저 윤문 중심에서 엄문 중심으로 바뀐다. 요컨대 엄문 중심의 확대 방사형 혼맥으로 바뀐 것이다.

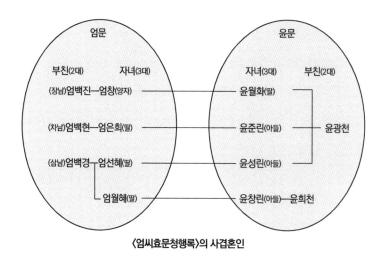

〈엄씨효문청행록〉의 사겹혼인

4겹 혼인 중에서 큰 비중을 차지하는 부부는 엄창 · 윤월화 부부와 윤창린 · 엄월혜 부부다. 엄창 · 윤월화는 입양계후 부부로서 양모 최부인에 의해 고난을 겪으면서도 지극한 효우를 행하여 차세대 종장 · 총부로 자리를 굳히거니와, 그 작품 내적 비중이 크다.

그리고 윤창린 · 엄월혜 부부는 남편과 처삼촌의 영웅적 활약을 뒷받침하는 부부로서 그 중요성을 확보한다. 즉, 윤창린과 엄백현이 각각 대원수와 부원수로 출전하여 엄문 내에서 엄표가 일으킨 반란을 진압하고 외부적으로는 견융의 반란을 진압한다. 이러한 겹혼인은 4겹 혼인으로 확대되면서 두 가문이 이루는 가문연대의 견고성을 확보한다.

앞에서 살펴보았듯이 〈명주보월빙〉 · 〈윤하정삼문취록〉 연작은 세 중심가문인 윤 · 하 · 정 삼문 사이에 겹삼각혼 혼맥을 형성하고 그 바탕 위에 세 가문이 각각 다른 가문과 겹혼인, 삼각혼 그리고 삼각뿔 등 많은 혼맥을 맺거니와, 극대화된 복합형 혼맥의 모습을 보여준다. 그런 극대화된 혼맥으로 형성되는 가문연대는 후편으로 가면서 더욱 확대되는 양상을 보여준다.

〈엄씨효문청행록〉에서 엄문이 윤문과 맺는 4겹 혼인은 그런 극대화된 복합형 혼맥의 일부에 해당한다. 그런데 두 가문 사이의 가문연대 성향이 클지라도 작품세계는 엄문 중심으로 엄문의 가문창달을 담아냈거니와, 이는 〈엄씨효문청행록〉의 제목과 호응한다. 소설사적 흐름에서 보면, 그런 〈엄씨효문청행록〉의 출현은 〈명주보월빙〉 · 〈윤하정삼문취록〉 연작에서처럼 확대된 복합형 혼맥이 출현한 시점에서도 특정 가문 중심의 방사형 혼맥이 여전히 한 흐름을 형성하고 있음을 보여준다.

이 지점에서 고려해야 할 것이 있다. 그것은 〈명주보월빙〉 · 〈윤하정삼문취록〉 연작 그리고 방계작 〈엄씨효문청행록〉을 한데 놓고 전체적인 혼맥을 볼 필요가 있다는 것이다. 세 작품은 한데 합쳐서 거대한 복합형 혼맥의 모습을 보여주는데, 이는 복합형 혼맥이 대소설의 장편화를 확대 · 심화하는 소설형식임을 말해준다. 무수한 부부 이야기를 무리 없이 펼쳐낼 수 있었던 것은 그런 복합형 혼맥에서 가능했다. 거기에서 그치지 않는다. 거꾸로 그런 복합형 혼맥은 후편을 가능케 하고, 방계작을 낳는 소설형식이라 할 수 있다.

4. 연작과 방계작을 아우르는 복합형 혼맥의 장르적 한계

〈명주보월빙〉 · 〈윤하정삼문취록〉 연작과 방계작 〈엄씨효문청행록〉에 설정된 극대화된 복합형 혼맥에서 시종일관 중요하게 다루어지는 것이 있다. 그것은 종법주의 이념이다. 앞에서 언급했듯이 〈명주보월빙〉에서 윤문의 중차대한 문제는 종통확립이었다. 그리고 윤문과 정문이 겹혼인을 형성하고 윤문과 하문이 겹혼인을 맺는데, 그로 인해 맺어진 윤 · 하 · 정 3문 사이의 혼맥은 각 가문의 적장자 옹립이라는 성향을 띠게 된다.

후편 〈윤하정삼문취록〉에서도 마찬가지로 적장 승계가 중요하게 다루어진다. 윤성린이 고아 상태에서 13세까지 고난을 받을 것으로 예정되어 있었는데 그 시련은 윤문의 "종손으로서 거쳐야 할 통과의례"[10]의 성향을 띤다. 그와 관련하여 소문과 윤문 사이에 겹혼인이 형성되는데, 그 겹혼인은 양문의 가문연대라는 연대라는 의미를 넘어, 적장 승계 종법의 준수라는 의미를 확보한다.

---

10   유인선, 앞의 논문, 73쪽.

소문환은 고아 윤성린을 거두어 잘 양육했고, 훗날 윤성린을 사위로 삼았는데, 이는 소문환이 미처 알지 못했지만 윤문의 종손을 보호하고 사위로 삼은 것이 된다. 그리고 그 과정에서 반대 상황이 펼쳐지기도 한다. 나이 어린 윤성린이, 계모(여태부인)에 의해 종통을 빼앗길 상황에 처한 소문환에게 도움을 주어 소문의 적장 승계에 기여한 것이다. 이로써 윤성린과 소문환 두 인물은 적장자로서 상대 가문의 적장 승계가 차질없이 이루어지는 데 도움을 주는 장인과 사위로 자리를 잡는다. 거기에 더해 소성과 윤선화의 결혼으로 두 집안 사이에 겹혼인을 맺는데, 그 겹혼인은 두 가문의 연대 강화라는 의미를 넘어서 적장 중심의 종법 질서 강화라는 의미를 획득한다.

방계작 〈엄씨효문청행록〉 또한 적장 승계에 의한 종통의 확립이 작품의 중심 서사로 자리를 잡는다. 요컨대 〈명주보월빙〉·〈윤하정삼문취록〉 연작 그리고 방계작 〈엄씨효문청행록〉은 대소설 초창기 〈소현성록〉에서부터 시작하여 막바지에 이르기까지 종법주의 이념의 구현이 대소설의 주된 주제였음을 한 자리에서 보여준다는 점에서 소설사적 의의를 찾을 수 있다.[11]

한편 〈명주보월빙〉·〈윤하정삼문취록〉 연작의 극대화된 복합형 혼맥에 대한 논의에서 빼놓을 수 없는 게 있다. 그것은 〈명주보월빙〉·〈윤하정삼문취록〉 연작 그리고 방계작 〈엄씨효문청행록〉에서 그런 혼맥이 한계에 봉착했음을 보여준다는 것이다. 그와 관련하여 다음 두 가지 사항을 고려해 볼 만하다.

---

11   조광국, 『조선시대 대소설의 이념적 지평』, 태학사, 2023, 194~216쪽.

첫째, 대소설의 중심 내용은 상층가문의 이야기에 한정되었고, 다른 계층의 삶은 외면했다는 것이다. 물론 초기작 〈소현성록〉에서 시작하여 〈명주보월빙〉·〈윤하정삼문취록〉 연작 그리고 방계작 〈엄씨효문청행록〉에 이르기까지 대소설은 개별 작품별로 저마다 상층가문의 세계의 색다른 지점을 포착했다. 하지만 다른 계층의 삶은 기껏해야 부수적이고 시혜적으로 다루었을 뿐이다.

둘째, 대소설의 작품의식이 벌열 의식을 넘어서지 못한다는 것이다. 물론 개별 작품에 따라 여항인 의식(〈창란호연록〉), 상층 실세층(失勢層) 의식(〈옥원재합기연〉), 상층 집권층 의식(〈완월회맹연〉) 등 결이 다른 지점을 노출한다.[12] 하지만 여항인 의식과 상층 실세층(失勢層) 의식은 그 상태에서 침윤된 것으로 끝나지 않는다. 특히 상층 실세층(失勢層)의 의식은 실세의 상황에 안주하지 않고 벌열의 세계를 향해 나아갈 뿐이다. 즉 대소설은 개별 작품마다 결이 다른 작품의식을 노출하기도 하지만, 벌열 의식의 자장권에서 벗어나 있지 않다.[13]

대소설이 상층가문의 이야기에 한정되고 벌열 의식을 벗어나지 못한 이런 장르적 한계는 극대화된 혼맥의 한계와 맞물려 있다. 〈명주보월빙〉·〈윤하정삼문취록〉 연작은 124쌍의 부부 결연담을 담아내는 극대화된 혼맥의 형태를 보여주었거니와, 그것은 역설적으로 더이상 새로운 형태의 혼맥으로 나아가는 데 막바지에 다다랐음을 보여준다. 또한, 방계작 〈엄씨효문청행록〉은 앞선 연작의 연장선상에서 4겹 혼인을 설정했는데, 그 혼맥은 형태상 겹혼인을 부연한 것에 불과한바, 참신성을 획득

---

12 한길연, 『조선 후기 대하소설의 다층적 세계』, 소명출판, 2009, 262~270쪽.
13 조광국, 앞의 책, 32~39쪽.

하지 못했다.

　요컨대 〈명주보월빙〉·〈윤하정삼문취록〉 연작의 극대화된 혼맥은 그 후로 대소설이 더 나아가기 어려운 장르적 한계에 봉착했음을 시사한다.

참고문헌

1. 자료

〈난학몽〉(『필사본 고전소설전집』 5, 아세아문화사, 1980)

〈명주보월빙〉(100권100책 장서각; 고려서림, 1986)

〈삼강명행록〉(31권31책 국립중앙도서관; 『한국고전소설총서』 7~13, 태학사, 1983)

〈성현공숙렬기〉(25권25책 규장각)

〈소문록〉(14권14책 규장각; 『필사본고전소설전집』 12, 13, 아세아문화사, 1982)

〈소현성록〉(21권21책 규장각)

〈쌍렬옥소삼봉〉(『필사본고전소설전집』 14, 아세아문화사, 1982)

〈쌍천기봉〉(18권18책 장서각; 문화재관리국, 1979)

〈엄씨효문청행록〉(30권30책 장서각)

〈옥수기〉(규장각; 『필사본 고전소설전집』 11, 아세아문화사, 1982)

〈옥호빙심〉(4권4책 규장각)

〈유씨삼대록〉(김광순; 고려서림)

〈유이양문록〉(77권77책 장서각; 권74 낙질)

〈유효공선행록〉(12권12책 규장각; 『필사본고전소설전집』 15·16, 아세아문화사, 1980)

〈윤하정삼문취록〉(105권105책 장서각)

〈임화정연〉 상·하(조선도서주식회사, 1923~1925; 아세아문화사, 1976)

〈창란호연록〉(13권13책 국립도서관; 『필사본고전소설전집』 9·10, 아세아문화사, 1980)

〈청백운〉(『필사본고전소설전집』 24, 아세아출판사, 1983)

〈화문록〉(6권6책 장서각: 『화문녹 교주본』, 한국학중앙연구원출판부, 2011)

〈화정선행록〉(15권15책 장서각)

2. 저서

김기동, 『한국고전소설연구』, 교학연구사, 1983.

유봉학, 『조선 후기 학계와 지식인』, 신구문화사, 1998.

이상택 (편), 『한국 고전소설과 서사문학(상)』, 집문당, 1998.

이상택, 『한국고전소설의 탐구』, 중앙출판, 1981.

이수봉, 『한국가문소설연구』, 경인문화사, 1992.

이수봉, 『가문소설연구』, 형설출판사, 1979.

이승복, 『고전소설과 가문의식』, 월인, 2000.

임치균, 『조선조 대장편소설 연구』, 태학사, 1996.

장시광, 『조선시대 대하소설의 여성반동인물』, 한국학술정보, 2006.

정병설, 『완월회맹연 연구』, 태학사, 1998.

조광국, 『조선시대 대소설의 이념적 지평』, 태학사, 2023.

조광국, 『기녀담 기녀 등장소설 연구』, 월인, 2000.

조용호, 『삼대록 소설 연구』, 계명문화사, 1996.

차장섭, 『조선 후기 벌열 연구』, 일조각, 1997.

최길용, 『조선조 연작소설 연구』, 서울아세아문화사, 1992.

한길연, 『조선 후기 대하소설의 다층적 세계』, 소명출판, 2009.

제임스 류(저), 이범학(역), 『왕안석과 개혁정치』, 지식산업사, 1991.

3. 학술논문

구본기, 「고전소설에 나타난 선비의 진퇴의식」, 『고전문학연구』 11, 한국고전문학회, 1996.

김경미, 「〈난학몽〉 연구」, 『이화어문논집』 12, 이화어문학회, 1992.

김기동, 「화산선계록과 유이양문록」, 『현평효 박사 화갑 기념논총』, 형설출판사, 1980.

김동욱, 「고전소설의 정난지변 수용 양상과 그 의미」, 『고소설연구』 41, 한국고소설학회, 2016.

김미선, 「〈화정선행록〉 연구-결연양상과 인물 형상을 중심으로」, 고려대 석사논문, 2006.

김종철, 「〈옥수기〉 연구」, 서울대 석사논문, 1985.

김종철, 「19C 중반기 장편 영웅소설의 한 양상-옥수기, 옥루몽, 육미당기를 중심으로」, 『한국학보』 40, 1985년 가을호.

김탁환, 「쌍천기봉의 창작방법 연구」, 『관악어문연구』 18, 서울대 국어국문학과, 1993.

김현숙, 「〈유씨삼대록〉 연구-삼대기구성을 중심으로」, 이화여대 석사논문, 1989.

문용식, 「〈삼강명행록〉 연구」, 『국제어문』, 12 · 13합, 국제어문학회, 1997.

박경신, 「임화정연」, 『완암김진세선생회갑기념논문집』, 집문당, 1990.

박광용, 「18~19세기 조선사회의 봉건제와 군현제 논의」, 『한국문화』 22, 서울대 한국문화연구소, 1998.

박명희, 「고소설의 여성 중심적 시각연구」, 이화여대 박사논문, 1990.

박영희, 「쌍렬옥소삼봉의 구조와 문학적 성격」, 『어문연구』 90, 한국어문교육연구회, 1996.

박영희, 「18세기 장편 가문소설에 나타난 계후갈등의 의미-〈성현공숙렬기〉를 중심으로」, 『한국고전연구』 1, 1995.

서정민, 「〈삼강명행록〉의 창작 방식과 그 의미」, 『국제어문학』 35, 국제어문학회,

2005.

송성욱, 「조선조 대하소설의 구성원리에 대한 방법론적 접근」, 『한국 고전소설과 서사문학』 상, 집문당, 1997.

송성욱, 「〈임화정연〉 연작 연구」, 『고전문학연구』 10, 한국고전문학회, 1995.

송성욱, 「가문의식을 통해 본 한국 고전소설의 구조와 창작의식」, 서울대 석사논문, 1990.

신동익, 「임화정연 연구」, 『연거제 신동익 박사 정년기념논총』, 경인문화사, 1995.

심경호, 「낙선재본 소설의 선행본에 대한 일고찰」, 『정신문화연구』 38, 한국정신문화연구원, 1990.

양혜란, 「〈창란호연록〉에 나타난 옹서, 구부 간 갈등과 사회적 의미」, 『연민학지』 4, 연민학회, 1996.

양혜란, 「임화정연 연구」, 이화여대 석사논문, 1980.

유인선, 「〈명주보월빙〉 연작 연구」, 서울대 대학원, 박사논문, 2021.

이기대, 「〈난학몽〉에 나타난 역사의 변용 과정과 작가의식」, 『고소설 연구』 15, 한국고소설학회, 2003.

이수봉, 「유이양문록연구」, 『개신어문연구』 4, 개신어문연구회, 1985.

이우성, 「실학연구서설」, 『한국의 역사상』, 창작과비평사, 1982.

이현국, 「임화정연 연구」, 경북대 석사논문, 1983.

임현아, 「〈삼강명행록〉 연구」, 한국학중앙연구원 박사논문, 2019.

장시광, 「대하소설의 여성과 법」, 『한국고전여성문학연구』 19, 한국고전여성문학회, 2009.

장시광, 「〈명주보월빙〉의 여성 수난담과 서술자의식」, 『한국고전여성문학연구』 17, 한국고전여성문학회, 2008.

장효현, 「〈화정선행록〉 연구」, 『정신문화연구』 26권 3호(통권 92호), 2003.

정규복, 「제일기언에 대하여」, 『중국학논총』 1, 고려대 중국학연구회, 1984.

정규복, 「〈임화정연〉 논고」, 『대동문화연구』 3, 성균관대 대동문화연구소, 1966.

정병설, 「장편 대하소설과 가족사 서술의 연관 및 그 의미」, 『고전문학연구』 12, 한국고전문학회, 1997.

정영신, 「〈윤하정삼문취록〉의 혼사담 연구」, 한국외대 박사논문, 2008.

정창권, 「〈난학몽〉 연구」, 고려대 석사논문, 1995.

조광국, 「〈벽허담관제언록〉에 구현된 상층여성의 애욕담론」, 『고소설연구』 30, 한국고소설학회, 2010.

조광국, 「〈하진양문록〉: 여성 중심의 효담론」, 『어문연구』 146, 한국어문교육연구회, 2010.

조광국, 「〈화정선행록〉에 나타난 다중결연의 복합 구조」, 『한국문학논총』 45, 한국문학회, 2007.

조광국, 「고전소설의 부부 캐릭터 조합과 흥미-〈유씨삼대록〉의 경우-」, 『개신어문연구』 26, 개신어문학회, 2007.

조광국, 「다중결연구조의 양상과 의미」, 『국어교육』 121, 한국어교육학회, 2006.

조광국, 「19세기 고전소설에 구현된 정치이념의 성향」, 『고소설연구』 16, 한국고소설학회, 2003.

조광국, 「작품구조 및 향유층의 측면에서 본 〈소문록〉의 벌열적 성향」, 『국문학연구』 6, 국문학회, 2002.

조광국, 「〈임화정연〉에 나타난 가문연대의 양상과 의미」, 『고전문학연구』 22, 한국고전문학회, 2002.

조광국, 「〈소현성록〉의 벌열 성향에 관한 고찰」, 『온지논총』 7, 온지학회, 2001.

조광국, 「고전소설에서의 사적 모델링, 서술의식 및 서사구조의 관련 양상-〈옥호빙심〉〈쌍렬옥소삼봉〉〈성현공숙렬기〉〈쌍천기봉〉을 중심으로-」, 『한국문화』 28, 서울대 한국학연구원, 2001.

조용호, 「삼대록 소설 연구」, 서강대 박사논문, 1995.

지연숙, 「〈여와전〉 연작의 소설 비평 연구」, 고려대 박사논문, 2001.

차충환, 「유이양문록의 구성적 성격 연구」, 『어문연구』 139, 한국어문교육연구회, 2008.

차충환, 「〈문장풍류삼대록〉 연구」, 『고전문학연구』 29, 한국고전문학회, 2006.

최길용, 「성현공숙렬기 연작소설 연구」, 『국어국문학』 95, 국어국문학회, 1986.

최수현, 「〈임씨삼대록〉 여성인물 연구」, 이화여대 박사논문, 2010.

한길연, 「대하소설의 의식성향과 향유층위에 관한 연구-〈창란호연록〉·〈옥원재합기연〉·〈완월회맹연〉을 중심으로」, 서울대 박사논문, 2005.

한길연, 「대하소설의 능동적 보조 인물 연구-〈임화정연〉〈화정선행록〉〈현씨양웅쌍린기〉 연작을 중심으로-」, 서울대 석사논문, 1997.

한국 대소설의
혼맥婚脈

초판인쇄 2023년 12월 29일
초판발행 2023년 12월 29일

지은이 조광국
펴낸이 채종준
펴낸곳 한국학술정보(주)
주 소 경기도 파주시 회동길 230(문발동)
전 화 031-908-3181(대표)
팩 스 031-908-3189
홈페이지 http://ebook.kstudy.com
E-mail 출판사업부 publish@kstudy.com
등 록 제일산-115호(2000. 6. 19)

ISBN   979-11-6983-888-7 93810